講談社文庫

去り際のアーチ

もう一打席！

本城雅人

JN053204

講談社

去り際のアーチ

もう一打席！

目次

塀際の魔術師

紺碧《こんぺき》の夜空に舞い上がった打球が、フェンス間際のところで、中堅手のグラブに収まった。渦を巻いた歓声が一瞬にしてため息に変わったが、それでも三塁走者がタッチアップし、二塁走者も三塁に進塁すると再び歓喜に戻った。

一点を返したことで、二対四と二点差に詰め寄った。なお、一、三塁と大阪ジャガーズのチャンスは続く。

「ナイスバッティング、ハシ！」ベンチからチームメイトたちが犠牲フライを打った三番打者の橋爪《はしづめ》を称えていた。ウェイティングサークルで準備をしていた宇恵《うえ》康彦《やすひこ》も「ナイスヒット」と生還した岡本《おかもと》に手を伸ばした。この回の反撃は、代打に出て、ヒットを打ったこの岡本が作ったものだ。岡本は「ありがとうございます」と恐縮しながら康彦の出した手にタッチしてきた。

「さあ、ウエやん、一発かましたってくれ〜」

ベンチから打撃コーチが発破《はっぱ》をかけてくる。

「四番、レフト、宇恵〜」

場内アナウンスが響き渡るのを待って、康彦はバットを両手で握った。そして二回素振りをする。流れる音楽が掻《か》き消されるほど、ファンの興奮が最高潮に達してから、大股でゆっくりと左打席に向かう――それが、四番を打ち始めてからの康彦の習慣になっていた。

一発出ればサヨナラ勝ちの場面で四番に回ってきたのだ。ファンにとって、これ以上痺《しび》れるシーンはないだろう。しかし、今、耳に入ってくるのは康彦を落胆させる雑音ばかりだった。

「宇恵〜、ホームラン打とうなんて欲だしたらあかんぞ」

「フォアボールでええぞ、フォアボールで」

さらに「併殺《ゲッツー》は勘弁してくれ〜」という悲愴な声まで聞こえてきた。

ふざけるなと耳を閉じ、打席の足場を固めた。プロ十八年目の四十歳。四番を任されたのは四年目からだが、以来十五年も「ミスタージャガーズ」として関西きっての人気球団の看板を背負ってきたのだ。本塁打王のタイトル二回、首位打者一回、そして二千本安打にもあと十本と迫っている。

球審《アンパイア》のコールがかかったので、バットを構えて投手を睨《にら》みつけた。無死満塁で三番の橋爪を迎えた時には青ざめていた投手の表情が、なお一死一、三塁とピンチが続いているにもかかわらず、薄笑いに変わっていた。

この糞ガキ、舐《な》めやがって……康彦の闘争心に火がついた。

一球目が来た。康彦には真ん中の甘いボールに見えた。もらった、と思い切りスイングした。

ところがバットに近づくにつれ、ボールは外に曲がっていった。

スライダーかよ……。バットの端で引っ掛けてしまった打球は、勢いもなく二塁手の前に転がっていった。康彦は一塁に全力で走った。セカンドからショートにトスされ、さらに一塁へ転送された球がファーストミットに入る直前、康彦の伸ばした右足が一瞬だけ早くベースに届いた。

「セーフ」審判が両手を広げた。

なんとか併殺は免れた。三塁走者が生還して一点差になったが、併殺崩れでは到底喜べる結果ではない。

膝に手を置いて息を整えていると、「ウエやん、お疲れさん」と背後から一塁コーチの声が聞こえた。すでにベンチからは代走の引地《ひきち》が出てきていた。

ベンチに戻る康彦に向かって、「しっかりスイングせいや、このバカタレ」「宇恵、てめえなんぞ、はよ、やめてまえ」と容赦ないヤジが飛んできた。

試合が終わると同時に康彦は室内練習場に向かい、打撃マシン相手に打ち込んだ。

もともと調子の良さを維持するために始めたものだった。それが不振脱却のために変わり、最近はただの気晴らしになっている。それでもバットを振っていると、そのうち調子が戻ってきて、昔のように本塁打を量産できると思えてくるから不思議だ。

試合は三対四のまま、ジャガーズの負けで終わった。予期していたことだが、試合後に報道陣が待ち構えていたのは康彦だった。ちょっと力んでしもうたわ——ジャガーズの四番を背負っているのだ。素直に責任を認めるつもりでいた。

ところが記者からの質問は康彦を拍子抜けさせるものだった。

「いいヒットでしたね」

「ヒット？」この日のヒットと言えばあの一本しかない。試合の行方にはまったく関係のない二死走者なしで左前に放った四回の打席のことだ。

「これで一九九〇本です。いよいよカウントダウン開始ですね」

「あんたらが勝手に数えているだけやろ」

「でも宇恵さんも早く達成したいんじゃないですか」

「どうでもええわ。そんなもん」

「そんなもんって二千本安打ですよ」

「今は自分のことよりチームが大事やからな」

そう言ったのに「あと二十試合ありますからね」と違う記者が言ってくる。質疑応答はまったく噛《か》み合わなかった。

普段は無視する康彦が口を開いたことで、マスコミはどうしても二千本への抱負を答えさせたくなったのだろう。おまえらの手に乗ってたまるかと、「まだクライマックスシリーズ出場の可能性もあるんや。今はそっちに集中させてくれや」と返した。チームは現在、借金「十」の五位だが、三位に入る可能性が消えたわけではない。

それが背後にいる顔も見たことのない若い記者に「ファンもなんとか今シーズン中に決めてほしがってるみたいですね」と言われ、康彦の堪忍袋の緒は切れた。

「ファンやのうて、あんたらマスコミが、わしに早《は》よ記録を達成させて、やめさせたいんやろ！」

ドスを利かせて言い放つと、記者たちは全員が凍り付いた。

室内練習場からクラブハウスに戻ると帰り支度を済ませた岡本が出てくるところだった。

「おっ、岡本、早いやないか」

代打でヒットを打ったとあって、飲みに行くのではないかと思った。一週間前に二軍から上がってきただけに安堵《あんど》したことだろう。彼女とデートか？　と、からかおうとしたが、岡本は目も合わせずにすれ違っていった。

なんや、おかしなヤツや。不思議に思いながら康彦はドアを開ける。中では着替えを終えた選手たちが談笑していた。

「あっ、ウエさん、お疲れさまです」

三番打者の橋爪が気づくと、他の若手たちが次々と挨拶した。

「おお、お疲れさん」

康彦は自分のロッカーに戻った。このチームの最年長が康彦だ。いつの間にか同年代の選手はいなくなり、若い頃、共に猛練習した一、二歳年下の選手も引退してしまった。康彦の次に年寄りなのは三十三歳の橋爪だからずいぶん年の差がある。

「そう言えば、今、岡本がえらい不機嫌な顔して帰ってったで。なんかあったんか」

ユニホームのボタンを外しながら尋ねた。

「あいつ、二軍落ちらしいですわ」

橋爪が答えた。

「二軍って、きょうはヒットを打ったやないか」

「そうなんですけど、監督がピッチャーを増やしたいみたいで」

「災難やな。ええバッティングやったのに」

結果を出したから一軍に残れるとは限らないのがプロの厳しいところだ。入団した当初は中距離ヒッターで、パワーが足りないと言われた康彦も、理不尽な扱いはたくさん受けた。なんだかんだ言ってもプロで生き残れるかは長打力が物を言う。いつか上を見返したる、そう心に誓って打撃練習やウエイトトレーニングに励んだものだ。

「岡本のやつ、コーチに食ってかかったみたいですね。なんで僕なんですかって」

橋爪の隣にいた若手が言った。最近、セカンドの先発で使われるようになった小柄な選手だ。

「たいしたもんやないか。根性のある男はわしは好きやけどな」

「僕らも感心しましたよ。だって『落ちるなら自分じゃなくて代走要員でしょ？』って引地さんに聞こえるほど大声で言うんですから」

若手がそう答えた瞬間、隣の橋爪が「おい」とユニホームを引っぱった。

引地は言わば康彦専用の控えだ。康彦が試合の終盤に出塁すれば代走に、打席が回らないと守備要員で起用される。

急に場がしんみりしてしまったため、康彦は両手をあげて背伸びをした。

「さあ、風呂入って汗流してくるか。さすがにもう誰も入っとらんやろ」

「は、はい、たぶん」若手が声を途切らせて答える。

アンダーシャツを脱ぎ、ズボンをパンツごと下ろして、浴室に向かった。

ナイターが終わって自宅に帰ると、妻の瑛子《えいこ》が飯を作って待っていた。

五年前ならこんな気分の悪い日は後輩を引き連れて北新地のクラブに行き、結果まで酒で洗い流してから帰宅したものだが、最近は飲みに行くことすら減った。後輩たちが誘われるのを避けているように見え、声をかけるのに躊躇《ちゅうちょ》してしまうのだ。

瑛子はビールを注《つ》いでくれただけで、今はリビングのソファーでお笑い番組を見ている。マイペースな瑛子は新婚当初から康彦が帰ってくるまで食事を待つこともなければ、一緒に食卓に座ることもない。

最後はぼろぼろになって引退した大先輩は、「ファンにいくら嫌われても我慢できたが、嫁にまで発破をかけられたのは辛《つら》かった」と漏らしていた。「野球選手としての俺に惚れた嫁は、野球選手でなくなっていくと同時に心が離れていった」と。実際、サラリーマンが定年退職した直後に熟年離婚を嫁から言い渡されるように、引退から間もなくして独りになってしまった選手を、康彦は何人も知っている。

もっともその心配は康彦には無用だった。瑛子は本塁打王と首位打者の二冠王になった時でさえ、球場に来ることはなかった。要はまったく野球に関心がないのだ。

「なあ、瑛子」

白飯を箸に載せたまま、康彦は瑛子の背中に向かって問いかけた。

「ご飯のおかわり？」

瑛子が顔だけこちらに向けた。

「いいや、ちょっと訊《き》きたい思ってな」

「訊きたいってなによ?」テレビの音量を下げた。

「そんなたいそうなことではないんやけどな、普通の人はいつ会社をやめるんやろって思ってな」

口にしてから馬鹿なことを言ってしまったと悔やんだ。だが瑛子は「定年でやめるんじゃないの」と気にも留めずに返してきた。

「そうやのうて、お義父《とう》さんみたいな場合の話や。お義父さん、残ってたらいずれ社長になれたんやろ」

大手の電機メーカーの専務だった義父は、三年前、突然辞表を出した。創業者一族の社長と反《そ》りが合わなかったのは知っていたが、なんの前触れもなかったので家族全員が驚いた。

「あの会社で仕事をするのが、嫌になったからじゃない」

「嫌になったぐらいでやめるんか?」

「どうしてよ」

「社長になってから、いくらでも嫌いな人間を追い出せばええだけの話やないか」

「そんなことしたら創業者一族に恨まれるじゃない。そういうのは父は好きじゃないのよ」

「敵を作るんはしゃあないやろ。男は常に戦ってるんやで」

「いいのよ、そんなことより、自分の下で頑張って働いてくれた工場の人たちが喜んでくれた方が、父は嬉しかったのよ」

義父はやめる直前、創業百周年記念に、創業者一族全員が海外の営業所を視察する名目で用意していた豪遊資金を、勝手に工場の設備投資に回した。一族は激怒したが、その時の投資によって会社はV字回復したとも言われている。

「そのお陰でお父さん、会社では伝説の人とまで言われるようになったんだから、これほど誇り高いことはないじゃない。損して得取れよ」

そう言われても康彦は納得できない。

「サラリーマンやったら、誰かて一度は社長になりたいって思うんやないかな」

「偉くなったらそれだけ責任も背負わされるんだから。あなただって『わしは監督だけにはなりたくない』って言ってるじゃない」

言った記憶はある。だがそれは一生、現役を続けられると思っていた、まだ体がバリバリ動いていた頃だから言えたのだ。

退職直後、義父は「せいせいしたよ」と言い、「これからゴルフ三昧で暮らすよ」と日本中の名門コースを制覇するのだと張り切っていた。宣言通り、週に二度は義母と一緒に回っているが、いくら「イーグルを獲ったぞ」「康彦君、イーブンパーで回ったで」と自慢されても、康彦には義父が心から楽しんでいるようには聞こえなかった。自慢というのは普段からしのぎを削っているライバルをぎゃふんと言わせてやろうと思うから、言いたくなるのであって、家族相手に威張ったところで虚《むな》しくなるだけではないか。

「もしかしてあなた引退を考えているの？」

瑛子の質問に、康彦は「アホな、わしはまだ四十《しじゅう》やで」と言い返した。だが否定したにもかかわらず、瑛子は「いいんじゃないの。野球だけが人生じゃないし」と言う。

「考えてへん言うとるやろ」

「膝も痛そうだし」

「おまえ、いつの話しとんねん。痛めたのは三年前や」

だが三年前に膝を負傷してから足が遅くなった。

「肩も痛いんでしょ？」

「別に痛ないわ」

「昔は塀際の魔術師って言われたのにね」

若い時分にフェンス際でよくファインプレーした時にそう呼ばれた。ただし大昔にその異名を持つ大先輩がいたため、康彦には頭に「浪速《なにわ》の」がつく。居間にはグラブをモチーフにしたゴールデングラブ賞のトロフィーを三つ飾っているが、打撃タイトルのトロフィーと比べたらそれほどの自慢ではない。

「守備だけやったらとっくの昔に引退や。パワーアップして四番を打つようになったから、この年でも高い給料をもらえるんや」

野球界は男の世界だ。だからいくら「守備が巧い」「バントの名人」と褒められても、打球が飛ばないと皮肉にしか聞こえなくなる。女性から「いい人だけど、抱かれたいとは思わない」と言われるようなもので、男の自尊心がえらく傷つく。

だが今の康彦は打てない以上に、守備や走塁で足手まといになっていることの方を惨めに思う。以前は打つだけの他のチームの四番と違い、攻、走、守、三拍子揃った四番打者なのが誇りだった。塀際の魔術師でなくとも、せめて人並みに守れ、走塁ができれば、康彦用の交代選手をベンチに入れておかなくて済む。

「あなた、電話よ」

瑛子が充電している康彦の携帯が鳴っているのに気づいた。

「なんや、こんな時間に」康彦は呆《あき》れながら携帯を取り、画面を見た。

「池ポンや」

池本《いけもと》という同い年の中部ドルフィンズのサウスポーピッチャーである。

昔オールスターに一緒に出た後に飲みに行って電話番号を交換したが、掛かってきたのは初めてだった。えぐい内角攻めばかりしてくるので、一度乱闘になりかけたこともある。無視しようと思ったが、瑛子が「せっかく掛けてきてくれたんだから出てあげたら」

と言うので、面倒くさいと思いながらも「もしもし」と出た。

一分で叩き切ってやろうと思っていたが、思いのほか盛り上がってしまい、一時間もの長話になってしまった。

最初は「久しぶりだな」とか「宇恵は厳しいファン相手によく頑張っているよな」と奥歯に物が挟まったような言い方で様子を窺《うかが》ってきた池本だが、康彦が「わしに訊きたいことがあって掛けてきたんやろ」と訊くと、ようやく本題に入った。

「なあ、もし二千本まであと一本で終わったら、宇恵は来年はどうするつもりだ」

「なんや、池ポン、もう来年のことを心配してるんか。鬼が笑うで」

康彦は笑いを堪《こら》えながら言った。今年、二百勝まであと四勝で迎えた池本だが、最初のふた月で三勝を挙げたものの、その後は不振で二軍に落とされている。

「そりゃ考えるだろう。期待されていないのにユニホームを着続けることほど辛いことはないからな」

「去年のオフに二年契約したんやろ」

「したよ。契約は来年まである」

「そやったら、堂々とやればええやんけ」

池本とは逆に康彦は今年で契約が切れるから、こんなに気を揉んでいるのだ。

「だけどコーチや後輩までが、もうやめたらって目で俺を見るんだよな」

マウンドで太々《ふてぶて》しい態度の池本にもこんな気弱な一面があったのかと意外に感じた。それでも康彦は「そんなん気にすんな、池ポンらしくもねえ」と励ました。「肩が痛くて投げられないわけやないんやろ」

「ああ、肩はピンピンしてるよ」

「そやったらイケるやろ」

「だけど二軍でいくら投げても、上からお呼びがかからない。うちは若手にいいピッチャーが揃っているから二軍でさえ投げる機会が少ないんだよ」

「……ったく、なんやねん。女みたいにメソメソしたことを。球はヘロヘロでも気持ちでビシッと抑えるんが池ポンの持ち味やないんかい」

挑発してみた。負けん気だけでプロでやってきたような男だけに、烈火の如く怒って言い返してくると思ったが、まったく違った。

「俺、二百勝するのがプロに入った時からの目標だったんだよ。二百勝できればその瞬間にやめてもいいと思ってる」

内角を抉《えぐ》ってくる池本得意のシュートが、切れもなく真ん中に入ってくるように思えた。が、その甘い球でさえ、今の康彦には百パーセントの確率でホームランにする自信はない。

「心配せんでも大丈夫や。池ポンなら必ず達成できる」

「本当か。宇恵にそう言ってもらえると自信が出てきたわ」

「できれば二人、同じ日に達成したいわな」

「それは名案だな。だけどそのためには俺が早く一軍に上がらなきゃいかんな」

「大丈夫だよ、池ポンなら」

「おまえには先を越されるかもしれないけど、それでも宇恵康彦というライバルがいたお陰で、くじけずにやれそうだよ」

「オフになったら二人で酒を飲もうや」

「おお、楽しみにしているよ、宇恵」

電話を切りながら、池本にはなにがなんでも二百勝を達成してほしいと願った。すべての過去を水に流し、因縁のライバルを素直に応援してあげられる自分に、正直驚きもある。今ならどんなに嫌いだったヤツだろうが、恨みを帳消しにできそうだ。年をとり、寛容になれた証拠かもしれない。

だが同時にこうも思った。実は自分が寛容になれたのではなく、向こうも康彦に同情しているから、この関係は成り立っているのかもしれない、と……。

大阪ジャガーズは翌日から本拠地で六試合した後、神宮、横浜とさらに六試合遠征に出て、十二試合を終えた。

康彦は十二試合で六安打したから、二千本まであと四本。このまま残り八試合を二試合に一本のペースでヒットを打てば、シーズン終了までには二千本に到達できる。

かといって油断しているわけではなかった。相変わらず試合終盤には下げられてしまう。昨日の横浜ベイズ戦ではリードを許している七回の打席で凡退後、一人でも走者が出れば九回に打順が回ってくるというのに、引地に代えられた。

二試合で一本だから当然打率は下がる。二割四分が二割二分まで下がり、スポーツ新聞の規定打席到達者の一番下に自分の名前を見つけた時は愕然《がくぜん》とした。

なによりも真芯で捉えた打球が、急に失速し、柵に届かないのが悲しかった。

「宇恵～、おまえのバットはＥＤじゃ～」

いつも一塁側の最前列に陣取る、頭に黄色のハチマキを巻いた中年男からヤジを飛ばされた。たぶん康彦と同年代だが、脂ぎった顔には元気が有り余っているように見えた。

「そんなんじゃおまえの母ちゃん泣いとんぞ」

周りのファンまでが失笑していた。さすがに頭に血が昇ったが、打てない自分が悪いのだと康彦は自分を宥《なだ》めた。

翌日からは二試合に一本のペースまでが、ぱったりと止《や》んでしまった。本拠地に戻ってからのこの三試合、康彦は一本のヒットも打てていない。

四戦目のこの日のデーゲームもひどいもので、一回二死三塁、四回二死二塁、六回二死一、二塁といずれも得点機で凡退した。

幸いにも九回にもう一打席回るため、今も左翼の守備に就いている。四対四で迎えた八回表、二死一、二塁で打席は東都《とうと》ジェッツの八番打者が入っていた。

投手コーチがタイムをかけてマウンドに行った。内野手は集まっていくが、外野手は暇だ。球場が静かになると背後の左翼席から、相手の応援団の野次だけが聞こえてくる。

「宇恵、おまえの時代なんぞ、とうに終わっとるぞ」

そんなことはおまえに言われんでも分かっとるわ。康彦も心の中で言い返す。昔はそんな敵のファンの前で、ホームラン性の打球をジャンプしてキャッチするのが快感だった。フェンスに体当たりして捕球したこともある。しかし今、そんな無茶をしたら、肉離れを起こして病院に担ぎ込まれるだろう。

投手コーチが下がり、プレーが再開した。ショートのポジションに戻った橋爪が顔だけ康彦に向けた。〈もっと前に出て来てください〉そう言っているのは伝わってきた。

康彦は一歩だけ前に出た。

それでもまだ橋爪は振り返った。一歩ではなく、五メートルくらい前を守ってほしいのだ。二死とはいえ、二塁走者はたいして足が速くないので、前に出てくれれば本塁で刺せると思っているのだろう。

全盛時なら現在の位置からでも本塁でアウトにできたが、今はとてもじゃないが無理なのは分かっている。それでも前を守るには躊躇があった。

橋爪はまだチラチラと窺ってくる。〈もっと前ですよ。その位置じゃ刺せませんよ、宇恵さん〉そう念を送っているのだ。

〈察しろ、ハシ〉

康彦は念を送り返しながら、肩を関節から大きく二周させた。橋爪と目が合った。彼はようやく康彦の伝えようとしたことを理解したのか、それ以上後ろを振り返ることはなかった。

右打席に入った八番打者は初球、二球と一塁側スタンドにファウルを飛ばした。明らかに振り遅れている。これなら飛んでくることはないなと安心したところで、投手の投げたボールが内角にすっぽ抜けた。打者はその球を思い切り引っ張った。スイングを見ただけで、康彦はやばいと思った。

予感通り、打球が橋爪の横を抜け、康彦の守る方向に転がってきた。以前ならこれぞ外野手の見せ場だと猛ダッシュで捕球し、矢のような返球をホームに向かって投げたものだ。

だが康彦は「すまん」と心の中で呟《つぶや》き、ひと呼吸置いてからゆっくり前進した。勢いを失ったボールをグラブに収めた時には、二塁走者は三塁ベースを蹴っていた。

中継に入っていたサードが「無理、無理」と両手でバッテンを作ったのを確認して、康彦は二塁ベースに入ったセカンドに返球する。

仲間には申し訳ないが今の康彦にはこうするしか手段は選べなかった。クロスプレーになるだろうと大観衆が固唾《かたず》をのんで見守るシーンで、山なりの返球をした時ほど、外野手にとっての屈辱はない。ファンだけでなく、味方からも白けた顔をされるのは耐えられない。

公衆の面前で恥を晒《さら》さなくて済んだが、それでも何人かの選手は康彦のネガティヴなプレーに気づいていた。ベンチに戻ると冷たい視線が体に突き刺さってきた。

守備で弱気になると打撃にまで伝染するようで、九回、先頭打者で迎えた康彦の打席は、いい当たりのライナーを放ったものの、二塁手の正面だった。試合は四対五で敗れた。

「しかしおっさん、困ったもんやな」

いつものように室内練習場で打ち込んでからクラブハウスに戻ってくると若い連中の話し声が聞こえた。

おっさんと言われただけなのに、それが自分のことだと直感した康彦はドアノブを回すのを躊躇《ためら》った。

案の定、違う選手が「とっとと二千本打って引退してくれんと迷惑やで」と言った。

「だけどうちのフロントに、あの人の首に鈴をつけられる人なんかおらんやろ」

「そんなことしたらあの人、暴れ出すで」

さすがに腹が立った。おまえらのミスをわしのホームランで帳消しにしてやったこともあるやろが。思い切りドアを開け、どついたろかと思ったが、「おい、おまえら」と橋爪の窘《たしな》める声がしたので、ノブを引くのをやめた。

「大先輩の悪口を言うたらあかんぞ」

よう言ってくれた、ハシ。さすがわしのあとに四番を任せる男だけのことはある。そう喜んだところで橋爪の口調が緩んだ。

「そんなこと言うとったら、ウエさん、首筋が寒なって、風邪引いてまうがな」

部屋全体から乾いた笑い声が漏れてきた。


康彦はユニホーム姿のまま編成室に向かった。今、目の前のソファーには編成部次長の谷原《たにはら》が座っている。

帰り支度をしていた谷原は、康彦の顔を見て「どうしたんだ、宇恵」と察し、「まあ、そんなところに立ってないで座れよ。コーヒーでも飲むか」と言った。卓の上には谷原がポットの湯を注いで作ってくれたインスタントコーヒーが載っている。

「俺と宇恵がこんなところで話しているのを見たらみんなビックリするだろうな」

「おまえがわしの首に鈴をつけてると思うんやないか」

「鈴って、そんなたいそうな」

谷原は苦笑いする。

「全然たいそうやないやろ。マスコミや選手はそう思てるはずや」

「だとしたらそれは俺じゃなくて、球団社長の仕事だよ。だけど上でもできないだろうな。おまえほど実績を残した選手の進退は、他人が決められることではないからな」

谷原の説明に少しだけ溜飲が下がった。

康彦がドラフトの二位指名で入団したときの一位が投手だった谷原だ。一年目はファームで過ごし、二年目から六番か七番で起用されるようになった康彦に対し、谷原は一年目の開幕からローテーションで投げていた。

だが康彦が打撃を磨き、四番として三割二分、二十本塁打を放った四年目のシーズンが終わると、谷原は肩の故障を理由にあっさりユニホームを脱いだ。その後はスカウトを経て、今はチーム編成を任されるこの部署のナンバーツーにまで出世した。

出されたインスタントコーヒーを一口飲んだ途端に康彦は吐き出しそうになった。

「なんや、この糞まずい、コーヒーは」

だが谷原は「そんなことはねえだろ」と表情を変えることなく口をつけ、「おまえたちみたいに贅沢じゃねえんだよ、裏方は」と皮肉ってきた。

「なあ、谷原。おまえらっていつやめるんや」

「いつやめるって、なんなんだよ、やぶからぼうに」

目を丸くして聞き返してくる。

「ふとそんな疑問が湧いただけだ」

康彦は言った。

「そりゃチームの成績が悪い時は責任を取らんといかんだろうな」

「そやったら今年やめるんか?」

この日の敗戦でチームはクライマックスシリーズ出場を逃した。

「なんだよ、宇恵。おまえは俺をやめさせに来たのか」

目尻に皺《しわ》を寄せて、谷原はコーヒーを啜《すす》る。

「確かに今年の不振は俺の責任でもある。だけど俺が勝手に責任を取ると言い出せば、社長や代表、編成部長の立場もなくなるだろ。一応、俺らはサラリーマンだからな。サラリーマンにはサラリーマンのルールがある」

「サラリーマンだから定年までいるのか」

「どうしたんだよ、きょうはやけに絡むな」

谷原は呆れていた。

「いやな、うちの嫁にサラリーマンはどういうタイミングでやめるんやと訊いたら、定年だって言われたから」

「そりゃ、そう言うだろう、普通は」谷原は腹をよじって笑った。「だけど野球選手が嫁さんにそんなことを訊くのはおかしいわ」

「しゃあないやろ。プロに入った時も、いつやめればいいかなんて誰も教えてくれんかったんやから」

谷原はまた「当たり前や」と笑った。

「なんやねん、人が真面目に訊いてるのに」と康彦が文句を言うと、ようやく、「悪い、悪い」と笑いが収まった。

「だけど仕事ができない上司は下からも早くやめてくれと見られるんだ。それもまた苦痛やぞ」と池本と同じようなことを言った。そこでふと眉を上げ、「なんだ、宇恵。おまえもしかして引退しようか迷ってるんか」と訊く。

「そんなことは考えてへん」すぐさま否定した。「オフにもう一度、一から体を鍛え直すつもりや」

無理だと笑われるかと思ったが、「そう決めてるなら迷うことはないだろう」と言われた。

「そやけど、わしの契約は今年までやで。おまえらが来年契約してくれるかどうかもわしは分からん」

「大星《おおほし》社長が若手に切りかえたがってるのは事実だ。来年は四番を橋爪で行きたいと考えてるみたいやしな」

「そやったらわしはクビやないか」

「おまえには誰も口出しできんと言うたやろ」

まったく励まされたようには聞こえなかった。社長の胸中を察してやれと言われているようにも聞こえなくはない。

「まぁ、おかしな話やけど、二千本打つのと二千本が来年に持ち越しになるのとで状況も変わってくると思う」

「どういうことやねん」

「なんだかんだ言うても宇恵はファンに人気があるからな。引退となると営業は大反対するだろう」

ファンが自分の二千本達成を見たがっているという意味だと思ったが、谷原の説明はそれとは少しニュアンスが違っていた。

「実はここだけの話やけど、八月くらいには記録を達成すると考えていた営業は、二千本の記念Ｔシャツやらタオルやらを大量に発注したんや。しめて五万点とか言っていたから一つ、千円としても売り上げは五千万円だ。達成できずにやめられたら、売り上げどころ

が続けられる。そうなれば間違いなく二千本は達成できるだろう——。

に、どこか安堵する自分がいたのが不思議だった。これで今年打てなくても、来年も野球記念グッズを売りさばくためにわしは現役でいられるのか……。だが頭はカッとしたの
「なんやねん、それ」
か、仕入れ代も回収できなくなるやろ？」

珍しく帰りに北新地のクラブに立ち寄ると、久しぶりですねと馴染みのホステスが次々と寄ってきてくれた。

二年振りに来たにもかかわらず、みんなが覚えてくれていたことが嬉しくなり、ボトルを入れた。だが会話が弾めば弾むほど違和感も感じた。ホステスたちが「あと四本ですね」とか「先月二十七日に広島で二死一、二塁から打ったホームランは凄かったですね」とやたらと細かいことを覚えているのだ。

電話を一本入れてから来たので、ホステスたちは付け焼き刃で、成績を暗記したのだろう。本当ならば今の康彦になど興味もないはずだ。

いや昔だって似たようなものだったのかもしれない。ただ連れの後輩たちが持ち上げるから、「凄い」だの「カッコいい」だのと女たちは合わせただけだ。見たいというから試合の切符を取ってやったこともあるが、それだって本当に見に来たかどうかは知らない。

十一時過ぎに家に帰ると、瑛子が「あなた、あなた」と弾む声で玄関まで出てきた。

「池本さんが二百勝を達成したのよ！」

「なに、池ポンが？」

思いがけない知らせに声が裏返ってしまった。二軍から昇格した池本が先発していたのは、クラブハウスでついていたテレビを見て知っていた。だが康彦が球場を出た五回の時点で三失点で降板し、一対三とリードされていたから、負けたものだと思っていた。勝ち投手になったということは、あの裏に味方打線が逆転してくれたのだろう。なんて運の強い男だ。

ポケットの中から携帯電話を取り出すと、池本からメールが来ていた。

〈やったぞ、宇恵！　二百勝だ〜〉

年甲斐もなく顔文字までくっついていた。

康彦は〈おめでとう、よかったな〉と打ち込んだものの、どこか気持ちがすっきりせず、打ち直した。

〈五回三失点だろ？　打線に助けてもらっただけじゃねえか。それくらいで喜ぶな、おまえらしくもねえ〉

返信は三分もしないうちに返ってきた。

〈なんだよ、宇恵、苦労を分かち合ったおまえなら祝福してくれると思ったのによ〜〉

　ここでもプンプンと怒った顔文字で改行され、さらに文面は続いていた。

〈でもやっぱり二百勝は最高だよ。一つ上のステージに登り詰めたような気がする。おまえも頑張れよ！〉

　なにが苦労を分かち合っただ。昔からの友達みたいなことを言いやがって……。〈一つ上のステージ〉や〈頑張れよ〉という表現も上から目線に感じた。

〈そんなちっちぇえことで満足してっから、おまえは大事な試合で勝てねえんだよ。バカ！〉

　最後のバカは余計かと案じたが、それくらい言わなきゃこいつは分からないだろう。

〈バカとはなんだ。てめえが四タコで終わったからって八つ当たりすんな〉

　四タコだと。池本の野郎、康彦のきょうの成績を確認してからメールを送ってきたのだ……やはりあいつは人間のクズだ。

　またメールが届いた。

〈おまえこそチームのお荷物になってることを自覚しろ！〉

　康彦の返事を待たずに二連発だった。こいつはメールのマナーも知らないのか。

　だが不意の二連発のダメージは大きかった。狙い球を決められず迷っているうちに、立て続けにストライクを二球取られた時のようだ。

〈しかし名球会も落ちぶれたもんやな。池ポンのような二流でも入れるんやから〉

〈きょうの先発を譲ってくれた若いモンにお礼を送っておいた方がええぞ。じじいのイベントに付き合わされたと、頭に来ているはずやからな〉

〈喜ぶのは今のうちだけや、池ポン。次に対戦した時は、おまえのヘナチョコ球を場外までぶっ飛ばしてやるさかい〉

一つメールを打つ度に下書きに保存して、三つ書き終えた段階でまとめて送信した。爽快だった。一人でバックスクリーンに三連発叩き込んだ気分だ。だが池本も負けていなかった。今度は四つ連続で送ってくる。こいつは、アホか。野球は三の倍数のスポーツや。ピッチャーが四球出してどうするんや。康彦は池本が青筋を立てる文面を考えながら打ち続けた。マウンドで憎々しい顔で康彦の胸元にシュートを投げてくる顔を思い出したら、言葉はいくらでも浮かんできた。

翌日、康彦が球場につくと、二時からのワイドショーに池本が出ていた。スタジオのある大阪と名古屋のドーム球場とを中継で繋《つな》いでいる。

〈池本さん、おめでとうございます。これまで肘の故障があったりと、いろいろ苦労されただけに、喜びもひとしおでしょう〉

〈そうですね。肘に二回メスを入れていますから、よくここまで持ったと思っています〉

誇らし気にスーツの上から肘を触っていた。怒り肩のせいでスーツはまったく似合っていない。しかも玉虫色のダブルのスーツなんぞ、よくまあ、こんなヤクザのような服装での出演をテレビ局は許したものだ。

〈ということは池本さん、来年も現役でやるってことでいいんですか〉

〈もちろんです。あくまでも僕にとっての二百勝は通過点ですから〉

「なにが通過点じゃ！　二百勝すればその瞬間にやめてもええと言うたやろが！」

つい画面に向かって叫んでしまった。周りで着替えていた選手が一斉に康彦を見た。康彦は握った手を口に寄せ、一つしわぶいた。

〈池本さん、昨日はたくさんの方からお祝いされたんじゃないですか〉

司会者が尋ねた。

〈たくさんの方から祝福のメールをいただいたのですが、あまりに量が多くて、まったく返信ができませんでした〉

量が多くてやと？　返信できなかったのは、朝までくだらないメールをわしに送りつけてきたからではないか。お陰でこっちまで寝不足だ。

〈では池本さん、これからも体に気をつけて頑張ってくださいね。きょうは忙しいところ、ありがとうございました。はい、どうも、名古屋から二百勝を達成した池本投手でした〉

司会者の声でようやく画面が切り替わった。興ざめした康彦はリモコンを探してテレビを消した。

周りの選手も着替えながらテレビを見ていたが、誰も不満な顔一つせず、ユニホームに着替えてグラウンドに出ていった。どの選手も、池本に先を越された康彦を哀れやと同情しているように見えた。

ウォーミングアップを終えた康彦は、ロッカーで着替え直してから打撃練習に向かった。

ベンチでは、打撃練習を終えた橋爪と、昨日、康彦の悪口を言っていた若い選手が談笑していた。彼らは康彦が首にマフラーを巻いているのに気づいた。

「ど、どうしたんですか、ウエさん、こんなに暑いのに、マフラーなんかされて」

橋爪が目を丸くして訊いてくる。

「もしかしたら風邪を引いたのかもしれんな」

「え、大丈夫なんですか」

違う選手が訊いてくる。

「なんか分からへんけど、急に首筋が寒なってな。おまえらなんか心当たりあるか？」

マフラーを巻いた首筋を擦《さす》りながら、細めた目で選手を一人ずつ凝視していく。橋爪は顔を硬直させ、周りにいた選手はグラウンドに一斉に散らばっていった。

鬱憤《うっぷん》を晴らしたせいか、この夜の康彦のバットは絶好調だった。

第一打席で三塁線を破る、久しぶりの二塁打を放つと、四回、二死満塁で迎えた第二打席では、低めのフォークにうまくバットが出て、二点タイムリーヒットとなった。

さらに第三打席ではフルスイングした打球が右翼席中段まで届いた。

一ヵ月前の広島戦以来となる七号ホームラン。七年前には四十本で本塁打王になった自分が、たった一本のホームランごときで喜んではいけないだろうと思いつつも、ダイヤモンドを回りながら白い歯が溢《こぼ》れてしまうのを抑えられなかった。

手応え通りに伸びていった打球に、わしもまだまだやれるやないかと思った。なによりも二千本にあと一本と迫ったことに、ファンが喜んでくれたのが嬉しい。

ジャガーズのファンは打てなかった時のヤジは厳しい分、打てば神様のように扱ってくれる。だから他の球場ではスタンドに届かない当たりが、ファンに後押しされるように浜風に乗ってスタンドに押し込まれるのだ。

迎えた八回の第四打席での歓声は凄まじいものだった。

観客席の方々で「二千本、決めてくれ」「あと一本や」とマジックで手書きされたプラカードが揺れていた。彼らは試合が始まるまでまだ四本あったにもかかわらず、リーチをかけると信じて用意してくれたのだ。

ファンのためにもここで決めたる——そう決心して一球目のストレートをフルスイングしたが、力み過ぎてしまい、ピッチャーゴロだった。「あ〜あ」とスタンドも嘆息した。それでもすぐに「ドンマイ、ドンマイ」と激励の声に変わった。

「わしは明日も見に来るからな」

「ゆっくりやればええんやで〜」

温かい声援が客席から降りてきた。ついこの前まで汚い言葉で野次られ続けた嫌な記憶までが吹っ飛んでしまう。手を振って応えようとしたが、ファンの顔を見たら泣いてしまいそうな気がしてやめた。

感情を表に出すのは二千本に到達した時にしよう。ジャガーズの四番がこれしきのことで涙を見せるのもどうかと思うが、今まで硬派な四番打者として突っ張ってきたのだ。節目の瞬間くらいファンと歓喜を分かち合ってもいいだろう。

試合が終了して引き揚げていくと、大星球団社長がクラブハウスの前で待っていた。

「おお、宇恵君、ついにあと一本やな」

握手を求められたので手を握り返した。

「ありがとうございます」

「シーズンの最後の三連戦で大きな盛り上がりができてファンもさぞかし喜んでくれてるやろ」

客入りを心配していた消化試合が、超満員になる可能性も出てきたとあって、大星の頬は緩みっぱなしだった。

さも応援しているようなことを言いながらも、この男は二千本を達成した途端に掌《てのひら》を返し、引退を勧告してくるのではないか。康彦にはそんな不安が過《よぎ》った。となると、あと一本残したまま終わった方が来季もチームにいられるかもしれない……。

だからといって来年まで持ち越すわけにはいかない。クビならクビで結構だ。その時はテストを受けてでも他球団に移籍し、大星を見返してやればいいだけだ。

しかし急に強気になった自分に驚く。今ならなんでもできそうな気がしてくるのだ。やはりホームランだ。ホームランの威力はすごい。強力な精力剤を手に入れたかのように、失いかけていた自信が甦《よみがえ》ってきた。

一気に決めるつもりだったが、翌日も、その翌日も康彦のバットからヒットは出なかった。相手の投手のコントロールが悪く八打席で三つも四球があったせいもあるが、うまくバットの芯で捉えても野手の正面をついた。

「ウエやん、どうする？　このまま守りに就くか？」

二試合目の七回、康彦の二塁ゴロで攻撃が終わると、打撃コーチが尋ねてきた。残り二イニングだから可能性は低いが、それでも三人出塁すれば回ってくる。だが「いえ、いつもと同じでいいです」と答えた。

「さよか。ウエやんがそう言うなら監督に伝えとくわ」

コーチの後ろ姿を見ながらカッコつけ過ぎたかと反省した。実際、九回に走者が三人出て、二死満塁で康彦に代わって左翼に入った引地に打順が回ってきた時はちょっと後悔した。

そしていよいよ今シーズンの最終戦、広島レッズ戦を迎えることになった。

五位が確定しているにもかかわらず、球場は大入り満員になった。この中には嫁の瑛子もいるはずだ。

今朝になって瑛子は「私も観に行こうかな」と言い出した。

「ええよ、来んでも」

「どうしてよ」

「タイトル獲った時でも来んかったくせに、無理せんでも」

「無理してないわよ」すぐに言い返してきた。さらに「私が行ったからって緊張して打てないなんてことはないでしょ？」と微笑みながら顔を寄せてくる。

「アホか。なんでおまえの前で緊張すんねん」

「だったらいいじゃない。私が来てるなんて思わないで気兼ねなくやってよ」

「言われんでもそうするわ」

切符を取ってくれとは言われなかったから、最初から行くつもりだったのだろう。もしかしたら今までも結構来てたりして……そんな疑問も浮かんだが、今は野球に集中や、と自分に言い聞かせた。

試合前には珍しく監督から話しかけられ「一番で行くか」と打診された。一番打者なら多く打順が回るが、康彦は「これまで通りでお願いします」と断った。

四番で決めてこそ価値がある。四打席、いや場合によっては三打席しか回ってこないかもしれないが、それで打てなければ仕方がない。その時はもう一年だけ契約を延ばしてくれるだろうから、来年の開幕戦できっちり決めて、潔く引退しようと思った。

二回、先頭打者で打席に立つ時の球場の歓声は凄かった。ウグイス嬢のアナウンスさえよく聞こえず、打席に立ってもしばらくの間、地面が揺れているように感じた。

相手投手の初球がすっぽ抜け、康彦のユニホームの袖をかすった。知らんぷりをしたが、球審はデッドボールを宣告したので、憮然《ぶぜん》として一塁に歩いた。

「アホか審判、わしら宇恵の二千本を観にきとんやで。空気読め！」

いつか康彦に「おまえのバットはＥＤじゃ〜」と野次ったハチマキを巻いているファンだった。

二打席目は初球のストレートに差し込まれてショートフライに倒れた。調子がいい時でもヒットにできたか分からない球だった。相手の投手を褒めなくてはならない打席が、プロの試合には一日に何打席かはある。

三打席目は甘く入ったスライダーを狙った。いい感触だったが、ライナー性の打球は右翼の正面をついた。もう少し角度がつけばスタンドまで届いていた。少し当てにいってているな、と康彦はヘルメットの上から頭を叩いた。

残り一打席になってしまった。ベンチも静まり返っている。前に投手がノーヒットノーランを続けていた時がこんな感じだった。野手は投手にプレッシャーをかけないように急によそよそしくなったのだが、そのせいかあと一人のところで投手はヒットを打たれた。

九回の攻撃が始まる時、三番の橋爪がベンチの前に立ち、声を張り上げた。

「おい、みんな、なにしんみりしてんだよ。こんなムードじゃウエさんも気合いが入んないじゃねえか！」

康彦までが目を覚ますほどの発破だった。

「おお」「よし、行こうぜ」と周りの選手たちも盛り上がっていく。

二番打者の打球はショートの前にボテボテの当たりだったが、一塁にヘッドスライディングしてセーフを勝ち取った。

「よっしゃ！」ベンチの方々でガッツポーズした選手たちが声を響かせる。

続く橋爪も初球を中前へ打ち返した。無死一、二塁で打順は康彦に回った。

バットに滑り止めのスプレーを吹きかけていた時には、沸き上がった歓声は台風のようにスタンドを何周も渦巻いていた。微《かす》かにウグイス嬢が「四番、レフト、宇恵〜」と呼んだアナウンスに耳を澄まして確認し、康彦はバットを両手で握り、二回素振りをした。

バットを右手で握り、闊歩して打席に近づく。

レッズの捕手がマスクを上げて康彦を見てきた。なにか声をかけてきそうだったが、康彦の顔を見てやめたようだ。手抜きはごめんだ。最高のボールを思い切ったスイングで弾き返し、決めてやりたい。

打席に立つとバットをベースの上で軽く振ってから耳元まで引いた。それを合図に五万の観衆が息を呑んだかのように球場が静まった。

初球は低めに外れたフォークだった。耳の後ろで構えた康彦のグリップは微動だにしなかった。

二球目も外れた。この場面で四球を出したらファンが暴動を起こす。そう案じた捕手がベースの前に出て、リラックスしろと両肩を上下させていた。

三球目、狙っていたストレートが来た。だが康彦は手を出さなかった。捕手のミットに収まり、球審が「ストラ〜イク」とコールする。高さは悪くないが、コースが内角いっぱいだった。ヒットにできない球でもないが、詰まってしまうリスクもある。我ながらボールがよく見えている。

カウント、ツーボール・ワンストライクからの四球目、甘めのスライダーが真ん中に入ってきた。

よしゃ、もろた！

康彦は心の中で叫んでからバットを振り下ろした。ボールの曲がり端を真芯で捉える。手応えだけで、スタンドまで届いたと感じた。

打球は思いのほか上がってはいなかったが、右翼手が斜めに背走しながら打球を追いかけている。右中間席に向かう打球は、けっして失速しているようには見えなかった。

康彦は「伸びろ、伸びろ」と叫びながら一塁に走った。

スタンドまで届くと思ったが、少し角度が悪かったせいでホームランにはなりそうもなかった。それでも背走する右翼手が伸ばしたグラブの上を越えていくように見えた。よし抜けた、二千本や——そう思った瞬間、グラブを持つ手がさらに伸び、ボールの行方が消えた。右翼手は勢い余ってフェンスに頭から衝突した。

康彦は一塁を回ったところで立ち止まってしまった。選手もファンも、そして審判までが、倒れ込んだ右翼手を見つめていた。

右翼手が倒れたまま、近寄った二塁塁審にグラブを見せた。審判はアウトと手を上げた。

五万人の観客全員のため息で、球場ごと沼底に沈んでいった。康彦も思わず天を見上げた。

踵《きびす》を返してベンチに戻る途中、一塁手が「すみませんね、うちの若いヤツ、空気読めんで」と謝ってきた。

「ええよ、みんな必死にやってるんや」

康彦はそう答えて、ジョギングでベンチに戻っていく。

「アホか、広島、なに考えとんねん」

「ハッスルするなら、ジェッツ戦でやれ！」

ファンが次々とレッズの選手に罵声を浴びせる。その中から「宇恵、ようやった」という声も聞こえてきた。手を上げたらスタンディングオベーションで迎えてくれそうな雰囲気があった。実際、手を上げかけたのだが、先に頭をあげてファンの顔を見たら、思い止《とど》まった……。

ベンチに戻ると、仲間たちが「惜しかったですね」と次々に声をかけてきた。康彦は「ありがとう」と返していく。見渡すと、ベンチ裏の通路に大星社長と編成部次長の谷原が立っていた。

康彦は「悪いな」と目の前の若い選手を退けて、大星が立つ方向に歩いた。康彦が近寄ってきたことに大星は驚いた顔をしたが、すぐに笑顔を作った。

「いやあ、残念や、宇恵君。でもあと一本や。来年には達成できるやろ」

握手を求めてきたが、康彦は手を出さなかった。

「社長。私はきょうをもって引退します」

気づいた時にはそんな言葉が出ていた。

「おい、宇恵、冗談言うな」

横から谷原が割り込んできたが、「冗談でこんなこと言うか」と遮った。

「宇恵君、谷原君の言う通りや。早まったことを言うたらいかん」

康彦から引退を言い出してくるとは予想もしていなかったのだろう。大星が困惑した顔で慰留してくる。

「もう決めたことです。ですから試合後にはファンに挨拶する準備をしといてください」

「ちょっと待て、そんなことしたら撤回できんようになるぞ」

「撤回なんかしません。その代わり、条件があります」

「条件？」

功労金を寄越せと言われると恐れたのかもしれない。大星の顔が引きつった——。

冷たい六甲おろしが吹き下ろすまだ肌寒い春の球場に、「四番、レフト、宇恵〜」のアナウンスが響いた。

康彦は二度素振りをした。

「ウエやん、頼むで、最後の一本見せてくれや〜」

大股で打席に向かうと客席の方々から声援が聞こえてきた。康彦は去年の最終戦以上に盛り上がっているように感じた。

打席の前で立ち止まり、スコアボードを見上げた。

そこには「ありがとう、ミスタージャガーズ」と文字が光っていた。

三月、同じセ・リーグのライバルである東都ジェッツとのオープン戦。この伝統の一戦を引退試合にしてほしいというのが、最終戦で康彦が大星につきつけた条件だった。もちろん、それを大星は快諾した。

「ウエやん、ありがとな。このシャツ、一生の宝物にするで～」

いつものハチマキ男が叫んだ。「祝2000本安打」とプリントされたTシャツを着ていた。

「こんな貴重なもん貰《もろ》たんは初めてや。これ、プレミアもんや！」

貴重なのは当然だ。なにせ一九九九本で終わった幻の記録なのだ。だがプレミアはつかないだろう。この球場に来た五万人のファン全員がTシャツやタオルなど、二千本安打用に作った記念グッズを手にしているのだから。

引退したら無駄になるグッズをただでファンにあげてくれ──康彦が大星に出したもう一つの条件だ。

五千万円の儲けを考えていたのだ。原価だってずいぶんかかっている。最初は難色を示した大星だが、しばらく悩んでから了承した。引退してくれた方が康彦に年俸を払わなくてすむから安上がりになると計算が働いたのか、それともオープン戦でも満員になれば元は取れると考えたのか。どっちにせよ大星は咄嗟《とっさ》に損得勘定をしたのだろう。さすが大阪のチームの社長や。

だけど康彦だって得した気分だった。これだけのファンに喜んでもらえたのだ。選手冥利に尽きるというものだ。

引退を決めたのは最終打席で倒れた後にファンの顔を見たからだ。

ジャガーズのユニホームやハッピを来て応援する彼らは心の底から残念がり、「来年頼むで」と笑顔で励ましてくれた。

だが同時にこうも思った。

昔ならチームの四番がアウトに倒れれば、ファンはけっして笑ったりはしなかった。ため息を漏らし、もっとガッカリしたものだ。

ジェッツの捕手が「お疲れさまでした」と頭を下げた。「ありがとう」とは言ったが、すぐに「そやけど手を抜かんで投げさせてやってくれよ。情けはいらんで」と返した。

康彦が足場を固めるのを待ち、球審がプレーをコールした。ベース上でバットのヘッドを揺らした康彦は刀を引くように両腕を上げていき、耳の後ろで止めた。

記録上はあと一本届かなくても、自分の中で二千本打ったと納得できれば満足できる

——。引退試合で与えられた一打席で絶対にヒットを打ってやろうと、オフの間も練習を続けてきた。
ただし、それでも十分に空いた時間ができたので、義父に誘われ何度かゴルフに行っ
た。スコアは敵《かな》わなかったが、ドライバーの距離は義父を軽々と上回った。身内といえど
も、飛距離で勝つのはやはり嬉しい。義父のボールを軽々超えていくたびにはしゃぐ康彦
に、義父は「康彦君、えらい元気になる薬でも手に入れたんとちゃうか」と皮肉ってき
た。

左打席から投手の顔を睨んでいると、トランペットの音が薄れていき、名前を連呼する
ファンの声援までが遮断された。打席に立つと自然と集中し、ホームランを量産した全盛
期のイメージが甦ってくる。

投手がゆっくり振りかぶり、足を踏み出した。腕を振る。その動作が康彦にはすべてス
ローモーションのように映った。

ストレートだった。やや外角のベルトの高さ、康彦の一番好きなところだ。

十八年の集大成のつもりで力いっぱいスイングした。

打球音とともにファンの歓声が沸く。だが高々と上がっていく打球を見て、康彦は舌打
ちした。

「しもた、テンプラや」

これでは伸びても外野の定位置より少し奥まで行く程度だろう。ゴルフのせいで振り上げ過ぎてしまったようだ。

一塁に走りながら打球の行方を見た。右翼手がゆっくり後退していきながら、グラブを構えていた。そのグラブに球が収まり、ファンが落ち込む声まで想像できた。

だが打球はまだ落ちてこなかった。

右翼手はさらに下がって、フェンスに背中をつけた。

落ちてくる打球に向かってジャンプする。

「入ってまえ！」

康彦は叫んだ。

風に乗った打球はグラブの上を越え、ファンが手を伸ばして待ち構えるスタンドの最前列に吸い込まれた。

スイートアンドビター

両耳にイヤホンをはめているにもかかわらず、マンモススタンドの歓声が鼓膜まで響いてくる。その歓声よりやかましいのが、放送席の隣からキンキンと尖《とが》った声で喋《しゃべ》りまくるもう一人の解説者だ。

よく、まぁ、そんなに喋ることがあるもんやな、と滝澤寿郎《たきざわとしろう》は、隣の久保谷《くぼや》の解説を呆れながら聞いていた。解説というよりは文句、選手批判だ。ダブル解説として長くコンビを組まされているが、久保谷が選手を褒めたことは数えるほどしか記憶にない。

「メジャー式かなんか知りませんけど、走り込みや投げ込みといった基礎トレーニングを怠って筋トレばっかりしとるから、九月初めで息切れしてしまうんですよ。僕がジャガーズの監督やったら、秋のキャンプで徹底的に鍛え直しますね。それこそグラウンドで吐くくらい走らせますわ」

テレビ局は〈滝澤&久保谷の甘辛解説〉をナイター中継の売りにしているが、勝っている試合ならまだしも、負け試合になると寿郎の喋る出番はほとんどなくなる。ただし野球の守備と同じで、ぼーっとしているとボールが飛んでくるから、注意しなくてはいけない。

「確かに久保谷さんのおっしゃる通り、八月の死のロード以降、ジャガーズにミスが目立ちますね」

「八月からやありませんわ。四月からひどかったから五位なんて順位なんですよ」

「今年は一度も優勝争いができないふがいないシーズンになりましたしね」

「集中力が足りんのですよ。ジャガーズの選手はオフに寺に修行に行って、住職に思い切り肩を叩かれてきたらええんやないですか」

久保谷は声をあげて笑った。

「その点、元監督というお立場から、滝澤寿郎さんはどう見られていますか」

ほら、来た。アナウンサーが、寿郎の顔を見ることもなくボールを投げてきた。

解説を始めた頃は、突然訊かれるたびに頭が真っ白になったが、三十年もこの仕事を続けたおかげで、どんな状況でも対応できるようになった。大切なのはアナウンサーの手に安易に乗せられないことだ。寿郎はゆっくりと顔をマイクに近づけてから、口を開いた。

「まあまあ、確かにさっきのプレーはいただけませんな。それでも選手は一生懸命やってます。クボやんが怒るのも分かりますけど、人間はミスをしますから、そんなに責めたら可哀想ですよ」

「監督らしい思いやりのある言葉ですね」

そうは言ったところでアナウンサーは寿郎のコメントにはさして興味があるようではなく、それ以上は突っ込んでこなかった。今年七十歳になる寿郎がジャガーズの監督だったのは三十年も昔のことだ。にもかかわらず、今でも「監督」と呼ばれる。それが野球界の仕来《しきた》りのようなもので、大昔のボクシングの世界王者が今でも「チャンピオン」と称されるのと同じだ。

「ほら、こんな言葉もあるやないですか。『ぼうふらが、人を刺すよな蚊になるまでは、泥水飲み飲み浮き沈み』って。今のジャガーズはまだぼうふらみたいなもんですわ。成長するまで長い目で見守ってあげんといけません」

自分でもうまい喩《たと》えが出たと思ったが、すぐに久保谷から「なに言うとるんですか、監督」と窘《たしな》められた。

「なんか違っとったかな?」言い間違いをしてしまったか。それとも久保谷のことだからなんで蚊になるまで待たないかんのですか、と言い返されるのかと思った。ところが久保谷の指摘は違った。

「そのセリフ、僕が監督に教えてあげたんやないですか」

そや、そやった、いつか久保谷が言うてた名役者のアドリブだった。自分の顔が赤くなったのが分かった寿郎は、一つ咳払《せきばら》いした。

「まあ、それはそうと、クボやん、まだ、お茶の間の皆さんはお食事中かもしれません。

いくらなんでもテレビで吐くなんて下品なこと言うたらいけません」

大御所と呼ばれる寿郎が言えば、大概《たいがい》の解説者はすみませんと謝るのだが、久保谷は違う。ひと言注意すれば、マシンガンを放つように反撃してくる。

案の定、「もう夜の八時を回ってまっせ。こんな時間までのろのろ食べてんのは、監督くらいですよ」と言い返してきた。「最近、試合前の弁当を食うのも遅なったという話やないですか。歯が悪なったんやないですか」

矛先がグラウンドにいる選手から自分へと変わったのを感じた。早《は》よ食おうが遅《おそ》食おうがわしの勝手やないか。それでも公共の電波で滝澤寿郎は年老いたと流されたらかなわん、とひと言、言っておくことにした。

「年取ったら食べるのが遅なるのもしゃあないですわ。そやけどクボやん、私は毎晩、夕方の六時には晩ご飯を食べてるんですよ。こんな遅い時間にはさすがに食べ終わってます。朝も毎日六時に起きて、散歩してから食べてます。これがまた美味《うま》いんですわ」

十年前に一人暮らしになってからは、以前にも増して健康的な生活を心がけている。

「なんか、野球中継が突然、年寄りが出てくる健康番組みたいになりましたな」

久保谷が口に手を当てて笑った。アナウンサーもこの程度では、寿郎が不機嫌にならないことが分かっているから、一緒になって笑っていた。

寿郎が、煩《うるさ》く言うとしたら、アナウンサーや年下の解説者が日本語の使い方を間違えた時くらいだ。全国中継なのだから、間違った言葉遣いは青少年の国語教育に悪影響を与えかねない。

だが正しい言葉の指摘でさえ、久保谷は受け入れない。

一ヵ月前の放送で、久保谷が四番を打つ宇恵《うえ》を「今の宇恵には四番は役不足ですわ」と言ったとき、放送終了後に「クボやん、役不足というのは選手の力が足りないことじゃなくて、選手の力量に比べて役目が不相応に軽いという意味で使うんやで」と注意した。そんなところが久保谷からは「ファンはふがいない四番バッターに怒り心頭なんです。監督の方こそ、もっと喋らん細かいところまで聞いてますかいな」と反論され、さらに「監督の方こそ、もっと喋らんと、解説者には役不足だと間違えて言われまっせ」と笑われた。

さすがにその時は言い返してやろうかと思ったが、自重した。すばしっこかった若い時分ならまだしも、今の寿郎では、まだまだエネルギッシュな五十代の久保谷と喧嘩しても勝ち目はない。

グラウンドに目をやると、二死満塁で打順が回ってきたジェッツの先発ピッチャーが、ベースから離れて立っていた。大量リードしているため、打つ意思がないのだろう。一度もバットを振ることなく三球三振に倒れた。アナウンサーが試合に戻った。

「三振です。ようやく七回表のジェッツの長い長い攻撃が終了しました。試合は六対〇とジェッツの一方的な展開となりましたが、この後、ラッキーセブンでジャガーズがどこまで反撃できますかどうか。解説に元ジャガーズ監督の滝澤寿郎さん、ジャガーズOBの久保谷亮《りょう》さんという甘辛コンビを迎え、香櫨園《こうろえん》球場からお伝えしておりますジャガーズ対ジエッツの伝統の一戦、それではここで一旦《いったん》、CMです」

アナウンサーの声が途切れると同時に、いつもと同じ横縞のTシャツを着て、横でしゃがんでいたADの西下《にしした》が「一分間、CM入りま〜す」と声を出した。寿郎がイヤホンを外して立ち上がると西下が「どうしたんですか、監督」と訊いてきた。

「ちょっと、おしっこ行ってくるわ」

冷えてきたせいで尿意をもよおしてきた。

「心配せんでも一分で戻ってくるから」

放送席を横歩きで通り過ぎようとすると「急がんでも大丈夫ですよ、試合が始まっても僕が繋いでおきますから」と久保谷が振り向いた。

「ああ、クボやん、そん時は頼むわ」

「年取ってからの便所はワンアウト三塁の守備隊形と一緒ですから。注意してくださいね」

「ワンアウト三塁の守備隊形？　どういうことや」

「常に前進守備でお願いしますってことですわ」

「なるほど。キミ、うまいこと言うな」

女房が生きていた頃は、もっと前に立ってよとよく叱られたものだ。

「それからよう素振りをしてくださいね。振らんでしまうと、後で恥を掻くことになりますから」

「なんで便所で素振りをするんや」

「振らんでパンツにしまうと、残尿で中がビショビショになるやないですか。そうなったらあとの祭りですからね」

しれっとした顔で、久保谷はズボンのファスナーを引っぱるジェスチャーまで加えた。隣でアナウンサーが噴き出すのを堪《こら》えていたが、寿郎と目が合うとしわぶいた。

まったく、馬鹿にしよって……。

腹を立てながらも寿郎はぎくりとした。久保谷は豪快に見えて観察眼の鋭い男だ。以前、ズボンの前を濡らして前屈みで戻ってきたのを目撃されたのかもしれない。

試合は〇対九で大阪ジャガーズの大敗で終わった。

七回裏の攻撃が無得点で終わると観客は帰り支度を始め、放送席も久保谷の独擅場となった。「高い金貰っているのに糞ほども役に立たん選手はやめさせたほうがええ」だの「今出ている選手の半分はトレードに出すべきです」と好き勝手なことを言っていた。

もっとも、ジャガーズ人気に驕《おご》り、明らかに練習量が不足している主力選手をバサバサと断っていく久保谷の喋りは、寿郎が聞いていても痛快だった。こんな試合内容では、寿郎が選手を擁護しても視聴者の反感を招くだけ。それが分かっているのか、アナウンサーもほとんど寿郎には話を振らなかった。

試合が終わると、ADの西下が「お疲れさまです、監督」と頭を下げた。

「ああ、西下君、お疲れさん、長い試合やったな」

そう言うと、西下は笑顔を作ってから「お茶を用意していますので、控え室に戻りましょう」と寿郎の前を歩き始めた。

すでに久保谷はアナウンサーと談笑しながら通路の先を歩いている。まだ喋り足りないのか、「ジャガーズは大阪桐蔭と入れ替え戦をした方がええんやないか」などと大きな話し声が聞こえてくる。

久保谷の横にはプロデューサーとチーフディレクターがくっつき、相槌《あいづち》を打っていた。きょうも彼らは久保谷のお供で夜の北新地に繰り出すのだろう。一軒目はテレビ局が出すが、二軒目からは久保谷が出すらしい。久保谷は太っ腹で、しかもよく食ってよく飲んで、歌も上手で、若いお姉ちゃんにモテるので、一緒にいて楽しいに違いない。

一方の寿郎はADの中でも下っ端の西下をつけられている。寿郎としてはその方が気が楽だ。控え室でお茶を一杯飲み、「それじゃ、お疲れさん」とテレビ局が用意してくれたタクシーで真っすぐ家に帰る。

「監督、試合前はすみませんでした」

細い通路の前から西下が謝ってきた。

「鮨の件ならもうええ。あんたのせいやないから」

「いえ、もっと早く気づいていれば、違う店に頼めたのに。僕の判断ミスです」

「わしは鮨甲の出前が気に入っているんや。他の店のは、わしの口には合わん」

試合開始前に鮨甲の特上鮨を取ってもらうのが、解説する日の習慣になっている。払いはテレビ局持ちだが、毎試合打ち上げに出掛ける久保谷よりは安上がりなはずだ。

その鮨甲がこの日は臨時休業していた。西下は他の店を探してくれたが、試合開始までに間に合わないからと、球場の売店で買ってきた弁当で間に合わせた。

弁当の中身はそんなに悪くはなかったが、こんな日に限って早めに球場に来た久保谷から、「監督、ずいぶん侘《わび》しい晩飯ですな。もっとテレビ局にええもん食わしてもらいなはれ」とからかわれた。

前を歩く西下が突然立ち止まり、半身になって脇に避《よ》けた。その先は微かに段差になっている。

西下は、少しでも通路に凹凸があると、立ち止まって寿郎のことを支えようとする。「大丈夫や」と何度言ってもやめないのは、上司から「滝澤に怪我させるなよ」と言われているからだろう。

五年前に寿郎は球場の階段で足を踏み外し、肩を骨折してしまった。あの時は痛さより情けなさの方が先に立った。足を取られた瞬間、体が倒れていきながらも足下の階段はよく見えていた。だから余裕で手をつこうとしたのだが、手をつくより先に地面がもの凄いスピードで迫ってきて、肩にぶつかってきたように思えた。

それはアクション映画を見ている時のような凄まじい衝撃だった。自分が頭や体で感じている時間が、実際の時間の流れより遅れていることに、その時寿郎は気づいた。

現役引退を考え始めた三十数年前もこんな感じだった。自分では捉えたと思うタイミングでバットを振っても空振りになる。捕れると思って伸ばしたグラブの先をゴロが抜けていく。挙げ句の果てに避けたつもりの悪球が顔に当たったこともある……。

老いというのは残酷だ。頭で理解する前に身をもって知らされ、恥を搔かされるのだ。ただでさえかつての栄光など、世間の人の記憶から次々と抹消されようとしているというのに……。

寿郎が段差に躓《つまず》かないように腕を支えてくれていた西下が、小声で話しかけてきた。

「監督、もし良ければ、これから鮨屋に行きませんか。鮨甲はお休みですけど、近くに美味《おい》しい店が出来たんです」

「気にするなって言うとるやろ、西下君」

「そうでしたね。監督はこの時間はご飯を食べはらないんですね」

試合中に夕食は六時にとると言ったのを覚えていてくれたようだ。実際は必ず守っているわけではなく、たまに口寂しくなって、夜遅くに煎餅を齧《かじ》ることもある。たまには試合後に食うのもいいだろう。そう言えば、カウンターで食べるのは三年ほど遠ざかっている。

「やっぱり、そこ行こか」

「本当ですか」

「ああ、連れてってくれ、西下君」

「は、はい」

西下は顔を綻《ほころ》ばせた。そうか、久保谷の担当なら毎試合後、美味いものにありつけるのに、西下は寿郎の世話を任されているせいで寂しい思いをしていたのだろう。よし、これからはたまには試合後に出かけるか。

控え室に向かうには、一般の観客と同じ通路を横切らないといけなかった。いつもながらジャガーズのハッピやユニホームを着たファンでごった返しており、すれ違うたびに足が止まってしまう。

一方の西下はその群れをすいと通り抜けていった。見失わないように西下の横縞を目で追っていたが、あっと言う間に五メートルほど距離が空いてしまった。

「監督、こっちですよ〜」

西下が手招きしながら大声で叫んだ。

周りにいた若いファンたちが「監督？　どこどこ？」と携帯のカメラを構えて首を回し始めた。

彼らの視線は何度も寿郎を通り越していった。ようやく寿郎を見つけると「な〜んだ、監督って滝澤かよ。残念」とつまらなそうに呟き、携帯をポケットにしまった。

鮨屋は住宅地の一角にあるとは思えない風流な佇《たたず》まいで、ケースの中に見えるネタも上等だった。聞けば大将は、北新地にある高級店で働いていたという。その店に寿郎はジャガーズの監督をしていた頃、何度か通っていた。当時はまだ見習いだったという大将から「いつか自分が握った鮨を滝澤監督に食べてほしいと思っていたんです」と言われ、寿郎はすっかりいい気分になった。

だがそれも束の間だった。久保谷がプロデューサーを含め、四人のテレビ局員を引き連れてやってきたのだ。

「おや、監督もこの店の常連だったんですか」

久保谷が寿郎に近づいてきたので、西下が気を利かせて隣の席を譲った。

「この店、出来て間もないというのに、さすが滝澤監督や。よう鼻が利きますなぁ」

久保谷に続いてプロデューサー、チーフディレクターと偉い順にテレビ局の社員が座り、西下は一番遠くの席に追いやられていた。

隣から久保谷が長い首を伸ばして、湯呑みの中をしげしげと覗き込む。

「なんや、お茶でっか」

「ああ、酒はやめてるんや」

そう言うと、久保谷はふーんと首を上下に振ってから「じゃあ、俺は生で」と言う。隣のプロデューサー以下テレビ局員たちも「じゃあ、僕も生」「僕も」「僕も」と順々に続いていく。まるで蛙の唄を歌う合唱団のようだった。

久保谷は今度は立ち上がって、端に申し訳なさそうに座っている西下の湯呑みを覗いた。

「なんや、キミもお茶かいな。仕事を離れてまで監督に付き合うことないんやで」

「い、いえ、僕もアルコールは弱いんで」

西下がどもりながら答えたが、その時には久保谷は「大将、あの子にも生ビールあげて」と注文していた。

「へい、生一丁、追加！」

久保谷に乗せられ、大将の声までさっきより覇気が出たように聞こえてくる。ビールが出てきて久保谷の音頭で乾杯した。茶を啜《すす》りながら、横目で見ると、西下が美味そうにジョッキを半分ほど空けていた。

久保谷のことだから、酒が入れば普段にも増して寿郎のことをねちねちと弄《いじ》り始めるだろう、と警戒していた。

せっかくの鮨が不味《まず》うなってはかなわん。だから何を言われてもまともに受け取らないと決めていたのだが、予想に反して久保谷は寿郎の気を良くしてくれた。なんと、「今の監督は即刻クビ。来年は滝澤監督や」と言い出したのだ。

すると久保谷に合わせて、一杯目からウーロンハイに変えた合唱団たちも「滝澤監督、最高じゃないですか」「滝澤監督でチームを一から立て直しましょう」と調子よく合わせてきた。

「クボやん。今さら年寄りの出番などあらへんで」

「なに言うてるんですか。こういう時こそ実績を残した大監督が復帰して、OBが一丸となってチームを改革すべきですよ」

そう言われると悪い気はしない。「チーム、ファン、OBが一丸となって」は寿郎がよく言うセリフだった。

「今でこそ、〈激甘の滝さん〉と言われてるけど、俺が入団した頃は、〈鬼の滝澤〉と恐れられていて、若い選手はいつ怒鳴られるかと怖くて近づけなかったくらいやからな」

久保谷がテレビ局員に向かって言った。

「クボやん、それじゃわしがひどい理不尽な先輩やったみたいやないか」

「理不尽じゃないですよ。間違ったことを間違ってると言える数少ない先輩でしたよ」

「それって、すごいやないですか。監督」

普段は寿郎に興味を示さないプロデューサーまでも見る目が変わってきた。

「でも意外ですね。滝澤監督がそんな怖いお方だったなんて」

チーフディレクターが久保谷に尋ねた。

「怖いなんてもんやないで。チームの和を乱した選手には鉄拳制裁や」

「鉄拳制裁ですか？」

そこにいた全員が、驚いた顔で寿郎の顔を見つめてくる。

「なにをそんなに驚いてるんや。あんたら滝澤監督が殴っている姿、想像できんか？」

久保谷が大きく目を見開いて訊いた。

「全然想像できません」

「若いもんは昔を知らな過ぎて困ったもんですな、ねえ監督」

久保谷が同意を求めてきたが、寿郎は「クボやん。わしは鉄拳制裁なんてしたことないで」と否定した。

首位打者を獲った頃に、一度だけ口の利き方を知らない新人に手をあげたことがある。

そうは言っても後頭部を叩《はた》いた程度だ。

久保谷は「またまた〜、若いもんの前だからってええ人になり過ぎですよ、監督」と目を細めた。

「僕も『おまえら一列に並べ』と立たされ、端から順番にはり倒された一人ですから」

合唱団が一斉に「ひぇ〜、ビンタですか」と奇声をあげた。

「そや、ビンタや、怖いやろ〜」久保谷はますます調子づいた。

みんな信じていたが、よく考えてみれば、そんなことはありえないと分かりそうなものだ。久保谷は一八八センチ、寿郎は一六六センチと身長差が二十センチ以上もあるのだ。台にでも登らなければ、寿郎は久保谷の頬まで手が届かない。

これではこれまで築いてきた自分のイメージが損なわれるのではないかと心配したが、「やりますね、監督」とか「さすがですね」と感嘆してくれるものだから、それ以上否定しなくてもいいような気がしてきた。

「大将、さっき貰った中トロの刺身、程よく脂が乗ってホンマに美味かったわ」

寿郎は黙ってまな板に向かっていた大将に言った。

「さすが監督、お目が高いですね。あのトロは最近では一番の上物ですよ」

「なんや、監督、もうトロ食われたんですか」

「ああ、クボやん、柔らかくて噛まんでも溶けていくようやったわ」

「聞いてるだけで涎《よだれ》が出ますな」

そう言われ、つい「大将、みんなにも出したってや」と口にしてしまった。これではこの店の支払いは寿郎が持つと宣言したようなものだ。すかさず、支払い役のプロデューサーがニンマリした顔で「じゃあ僕もトロの刺身をいただきます」と注文した。偉い順で座る部下たちも、「僕もいただきます」と順々に続き、最後に西下までが「僕もお願いします」と小声で言った。

余計な出費になったが、たまにはいいだろう。毎回、食事や飲みに連れていく久保谷と比べたらたいした額ではない。テレビ局との交渉はすべて娘の智子《ともこ》に任せているので詳しくは分からないが、鮨屋で飲み食いするくらいの額は貰っているはずだ。

その後は次から次へと出てくる旬の魚をつまみに、寿郎を監督に想定したジャガーズの来季構想がいっそう盛り上がっていった。

北新地の名店で修業しただけあって、大将は寿郎があまり歯がよくないことも見抜いたようだ。たいして嚙むことなく飲み込める魚を選んで出してくれた。お陰で久保谷に負けないほど饒舌《じょうぜつ》になれた。

「ところで滝澤監督でしたら、今の主力はどうされるんですか。久保谷さんは放送では、半分くらいクビでいいとおっしゃっていましたけど」

プロデューサーが訊いてきた。

ここで久保谷のコメントを否定しては、監督を勧めてくれた久保谷に申し訳ない。そう思って寿郎は、「クボやんが言いたいのも分かる。だけどクボやんは選手を奮起させるためにあえてあんな厳しいことを言うとるんや」と持ち上げた。

「まあ、そういう面もありますけどね」と久保谷も満更でもない顔をした。

「クボやんのように厳しく接しながらも、選手のプライドも尊重する。それが大事なんやないかな。なにせ彼らは野球で給料をもらっているプロやからな」

我ながらうまくまとめた。

今の選手に「使えない」と烙印《らくいん》を押し、よそから大物を獲得しては失敗するのがジャガーズの古くからのパターンだった。そんな補強を続けたせいで二十年以上優勝から遠ざかった苦い歴史もある。

ところがプロデューサーから「そんなんでここまで緩んだチームが締まるんですかね」と反論された。彼は三杯目までは久保谷のペースに付き合っていたが、その後はハイペースで焼酎を注文しだし、いつの間にか目が赤く充血していた。

「引き締める方法は他にいくらでもあるで」

「例えば何ですか。具体的に聞かせてくださいよ」

せっつかれて言葉に詰まってしまう。自分がもう一度監督をやるなんて考えたこともなかったから、再建方法と言われてもすぐには思いつかない。

「例えばや……」

ゆっくり喋りながら首を捻《ひね》った。

「あっ、そや。例えばチームで最低限のルールを決めとくんや。例えば一塁から二塁、二塁から三塁へのタッチアップは無理することはない。長いシーズンを戦うんや。ケガしたら元も子もないからな。だけど三塁走者で、外野フライが上がった時だけは、多少、浅かろうが、全力でタッチアップする。その時は頭から滑り込んででも絶対にセーフになる」

「どうしてですか」

隣のディレクターもが「得点になるからですか？　それなら二塁から三塁にも必死に走った方が、次の得点に繋がる可能性は高くなりませんか」と質問してきた。

「得点なんかどうでもええ。それより大事なのは打者への思いやりや」

「思いやり？　なんすか、それ」

「犠牲フライというのは、アウトとセーフで天と地くらいの違いがある。アウトだと打者の記録は外野フライ、凡退や。それがセーフになれば打率は下がらんと、打点がつく」

「そんなの当たり前じゃないですか」

「当たり前のことが大事なんや。全力で生還してくれれば、打者は三塁走者に感謝するやろ。よし、次は自分がこの借りを返そうと思う。そういう心配りを繋いでいくことで、チームは一つにまとまっていくんや」

自分でも最高の理論だと悦《えつ》に入《い》ったが、テレビ局員たちは皆、ピンと来ていない顔をしていた。

「そんなんでジャガーズが復活しますかね」

プロデューサーは口を半開きにして言った。

他の連中も「ダメだ、こりゃ」とか「来季もBクラスだな」と小声で囁《ささや》き合っていた。

ところが寿郎の隣で黙って話を聞いていた久保谷が、急に立ち上がった。

「さすが滝澤監督や、ええこと言う」

大きな両手で拍手しだした。

「野球ちゅうのはそういう小ちゃいことの積み重ねなんや。一打席が一試合、一試合が一シーズンになる。そういうのを怠って来たから、ジャガーズはすっかり弱なったんやで」

久保谷の一言で、寿郎の主張に批判的だった連中も順々に態度を豹変させた。

「その通りですね。僕も納得しました」

「そういうのがチームワークなんですね」

茶化されることはあっても、久保谷に味方されるとは思いもしなかった。意外とええやつやないか。寿郎が監督をしていた時、エースだった久保谷にも特別扱いはしなかった。恨まれているかと心配したこともあるが、むしろ感謝してくれているようだ。

久保谷はそこで、カウンターの中で仕事をしていた大将に顔を向けた。

「じゃあ、大将、そろそろ握ってもらえるか」

「へい、何にしましょう」大将は布巾でまな板を拭きながら威勢良く返した。

「監督もまだまだ行けますやろ？」

正直、満腹だったが、ここで断ると、監督をやるのに体力がないと思われそうだと「わしもそろそろ飯が食いたいなと思ってたんや。大将握ってや」と言った。

「へい、監督、何がいいですかね」

「そやな」とネタを探したところで、久保谷は立ち上がってガラスケースの一つに目を近づけた。

「大将、この中に入っているの全部貝やろ」

「そうです。アワビに赤貝、トリ貝、ミル貝、青柳……とくにアワビは雄が入ってます。コリコリして美味しいですよ」

わしは歯が悪いから貝はあかんのや、と言おうとしたが、先に久保谷が「じゃあ、その貝、全部行こか。大将、ここにいる全員に握ったって」と声を上げた。

「いただきま～す」合唱団が一斉に声をハモらせると、大将はガラスケースから貝を取り出し、勢い良くまな板に打ち付け始めた。

今さら、自分だけ要らないとは言い出せず、寿郎も出されたアワビを口に入れた。

大将が自慢するだけあって、雄のアワビは歯ごたえがあり、憎たらしいほど硬かった。

それでもいつまでも口に入れているわけにはいかないと、力を入れて奥歯で嚙んだ瞬間、嫌な音がした。どうやら奥歯が欠けてしまったらしい……。

翌日、娘の智子が孫の竜之介《りゅうのすけ》を連れて寿郎の家にやって来た。

独身時代はキャリアウーマンだった智子には、経理や出演依頼の対応など一切の事務を任せている。寿郎には似ず、言いにくいこともはっきりと言うタイプなので、とくに交渉ごとにはうってつけだ。

一通り仕事を終えた智子は縁側でくつろいでいた寿郎に緑茶を淹《い》れてくれた。

孫の竜之介は庭でサッカーのリフティングをやっている。器用なもので、つま先で軽く弾ませるボールはなかなか地面に落ちない。小学校のエースストライカーである竜之介は、来年からはJリーグの子供チームに入る将来有望なサッカー少年らしい。

孫がサッカーに夢中になるのは正直、複雑な気持ちだ。だが以前、どうして野球をやらせないのかと智子に聞くと、「お父さんだって今の時代に生まれていたら野球よりサッカーをやっていたわよ。運動神経のいい子はまずサッカーなんだから」と返された。智子曰く、野球は年寄りくさく、小さな子供がいる母親たちの間でもサッカー選手の方が断然人気があるそうだ。

「でもお父さん、監督なんてやめた方がいいわよ。お父さんだって、あんな大変な仕事は二度としたくないって嘆いていたじゃない」

自分のお茶を持って座布団に膝をつけた智子が顔を顰《しか》めた。

智子には、昨夜の鮨屋で出てきた監督復帰の話を説明していた。けっして球団から頼まれたわけではない。久保谷とテレビ局員の間で盛り上がっただけだが、チームに絶大な影響力を持つテレビ局から、回り回って就任要請されても不思議はない。

「そやけど、チームがこんな時代やからな。誰かが火中の栗を拾わんと、またジャガーズは暗黒時代や」

「だからってお父さんがやることはないわよ。それにチームだって今さらお父さんに声を掛けてこないわよ」

「忘れられた人間が突然、復帰するのがジャガーズの伝統というのをおまえは忘れとるな」

自分で忘れられたと言うのは、自虐的過ぎたなと反省したが、智子は気にもせずに「そう言えばこの前もゾンビみたいな人が復活したものね」と言ってきた。

新しく就任した編成部長のことだろう。確かにその人事には寿郎も驚いたが、いくらなんでもゾンビはひどい。

「たとえ声が掛かっても監督なんて割に合わない仕事、絶対にやめた方がいいって」

智子は湯呑みに口をつけながら続けた。

「チームが勝てばいいけど、負けたら監督一人が悪かったみたいにA級戦犯扱いされるし」

「智子、おまえA級戦犯の言葉の使い方が違っとるぞ。A級というのは罪の種類であって、必ずしも一番悪いと言われているわけではないんや」

だが智子は「罪の種類だろうがみんなから悪者扱いされるのだから同じよ」と取り合わなかった。意地でも誤りを認めないのは久保谷とよく似ている。

もう冷めたかなと、湯呑みを触ってから、寿郎は緑茶を啜った。

熱くはなかったが、欠けた奥歯に茶が沁《し》みた。

「どうしたの？　お父さん」

顔を歪《ゆが》めたのを気づかれたようだ。

「いや、ちょっと奥歯が欠けてもうてな」

「見せて」智子が顔を近づけてきたので口を開けた。「わぁ、虫歯になってるじゃない。早く歯医者に行かないと手遅れになるわよ」

「ええよ、そんな長生きするわけじゃないし」

歯医者は苦手だ。麻酔もかけずにペンチで歯を引っこ抜かれた大昔がトラウマになっている。

「大丈夫よ。私が行っている歯科医のクラマエカズキ先生ならすごく丁寧だから」

「上手かろうがええって、我慢するから」

「我慢って、そんな歯じゃご飯も食べられないじゃない。明日、予約を入れておくわね」

勝手に歯科医に電話をかけ始めた。スケジュールはすべて任せているため、別の用事があるとごまかすこともできない。

電話をかけ終えると、智子は「そうそう、大事な話を忘れていたわ」と切り出した。

「この前、上嶋《うえしま》さんから電話がかかってきて来年の契約の話をしたのよ」

上嶋は昨日の鮨屋にも来ていたテレビ局のプロデューサーだ。

「はっきりとは言わなかったけど、どうやらこれまでの年単位だった契約を、中継一本でいくらという本数契約に変えたいみたいなの」

「本数契約？　なんでや」

「それがね。他のテレビ局で解説をやっていた大ベテランがこの前亡くなったんだけど、そのテレビ局、その解説者と年間契約だったものだから、病気して寝たきりになってからも、死ぬまでお金を払い続けたんですって。そりゃそうよね。テレビに出られないからといって急に契約を打ち切ったら、世間からテレビ局はなんて冷たいんだって文句をつけられるものね」

その先輩なら名前を出されなくても分かる。寿郎と同じジャガーズの監督経験者だ。人は悪くないのだが、嫁が悪妻で有名だった。あの嫁相手ではテレビ局は打ち切りを言い出すこともできなかったのだろう。

「別にうちはお父さんが寝たきりになっても、お金を貰うつもりはないけどね」

「寝たきりってなに言うてるんや」

「私も別にそちらがそこまで心配するなら、本数契約で構わないですよと言いたかったけど、かといって、こっちからじゃあ一本いくらですか、とは訊けないじゃない」

智子のことだからあまりに安いと寿郎のプライドが傷つくと心配してくれているのだろう。

プロデューサーには頭に来た。まったく縁起でもないことを考えよって……わしはこの通りピンピンしとるわ。

「わしは本数契約だろうが構わんよ。仕事をさせてもらうだけありがたいと思わないかん」

「そんな人のいいことを言ってたら仕事なくなっちゃうわよ」

「仕事がなくなったらなくなったで、この家でのんびり過ごしたらええ」

「のんびりって、お父さんがどうやってのんびり過ごすのよ」

「のんびりと言うたらのんびりや。昼間までゆっくり寝て、テレビでも見て」

「寝るって、眠る体力もないくせに」

嫌なところをついてくる。現役時代は典型的な夜型で、毎日昼間まで寝ていたのが、今は毎朝六時に起きるようになった。健康志向でそうなったわけではなく、夜中のうちに何度も目が覚めて、眠り続けることができないのだ。年をとってからの睡眠は弱いチームの延長戦みたいなものだ。毎回、悪夢ばかり見て、長く寝れば寝るほど体力が消耗していく。

「それにテレビといっても、この前なんか一分間に三度もつけたり消したりしていたわよ」

「しょうもない番組ばっかりやっとるからや」

リモコンという便利なものができたから替えてしまうのだ。昔のようにテレビに近寄らないとチャンネルを替えることができなければ、もう少し辛抱して見る。

「本数契約にしたとしてもいくらなんでもいきなり安くはしないだろうけどね。お父さんは一応、ジャガーズの功労者なんだし」

また契約の話に戻った。

「局だってさんざん世話になっておいて、死者に鞭《むち》打つようなことはしないでしょう」

「死者？」

「あっ、死屍《しし》に鞭打つだっけ？」

どっちでも同じだ。

智子が「後足で砂をかける」と間違えているのは分かったが、とても指摘する気にはなれなかった。「死者」という言葉はゾンビや寝たきりより強烈で、いつか自分にもお迎えが来ることを実感させた。

次の日、夕方から他局が中継するジャガーズ対ジェッツ戦でもテレビで見ようとのんびりと過ごしていた寿郎だったが、智子が歯医者に予約を入れていたのを思い出し、慌てて出かけた。

受付で保険証を渡し、初診用紙に記入していく。受付の女性に「クラマエ先生の予約ですね」と訊かれたので「ああ」と返事をした。

しばらくして「滝澤寿郎さん、保険証をお返しします」と呼ばれた。待合室には十人ほどの患者がいた。昔なら名前が呼ばれた瞬間に人が駆けつけてきて、サインをねだられたものだが、誰も見向きもしなかった。

智子には、仕事がなくなっても構わないと、強がってみせたものの、テレビに出なくなれば、ますます人に知られなくなるだろう。まだ生きているのに、死んだと思われるかもしれない。最近、そう思い込んでいた往年の役者が突如、バラエティー番組に出てきて、幽霊かと驚いたことがある。

智子が言うように、仕事がなくなって空いた時間を、どう使えばいいのかも寿郎には見当がつかなかった。六時間寝たとしても残りはまだ十八時間もあるのだ。今は他の解説者が出ている他局の野球中継も観戦するし、スポーツ新聞にも目を通すが、解説の仕事がなくなれば真剣には見なくなるだろう。

若い頃は本が好きだった。老後はのんびりと読書に耽《ふけ》ろうと、縁側のあるあの家を建てた。だが本というのは列車での移動中のような限られた時間に読むからこそ、早く先が読みたいとページをめくる手が止まらなくなるのであって、時間はいくらでもあると思うと、開く気にもならない。

診察室の中から「滝澤さん」と呼ばれた。

ゆっくり立ち上がって中に入っていく。診療台に座ると、可愛い顔をした歯科衛生士のような女性が寿郎に前掛けをかけてくれた。

「口を開けてください」と言われたので大きく開けた。彼女は「わっ、これは深いですね」と声をあげた。「でも神経を取ってしまえば痛みはなくなりますから。準備しますから口を閉じていいですよ」

「もしかしてあんたが、歯医者さんなのか？」

寿郎は口を閉じて、衛生士だと思い込んでいた女性の顔を見つめた。目が大きく、女子高生のようなあどけない顔をしていた。

「はい、私がクラマエですよ」

見せられた名札には蔵前和希と書かれてあった。てっきり男性かと思い込んでいたが、まさかこんなに若い女とは……。

「大丈夫ですよ。私の腕を信用してください」

女医は細い二の腕をもう片方の手で二度叩いた。

寿郎は倒れた椅子から起き上がり、「すまんが、用事を思い出したんでまた来るわ」と帰ろうとした。

「なに言ってるんですか。今治療しないと大変になっちゃいますよ」女医は寿郎の体を押さえつけた。華奢な体に反して結構な力がある。「すみません、麻酔の準備してくれますか」とてきぱきと準備を進めていった。

「ちょっとキミ、無茶はやめとこ」そう言ったものの、彼女は「はい、ア～ンしてくださいね」と無理矢理、口の中に手を突っ込んできた。

「そうだ、智子さんから監督をお願いします、って言われましたけど、寿郎さんはなんの監督をされていたのですか」

口を開けたまま訊かれた。彼女くらいの年齢だと、寿郎がジャガーズで監督をしていた頃は生まれてなかったのだろうが、それでもなんの監督とは失礼な話だ。

「監督って、現場監督や」

すぐに冗談だと分かると思って言ったのに、彼女は「わっ、素敵。私、ガテン系の人、好きなんですよ」とマスクの上の目を輝かせた。

「現場監督でしたら我慢強いですよね」

「我慢って、痛むんかいな」

「ちょっと響く程度です。工事現場と同じくらいですね」

小さなドリルのようなものを見せながら言った。

「麻酔しますから大丈夫ですよ。せっかくですから、きょうのうちにガリガリやって、神経まで取っちゃいましょうね」

「ガリガリやるって、キミ、その日本語、おかしいぞ」

「監督、危ないですからもう喋らないでください」

女医は寿郎の口をさらに大きくこじ開け、歯茎にためらいもなく麻酔の針を突き刺してきた。


ドリルのようなもので、それこそガリガリやられたせいで、夜は痛み止めなしでは寝付くこともできなかった。ようやく痛み止めが効いてきた翌日の夕方、寿郎はジャガーズ戦の解説のため球場に向かった。

年契約を本数契約に変えようとテレビ局が目論《もくろ》んでいる――そう智子から聞かされて以来、自分は不要に思われているのではと不安になっていたが、一週間に二度も仕事があるのだからそこまで心配することはないのだろう。

珍しく相棒は久保谷ではなかった。引退して三年も経たない若いジャガーズOBが二人来ていた。普段はケーブルテレビでの解説が多く、九月に入ったというのに、二人とも地上波での解説は今季初めてだそうだ。

試合はまたしてもジャガーズが序盤から一方的に失点する展開になった。エラーあり、バント失敗ありとお粗末な内容だったが、寿郎はチームを非難したり、選手を個人攻撃したりすることはなかった。

とは言え、この夜はどうも調子が出ない。それは隣に座った若い解説者が二人そろって、「選手が一生懸命やっているのは分かります」や「最後まで諦めずに頑張ってほしいですね」ときれいごとばかり言うからだ。

二人ともいずれチームにコーチとして呼び戻してもらいたいのだろう。だから現場を傷つけるような過激なことを言えない。ましてやチーム批判、監督批判はもってのほかだ。選手も下手くそだし、ベンチもへぼな采配ばかりしているのに、放送席からは誰も文句を言わない……こんな解説、寿郎が家で見ていても、真っ先にチャンネルを替えている。

試合後、西下と一緒に控え室に戻ると、中で久保谷が座っていた。

「監督、この間はごちそうさまでした」

「そんなこと言うために待っててくれたんか」

「えらい高なったんやないですか。あんな大勢で飲み食いしましたから」

「いや、あれくらいたいしたことないわ」

一度に十万円以上支払ったのは十年振りくらいだった。歯まで折れてとんだ出費になったが、テレビ局員に「ごちそうさまでした」と頭を下げられたことに、若い選手を連れて夜の街に繰り出した現役時代を思い出した。

「監督、あそこの鮨、美味かったでっしゃろ」

「ああ、なかなかやったな」

「実はきょうの昼間も行ってきたんですわ」

「きょうもかいな」

また貝ばかり食ったんだろう。一本くらいその強い歯を分けてもらいたい。

「それより、キミ、きょうはどないしたんや」

「ラジオの解説だったんです」

「ラジオか。キミのことやから口喧《くちやかま》しいほどぼやいたんやろな。こっちはキミがおらんから味気ない解説になってもうたわ」

「こんなひどい試合見せられたら、せめて解説者くらいおもろないと、ファンは野球が嫌いになってしまいますよ」

「わしかて見ててしんどかったわ」

「まあ、いくら喋ってもラジオはこっちが安いですけどね」

親指と人差し指で丸を作った。それでもこの男はラジオが好きなようで、テレビ以上に結構な数をこなしている。

「しかしクボやんは若いな、いつ見てもパワーが有り余っているようで、羨《うらや》ましいわ」

「そうですか。僕も五十九になりますよ」

「そんなになるんかいな。わしが七十になるんやから、キミかて年も取るわな」

「監督かてまだまだ元気やないですか」

「いやいや、最近は球場に来るのもしんどうなった」

「そんなことないでしょう」

「道歩いていてもコケそうになるから、段差のたびにこの西下君が、待っていてくれるんや、なあ、西下君」

西下は「は、はい」と恐縮して答えた。

「年を取ったらたまにはコケますよ」

「クボやんはそんな心配はあらへんやろ」

「僕かてこの前、自転車に乗っててコケましたがな」

「キミがかいな？」

「自分では足着いた気になっていたんですけど、まだ着いてなかったんですね。そのままズズッと転んでもうて……よく浅いところなのに溺れて死んだというニュースを聞くやないですか。あの時、浅瀬で溺れるって言うのはこういうのと同じなんやなって思いましたよ。本人は足が着いた思ったところで、着いてないから、余計に慌ててしまうんでしょうな」

自分と同じや。そう思ったら急に久保谷に親近感が湧いてきた。

「そうか、そうか。クボやんでもそんなことがあるんか。なんか安心したわ」

「それに目は悪くなるし、白髪は増えたし、衰えたと思うことばかりですわ」

「だけど食欲はあるやろ。毎日のように鮨を食えるんやから」

「食う量は減りましたよ」

「歯はどやねん。まさか硬いもの噛んで欠けたりはせんわな」

「監督、歯悪いんですか？」

貝のせいで奥歯が欠けたとは言えず、「昨日、歯医者に行ったらそろそろ気をつけてくださいって言われたんや」とごまかした。

「僕も最近は、歯医者ばかり通ってますよ」

「ほんまかいな」

久保谷の歯は白くて大きくて、見るからに健康そうなのだが、見かけによらないものだ。

「奥歯なんてもうグラグラしてますから」

久保谷は指を口の中に突っ込んだ。

「なにしとるんや、クボやん」

「なんか引っぱったら抜けそうな気がして」

親指と人差し指で右下の奥歯を引っぱろうとする。

「ちょっと、キミ、なにしとんねん。やめなはれ」

注意したものの、久保谷は「あっ、ホンマに取れそうや」と言い、片目を瞑《つむ》って指を引っぱった。

「あっ、取れた」

久保谷が叫び、取れた歯を寿郎に見せようとした。

寿郎は両手で目を覆ったが、それでも指の隙間から白とドス黒い色が混じったものが見えてしまった。血？ 粘膜？ いったいなにが一緒に取れたのだ……。

「キ、キミ、なんてことするんや」

「すみません、監督。これ、昼間に食ったアワビでしたわ」

アワビの滓《かす》を見せられた時には寿郎の腰は抜けかけていた。

また智子が竜之介を連れてやってきた。竜之介は「こんにちは」とはにかみながら挨拶したただけで、庭で球蹴りをやっている。

「ねえねえ、お父さん、やっぱり本数契約はやめた方がいいみたいよ」

急にやってきたのは、テレビ局との契約の話の続きをするためだったようだ。

「この前は、それでもええと言うてたやろ」

「そのつもりだったんだけど、よく聞くと、本数契約って一本いくらって決まっているわけではなくて、地上波とケーブルテレビでは全然ギャラが違うみたいなの。地上波だと三十万円くらいだけど、ケーブルだと一本三万円なんだって」

「三万？」一ヵ月に三本やっても、この前の鮨屋に一回行けば消えてしまう額だ。

「地上波の三十万でも今と比べたら大きく減るんだけど」

「今っていくら貰ってるんや」

「今？　年間一千万円」

「一千万円も？」

自分でも驚いた。解説は年間十本程度だから一本にすると百万円。それが最悪三万円に減るのだから、選手で言うなら戦力外通告をされたようなものだ。

それでも仕方がないのかもしれない。野球の視聴率は年々下がっている。そう言えばプロデューサーも「我々の給料だって下がりっぱなしですよ」と鮨屋で嘆いていた。

「だけどケーブル専門で契約をしろと言われたわけではないんやろ」

「私もそう思ったんだけど、だけどそれってテレビ局の手で、本数契約に変えた途端、ケーブルに回すんだって。今みたいな高い年契約だと、割に合わないから地上波しか出さないんだけど」

「智子、なんでそんなに詳しいんや」

疑問に感じて尋ねた。プロデューサーがそこまで裏事情を話すはずはない。

「西下さんが電話をくれたのよ」

「西下君が？」

「会社は滝澤監督を切りたがっている。だから本数契約に変えてフェードアウトさせようとしていますって」

時間をかけてテレビでの出番を減らしていこうという意味か。そりゃまたきつい言葉だ。

「で、西下君はどうせい、と言うてきたんや」

「本数契約なんてテレビ局の思う壺ですから、絶対に受けちゃダメです。意地でも年契約を主張した方がいいって。滝澤監督はテレビ局にとっても功労者なんですからって」

西下が会社を裏切ってまで忠告してくれたのか。ただ残念なのは西下が単なるＡＤにすぎないということだ。彼にはまるで権限がない。

智子もテレビ局の仕打ちに怒っているのかと思ったのだが、そうではなかった。

「お父さん、もうやめてもいいんじゃないの」

顔が神妙になった。

「やめるって解説の仕事をか」

「少なくとも地上波は若い人に任せた方がいいんじゃないかな。まあケーブルではやりたくないって言うのなら、いっそのことやらなくてもいいと思うし」

「そやかて、おまえもこの前は仕事がなくなってもやることがないだけやと言うてたやないか」

「お母さんが死んで、お父さん一人になってからは、仕事はずっと続けてほしいと思っていたけど、でも最近のお父さんの解説、なんか嚙み合っていないように思えるのよね」

「嚙み合っていない？　久保谷とか？」

「ううん、久保谷さんとならまだいいんだけど、昨日みたいな若い解説者だと、一緒になってチームに胡麻を擂《す》っているみたいで」

「胡麻を擂るはないやろ。わしはチームに愛情を持って接しているだけや」

「ジャガーズが強かった時代は甘口でも良かったけど、今みたいに弱くなってしまうと、ファンは怒りの捌《は》け口を求めているのよ。なのにお父さんが『選手は頑張ってます』と擁護するから、滝澤はなにを言っているんだって怒るのよ」

「怒りがわしに向くんやったらそれでええ」

自分が責められるのはなんてことはない。世話になった球団だ。喜んで犠牲になる。

「だけど選手だってありがた迷惑だと思ってるんじゃないかしら。火に油を注ぐようなもので、お父さんが味方になればなるほど、ファンは余計に選手に対して怒ってしまうのよ」

寿郎が選手時代、ジャガーズは万年二位だった。OBから好き勝手なことを言われるたびに、あんたら自分らが優勝出来んかったくせに、よう言えるなと呆れたものだ。だから解説者になった暁には、絶対に選手の悪口は言わないと心に決めた。それが選手の迷惑だなんて言われるとは……。

三十年の解説者人生を全否定されたようで、寿郎はすっかりしょげてしまった。

「平凡なフライです。おっと、セカンドとセンターがお見合いだ。打球は間にポツンと落ちた。三塁ランナーに続き、二塁ランナーまで生還。ジャガーズまたまた失点です」

アナウンサーの呆れたような実況に隣の久保谷も「ジャガーズの選手はなにをやっとるんですか。弱いチームなんですから衝突してでも俺が捕るという気概がなくてどうするんですか」と憤る。

九月末のジャガーズ対ジェッツの最終戦が寿郎のこの年の最後の仕事となった。この日の相方は久保谷だった。今季を象徴するふがいない内容に、序盤から喋りまくっている。

「開幕からずっとこんな試合をやってるんですからファンが怒るのも当然ですよ。僕かて金返せと言いたくなりますわ」

「本当にその通りですね、久保谷さん。それではもう一人の本日の解説、滝澤寿郎さんは、今年のジャガーズの戦いぶり、どう見ておられますか」

アナウンサーが振ってきた。久保谷を焚き付けている時と違い、寿郎に尋ねる際は口調が優しくなる。

「まあ、ちょっといただけませんな」

まだ話すつもりだったのに、アナウンサーは「確かに監督がおっしゃる通り、一生懸命やっているのは、我々、放送席から見ていても分かるのですが」と勝手に話を進めた。

いつもならここでマイクから離れるのだが、この日の寿郎は口をつけたまま喋り続けた。

「いやいや、一生懸命やってようが関係ありません。今のセカンドとセンターなんかは、プロの仕事やないでしょう。即刻、二軍落ちですよ」

まさかそんなコメントをするとは予測していなかったようで、アナウンサーは目を丸くして寿郎を見た。

「それにこんなひどいエラーをしたというのに誰一人、怒る選手がいないのも寂しいことですわ。サードを見なはれ。ジェッツのランナーとお喋りしとるやないですか。私でしたらあのサードも一緒にベンチに下げますわ」

自分の口調が普段より早口になっていることに気づいた。

「それにベンチもベンチですわ。アホみたいにボケ～ッとして。ベンチに緊張感がないから選手の気が緩むんですよ。なあ、クボやん」

「えっ、ま、まあ、そうですね」

久保谷も調子が狂ったようだ。

「戦う気のない者はコーチやろが選手やろが、縦縞のユニホームを着る資格はありませんな。まずはそこから変えんことにはいつまで経ってもジャガーズは再建できません！」

「監督、お疲れさまでした～」

試合が終了すると同時に、プロデューサーとディレクターが弾けそうなほどの笑顔で近寄ってきた。

「いやあ～、監督のゲキ、スカッとしましたよ。ありがとうございます」

プロデューサーが頭を下げると、ディレクターも「局でも滝澤監督はよう言うてくれた、と電話が鳴りっぱなしです」と手を摺《す》り合わせた。

「そうか、それは良かったわ」

「ジャガーズのベンチにテレビを持って行って聞かせたいと思ったくらいですから」

「来年からはこの路線で行きましょう。滝澤＆久保谷のダブル激辛解説、うちの大きな売りになりますよ」

三十年間溜めていたものをすべて吐き出すように、寿郎は試合終了までぼやき続けた。口を挟むタイミングを失った久保谷は、すっかり拗《す》ねて、試合が終わるとそそくさと帰ってしまった。

プロデューサーとディレクターがえびす顔で引き揚げていくと、放送席にADの西下だけが残った。西下からも「監督、きょうの解説は本当に素晴らしかったです」と言われた。

「じゃあ、控え室に戻りましょうか。美味しいお茶を淹れますので」

いつものように、前を歩き誘導し始める。

「そういや、西下君、いろいろ智子にアドバイスをしてくれたそうやな。ありがとう」

「いえ、アドバイスだなんて」

西下は恐縮して軽く頭を下げた。

「キミには申し訳ないけど、さっきのプロデューサーには、来年からは本数契約でええと言うといてくれや」

「えっ、どういうことですか」

西下は足を止めた。

「それに地上波ももうええわ。来年からはケーブル専任にしてくれ」

「どうしてですか、監督、せっかく視聴者も喜んでくれているのに」

「いや、悪口を言うのは気持ちいいけど、やっぱりわしには向かんみたいや」

「そんなことないですよ」

「いや、わしのは単に文句を並べただけや。クボやんみたいな愛情は足りん」

「監督の言葉もチーム愛に溢《あふ》れていましたよ」

西下は擁護してくれたが、寿郎には久保谷との違いはよく分かっていた。

久保谷には遠慮がない。それは選手のために自分が矢面に立とうという覚悟があるからだ。だからファンも「クボやん、そこまで言うたら選手が可哀想やろ」と選手への怒りが鎮まっていく。憎まれ口ばかり叩く年寄りがいるお陰で、世の中がうまく回るのと同じだ。

寿郎もどうせならそんな年寄りになろうと好きなことを言ってみた。確かに言ってスキッとはしたが、言えば言うほど口の中に苦みが残ったのも事実だった。言葉だけはちゃんと嚙み砕いて喋らんことには気持ちが悪うなる。貝も嚙めんくせに……まったく困った歯だ。

どう返答していいか困っているのか、西下はずっと俯《うつむ》いていた。

「西下君、ギャラなら心配はいらへんで」

「そんな心配はしてませんよ」

「確かケーブルは一本三万円やったな。わしもその額で構へんから」

「三万だなんて。監督にケーブルに出ていただけるなら、その時はもっと上げるように僕がプロデューサーに言いますよ」

「他の若手と同じでええ。せやないと滝澤だけなんで特別扱いなんやと恨まれるからな」

寿郎は声を出して笑った。

「その代わり、すまんけど、来年からもあれだけは頼むわ」

「あれだけと言いますと……」

「試合前にキミが頼んでくれてる鮨甲の出前や。あれを食わんとどうも調子が出んのや」

西下が嬉しそうに目尻に皺を入れた。

「分かりました。では来年からも特上鮨を僕が責任を持って頼みます」

「ああ、頼むわ」

「貝抜きでいきますね」

「キミ、わしが歯が悪いことを知っとったんか」

「僕が何年、監督についていると思っているんですか」

言われてみれば西下がついて三年になるが、貝類が入っていたことは一度もなかった。

仕事の前に好物の鮨をごちそうになって、好きな野球を見ながら、好きなことを話す……。

こんなに恵まれた老後があるだろうかと、寿郎は野球の神様に感謝した。

カラスのさえずり

ぽつぽつと客が入り始めたスタンドに向かって、大島佐絵《おおしまさえ》は音声のスイッチを押した。

「本日も中部ドームにご来場いただきありがとうございます。それではこれより、中部ドルフィンズ対横浜ベイズの第二十回戦を行います。まず初めに両軍の先発バッテリーをお知らせします」

ほとんどの客は聴いちゃいない。まあいつものことだ。

「中部ドルフィンズ、ピッチャーは……」

そこで佐絵は少しだけ溜めを入れた。

「……池本、キャッチャーは野崎《のざき》、横浜ベイズ、ピッチャーは入江《いりえ》、キャッチャーは岩《いわ》城《き》、ドルフィンズは池本、野崎、ベイズは入江、岩城のバッテリーでございます」

ひと昔前なら「イマナカ」とか「ヤマモトマサ」とエース級の名前を呼べば、スタンドはどっと沸き上がったものだ。

だから佐絵も毎朝、スポーツ紙を読み、観客が誰の先発を期待して球場に来るのか、必ず頭に入れた。アナウンスブースに送られてきたメンバー表に書かれている名前が予想と違った時には、普段にも増して溜めを作り、観客を驚かせるのに一役買ったものだ。

だがセ・リーグも予告先発を始めたお陰で、聞かせどころもなくなった。応援団がトランペットを奏で、選手の応援歌を歌ったところで、盛り上がりは知れている。

ガラス窓の向こうでは、ドルフィンズの帽子を逆向きに被《かぶ》った小学生くらいの子供二人が、ジャンプして中を覗いてくる。どんな女性が声を出しているのか気になるのだろう。このあたりに座る客は大概《たいがい》、ウグイス嬢の顔を見ようとする。

無視していると、いかにも悪ガキ顔の二人は手を伸ばしてガラスを叩き始めた。佐絵があっち行け、と手で追い払うと、口を大きく開けてなにか言った。「声と全然違うぞ、ババア」と言ったように見えた。今年で四十五歳になったのだから声のイメージと実際の顔が異なるのは仕方がない。

この後、ビジター球団のノックが終わるのを待って、両軍のオーダーを発表する。ざっと見渡したところで、サプライズになるような選手はいなかった。ただしその先発を呼ぶのは、きょうは佐絵の役目ではない。

ノッカーの打ったキャッチャーフライがスタンドに入りそうになった。

佐絵は音声スイッチを入れ「打球の行方にご注意ください」とアナウンスした。ところが言い終わるより先に、隣に座る金髪に野球帽を被ったサングラスの若者が、弾けるような声で割って入ってきた。

「ヘイッ、みんな、それではこれからドルフィンズの先発メンバーを発表するぜっ。一番、ライトフィルダ〜、ユースケ・シンハタ〜」

名古屋の繁華街、錦《にしき》のクラブでDJをやっているケンジは、今年から応援団のような役目として起用された。これまではドルフィンズの攻撃前に一塁側スタンドからマイクパフォーマンスをしていたのだが、「一度ケンジ君にブースからやらせてみてくれないか」という球団の意向で、この日は同席することになった。

最初からドルフィンズのメンバー紹介はケンジに譲るつもりでいたのだが、まさか佐絵が観客に注意を促している時に割り込んでくるとは……。もし打球が当たったらどう責任を取るのだ。

だが佐絵の睨みも気に留めることなく、ケンジは喋り続けた。

立ち上がった姿勢で、マイクを持たない左の掌を裏返したり、広げたり、横にしたりしながら、選手の名を呼び上げていく。自分を見てくれと観客にアピールしているようだった。

「あの男、勘違いしていませんか。どうにかしてくださいよ」

試合後、栄《さかえ》にある手羽先屋に行っても、佐絵の怒りは収まらなかった。一緒にいるのは球団営業部の次長である金山《かなやま》と、ウグイス嬢の後輩、石堂千里《いしどうせんり》だ。

千里が三年前に入社してきてからは佐絵と千里が一日交代で務めている。最初からそううま
「まあまあ、ケンジ君もブースから喋ったのはきょうが初めてだから。最初からそううまくいかないよ」

手羽先をしゃぶるように食らいついている金山が、ケンジを擁護した。名古屋の手羽先は最初に半分に折ってから食べれば、綺麗に身が抜けるのだが、他県出身の金山はその食べ方を知らないのか、まだ身が残った骨を次々に骨入れに捨てている。

「初めてとかの問題じゃないですよ。ルールを守らないことに私は腹を立てているんですよ。きょうだって試合中は、私が選手の名前をコールしてから、彼がパフォーマンスをすると打ち合わせしていたはずです」


七回にドルフィンズがチャンスになると、ケンジは佐絵が選手の名前を呼ぶ前に、「ネクストバッターは、六番セカンドベースマン、テツヤ～～オノウエ！」と絶叫した。ドルフィンズの好機に気が逸《はや》ったわけではなかった。その証拠に、「ゴーゴー尾上《おのうえ》、ゴーゴードルフィンズ」と拳を突き上げて連呼しながら、ケンジは佐絵の顔を横目で覗いた。「あんたの出番はねえよ」と言われたように感じた。

「どうしてあんな軽薄な男を雇うんですか。野球が軽く見られちゃいますよ」

「大島君が戸惑うのも分かるけど、球場のボールパーク化は、社長の方針でもあるし」

「あんなのただメジャーリーグの真似しているだけじゃないですか」

ボールパーク化を宣言しているのはドルフィンズに限ったことではなかった。最初は、球場を含めた施設全体を、ファンが楽しめる空間に変えていこうという趣旨で用いられていたが、いつの間にか、アメリカ的にアナウンスをすることだけがそうだと思われるようになった。まるで女のアナウンサーは古くさいと言われているようで、無性に腹が立つ。

「だけど英語を使うと、お客さんのノリもよくなるじゃない」

金山は四本目の手羽先に手を伸ばしながらケンジの味方を続けた。「キミらも食べたら」と勧められたが、佐絵も千里も手をつけなかった。手羽先は嫌いではないが、ナイターが終わった深夜に食べるものではない。

「英語を使うって言いますけど、あの人、日本語を英語っぽく言っているだけじゃないですか。ヒットを打った後も『イイゾ〜、ナ〜イス、バッティン！』ばかり繰り返しているし、チャンスの時なんか『ヘイ、ミンナ、ソレ、カッ・ト・バ・セ〜』ですよ」

佐絵は口を尖らせた。ケンジのおかしな言葉はいくらでもある。

中部ドームではチャンスになると、ファンファーレ調のメロディーが鳴る。アメリカのプロスポーツなら観客が一斉に「チャ〜〜ジ！」と声を揃えるのだが、ケンジは、パパラパッパラ〜のラッパの後に「フレ〜、フレ〜、ドルフィンズ」と叫んでいた。

おまえは運動会の応援団長か——そのたびに佐絵は突っ込みたくなる。

「それに発音もひどいし。ライトやレフトのことを、ライトフィルダーとかレフトフィルダーとか言うのはいいですけど、RもLもまったく区別をつけていませんよ。ちょっと千里ちゃん、発音してみて」

おとなしくウーロン茶を飲んでいた千里が「right fielder」「left fielder」とすぐさま口にした。

SSKの一つ、椙山《すぎやま》女学園大学を卒業した典型的な名古屋嬢である千里は、アメリカに留学したことがあるので抜群に発音がいい。

短大の家政科出身の佐絵も学生時代は地元名古屋のラジオ局で、洋楽番組のパーソナリティーをやっていたことから、とくに外国人選手を呼ぶ際は注意している。「クエンティン・ローウェル」という名の四番バッターを佐絵は「ラ～ウェゥル」と舌を巻いて発音する。

この仕事を始めた時、先輩から学んだことだった。中部ドームのウグイス嬢は、相手チームの外国人選手は普通に言うくせに、ドルフィンズの外国人選手だけは流暢な発音で呼ぶ――業界では結構有名な話だ。

「それなら今度、石堂さんもDJ風にやってみてよ」

金山が言った。

「そうよ、千里ちゃん、あなたの方があんな軽薄男より断然発音がいいんだから、あの男に選手紹介をやらせて、あなたがパフォーマンスをやればいいのよ」

佐絵も囃《はや》し立てたが、千里は困惑した顔で「私には無理ですよ」と首を振った。

せっかく二人でタッグを組んでケンジを追い出そうと目論《もくろ》んでいたのだが、拍子抜けした。千里は今でも選手の名前を言い間違えるし、代打のタイミングで間延びして、盛り上がりに水を差すことも多い。だから球団にＤＪを呼ぼうなんて発想が生まれてしまうのだ。

最後の一本の手羽先を食べ終えながら金山が言った。

「女性アナウンスの伝統を守りたいという気持ちは分からなくはないけど、そうは言っても、大島さんは今年いっぱいでやめちゃうわけだしさ」

「まあ、そうなんですけど」

家庭の事情を理由にナイター勤務はできないと申し出たのは佐絵だった。来シーズンからは日勤である営業に異動することが決まっている。

「そうなると石堂さん一人になってしまうわけだから、石堂さんとケンジ君で仲良くやってもらうしかないじゃない」

「ということは次長、来年は千里ちゃんとあの軽薄男の二人でやらせるんですか」

「そうだよ」

「私がやめたら、新しい女の子を採るって言っていたじゃないですか」

そう確認を取ったから、やめることを決心したのだ。

「最初はそのつもりだったんだけど、ほら、毎年のように観客動員が減って、経費削減と球団も煩《うるさ》くてね。ケンジ君をDJとして雇っているのなら、いっそのことアナウンスもケンジ君に任せてもいいんじゃないかって部長が言い出してさ」

「そんな……約束が違うじゃないですか」

「それにほら、男性がDJ風にやるのは十二球団の流れでもあるしさ」

確かに今はほとんどの球団がDJを雇っているし、パ・リーグでは女性をやめて、男性が選手紹介をしている球団もある。佐絵は半分ほど残っていたサワーをすべて飲み干してから言った。

「そういうことを言うなら、私やめるの撤回しますよ」

「えっ」

金山は驚いたが、千里は「本当ですか!」と嬉しそうに顔をあげた。

「大島さんが一緒にやってくれるなら私、来年からも安心して仕事できます」

「ちょっと石堂さん、キミ、余計なことを言わないでよ」

金山は伸ばした手で千里を制した。

「せっかく決まったのに、今頃になってそんなこと言わないでくれよ。営業部でもキミの仕事を用意して、キミが来るのを心待ちにしてくれているんだから」

金山は遠回しな言い方で戻る場所がないことをほのめかす。

「いいえ、千里ちゃん一人になっても今まで通り、女性が選手紹介をする。それを約束してくれないのであれば、私はやめません！」

けっして希望して始めた仕事ではないが、それでも球場から女性の声が消えれば、自分の人生までもが否定されてしまう気がした。

「こんにちは」

玄関の扉を引くと、佐絵は部屋の奥まで聞こえるほど大きな声で挨拶した。

自宅に戻ってくるたびになんて挨拶すればいいのか、いつも悩んでしまう。

自分の家なのにこんにちはないだろうと思いつつ、家を出て十年以上一人暮らしをしているのに「ただいま」とも言い辛《づら》い。とくに母が死んで、父一人になってからは、いっそうよそよそしくなった。

パンプスを脱いでリビングまで入っていくと、父はいつもと同じようにソファーに行儀良く座ってテレビを見ていた。

「あら、吉川さんはおらんの」

台所を見渡しながら尋ねると、父は「ああ、買い物行くって出ていったわ」と答えた。

あのおばさん、またどこかで道草を食っているのだろう。父に徘徊《はいかい》癖がないことをいいことに、彼女はヘルパーの仕事をほっぽり出し、しょっちゅう家を空ける。

「佐絵に会うのはどえらい久しぶりやなあ。一ヵ月ぶりくらいになるかのう」

「なに言うてるのよ、昨日も来たやない」

口にしてしまってから、認知症患者はけっして叱ってはいけないと医者から注意されていたのを思い出した。

だが父はしょげることもなく、「ほら、佐絵、パリやて、昔はよう行ったで」とテレビ画面を見ながら呟く。

母が死んでからこの家で一人暮らしをしていた父が認知症になったのに気づいたのは、父がいつもつけている旅番組のお陰だった。

それまでもアメリカやヨーロッパの風景を見て、父が懐かしそうに話しかけてくるたびに、なにかヘンだなとは感じていた。

早稲田に進学したものの、卒業後はUターンして、名古屋の大手ガス器具メーカーに就職した父は、一戸建てを建てて、トヨタの車を家族分所有し、もちろん新聞は中部新聞と、名古屋エリートを象徴する人生を送ってきた。若い頃から頻繁に海外の工場に出張していたが、忙しさのあまり、家族で旅行したことはほとんどない。記憶にあるのは佐絵が小学生の夏に飛彈高山の民宿に泊まったことくらいだ。

それがニューヨークの自由の女神を見て、「あの高い像に佐絵と母さんの三人で登ったわな。おまえが早《は》よ行ってまうから追いかけるのが大変やったわ」と言われ、これはまずいと病院に連れていった。

病院で認知症と診断され、区役所からは〈要介護2〉と判定された。五段階のうちの下から二番目なのでまだ軽度の方。それでも一人娘の佐絵が、名古屋で野球の試合がある日は、遅くまで球場を離れられないことを知った医者からは、介護付き老人ホームに入れた方がいいと勧められた。

佐絵も最初はそのつもりだった。しかしサラリーマン時代の忙しさから解放され、テレビを見ながらのんびり過ごしている父を見ていると、施設に入れるのが可哀想になった。

それが一年前のこと。それ以来、名鉄で二つ先の駅にあるマンションから、ナイターの日は午前中に、それ以外の日は仕事帰りの夕方か午前中に、父の様子を見に来ている。

家では料理もできない父は、火の不始末などの心配はないのだが、数ヵ月前にヘルパーの吉川から困ったことを聞かされた。

父が、吉川がいる間に風呂に入りたがらなくなり、吉川が帰ってからこっそり入っているらしいというのだ。

父を問い詰めたところ、「知らん女子《おなご》がうちにおるのに、風呂に入るんは恥ずかしいで」と言われ、頭を抱えた。

ヘルパーに風呂に入れてもらうわけではないのだが、急に女として意識しだしたのだからどうしようもない。仕事一筋で、おそらく浮気もせずに生きてきた父らしいと佐絵も諦めた。

誰もいない時間に風呂に入り、溺れでもされたら大変だ。

佐絵は悩んだ末に日勤の仕事に異動させてほしいと球団に願い出たのだ。

もっとも四十代半ばにさしかかって、ウグイス嬢と呼ばれることに思い悩んでいたのも事実だった。

声には自信があるが、スタンドからガラス窓の中を覗かれれば顔は見られてしまう。二十代ならまだしも、四十代半ばにさしかかったことで、口角が落ち、目尻の皺も増えた。元々色黒だったが、肌がくすんできたせいで、ますます黒くなった気がする。声を聞き、若くて美しい女性だとイメージしたところに、こんな疲れた顔を見てしまったら、ファンはさぞかしガッカリするだろう。

短大時代に、小麦色の肌ブームがやって来て、佐絵は準ミスキャンパスに選ばれた。そのおかげで、流行の女子大生ＤＪとしてラジオの番組にも出るようになった。あの頃が、もっとも夢と希望に溢《あふ》れていた気がする。佐絵を気に入ってくれたプロデューサーに頼めば、東京のラジオ局に出演することだって可能だった。

ところが東京で女の一人暮らしなどとんでもないと父が許してくれなかった。そればかりか父は、会社のコネで、勝手に中部ドルフィンズへの入社を決めてしまった。

球団職員の中に佐絵のラジオを熱心に聴いてくれているファンの人がいて、上の人間が、「そんなに声がいいならウグイス嬢をやらせよう」と言い出したのだ。いくつアウトになればチェンジになるのかも知らなかった佐絵は、最初はどのタイミングでアナウンスすればいいのかも分からずに苦労した。

もっとも現金なのは父だった。野球など興味もなかったくせに、佐絵が入社してからというもの同僚や取引先を連れて球場に来るようになった。佐絵がアナウンスするたびに「うちの娘の声や」と自慢していたらしい。

「佐絵はきょうも早よ、帰ってまうんか」

画面に目を奪われたまま父が訊いてきた。

「ご飯食べて、しばらくいるわよ。だからゆっくりお風呂に入ってちょうだい」

「そうか、そうか。風呂から上がったらビール飲みながら野球でも観ようや」

顔をくしゃくしゃにして言う。

「観ないわよ。なんで仕事が休みの日まで野球を観んといけんのよ」

「昔、よう観に行ったやないか」

また始まったと呆れてしまう。いったいどこからそんな妄想が生まれるのだろうか。

中学の時にオープンした東京ディズニーランドさえ、出発の前日に仕事が入ったと中止にされた。一人娘が悲しんでも仕事を優先するほど会社人間だったくせに……。

「おっ、ここどこの国やろか。この景色は見たことがあるで」

画面に港町を見下ろす洋館が映る。

「どこの国って、神戸ってテロップが出とるやない」

「ああ、シアトルや。おまえと行ったんは五歳の頃やったわな」

頭に血が昇りそうになるが、ここが我慢のしどころだ。医者に言われた通り、「そうね、お母さんも一緒に行ったわね」と会話を合わせる。頭が痛くなってきた。

「お父さん、私、ちょっと部屋で休んでくるから」と言い残し、二階にある自分の部屋に向かおうとした。ちょうど玄関の扉が開き、ヘルパーの吉川が姿を見せた。

「あら、佐絵さん、いらしたんですか」

お茶でも飲んできたのだろう。ずいぶんすっきりした顔をしている。

「はい。さっき来たばかりです。吉川さんはお買い物に行かれたそうですね。どうも、ごくろうさま」

「あ、いえ、お父様がジュースを飲みたいっていうものですから」

吉川は手にぶらさげていた布の袋からペットボトルのオレンジジュースを出した。父がジュースを飲みたいと言うわけがないからきっと自分用に買ったのだろう。

調子がいい吉川だが、だからといってすぐにやめてもらうわけにはいかない。

「吉川さん、私がいますから、きょうはいいですよ」

「でもまだ一時間もありますよ」

吉川が腕時計を見ながら言った。七時までが吉川に頼んでいる時間だ。

「たまには早く帰って休んでください。いつもお世話かけてお疲れでしょうから」

「それでは、お言葉に甘えさせてもらおうかしら」

吉川が出ていくと、佐絵は二階に行って横になった。最初は昔の本を読んでいたのだが、いつの間にかまどろんでしまったようだ。自分の部屋が与えられた中学一年の時に父に買ってもらった掛け時計を見たら、すでに七時半になっていた。

ご飯を作らなきゃと急いで階段を下りる。

「お父さん」

呼んだが、返事はなかった。

まさか外に出ていったのか？　玄関に靴があったのを確認してホッと胸を撫《な》で下ろす。

浴室の方から光が漏れていた。

お風呂だ。あれほど勝手に入らないでよと言ったのに……。

「もう、お父さんって」

声をあげて、風呂場の扉を開けた。

父は、浴槽の縁にラジオを置き、湯につかっていた。ラジオから聞こえてくる「六番、セカンド、尾上」という場内アナウンスに合わせて、「セカンド〜、尾上」と気持ち良さそうに呟いた。

「おお、佐絵、どないしたん」

「どないしたもこないしたもないわよ。勝手にお風呂に入られてってあれほど言うたやない」

「それよりおまえの声を聞きながら、風呂に入るんは気持ちええがや」

どうしてここにいるのに、ラジオから聞こえてくる声が娘の声だと思えるのか。きょうはジャガーズの本拠地である香爐園《こうろえん》球場での試合なので、聞こえてくるのもジャガーズのウグイス嬢の声だ。

「打った、尾上三塁線を痛烈に抜けるヒットだ。三塁新畑《しんはた》に続き、二塁からローウェルも生還、ドルフィンズ序盤にいきなり二点先制です」

アナウンサーの実況に、父は「やった〜やった〜」と手を叩いてはしゃいでいた。

営業部に属している佐絵は、ナイターのない日は球団事務所に行ってデスクワークをこなす。きょうもドルフィンズはジャガーズ戦のため関西に遠征中だ。

どの球団でも場内アナウンス係の女性は、球団に属しているか球場に属しているかの違いはあるものの、立場は似ている。ただ最近、多くの球団が採用し始めたケンジのような男性ＤＪは別だ。彼らはフリー契約なので、佐絵たちのように試合のない日に雑用をさせられることもない。こんなところにも男女的な差別を感じざるをえない。

今は年間シート受付の電話番をしているくらいであるが、これが営業に専念するとなると外回りもこなさなくてはならなくなる。普通の仕事を一度もしたことがない自分にできるのだろうか。服装だって、スーツを買い揃えなくてはならない。

悩みは尽きないが、金山からは「中部ドームで場内アナウンスをしていましたと自己紹介したら、喜んで切符を買ってくれるよ」と軽く言われた。確かに中部ドームに野球観戦に来たことがあるなら、大概佐絵の声を聞いたことがあるはずだ。普通に話す声を聞いて分かってもらえなくとも、「四番、ファースト、ラ〜ウェゥル」と発音すれば、間違いなく思い出してくれるだろう。

昼休みの時間になったので、佐絵は外に出た。最近は試合のない日は実家に寄っているため、外食する機会まで減った。たまには贅沢して山本屋本店の味噌煮込うどんでも食べようかと球団の入っているビルの外に出た。

ところが数メートルも歩かないうちに、短大からの友達である瑞穂《みずほ》から電話が掛かってきた。

「ねえねえ、来週女子会やるけど来られるよね」

瑞穂は早口で言ってきた。四十過ぎて「女子」と呼ぶのもどうかと思うが、彼女は気にせず、「この前言っていたワインバーで、祥子《しょうこ》たちと飲むことになったんよ。試合ない日やから大丈夫でしょ」とドルフィンズの日程までチェックしてから掛けてきたようだ。

「ごめん、私、行けん」

「どしてよ」

短大を出てすぐに結婚した瑞穂とはずっと音信不通だったのだが、二年前に離婚して急に連絡を寄越すようになった。子供はおらず、慰謝料をたっぷりもらい、それでいて仕事も再開したものだから金も時間もある。再会して三ヵ月後にはソウルに一泊二日の弾丸ツアーに出かけたし、去年の正月にはハワイに旅行した。

「ちょっと家の問題で、バタバタしとるんよ」

「もしかしてお父さんのこと？」

瑞穂には父の病気のことを話しているので素直に「そう」と答えた。

「症状が悪くなったん？」

「そういうわけではないんやけど……ううん、悪くなったかな」

体はピンピンしているので、悪くなったという実感はないが、知らず知らず手はかかるようになっている。

「じゃあ、仕事はどないするん？」

「それも今は悩んどるところ。一応、球団には日勤の仕事に変えてくれと頼んどるけど」

「それってもったいないやない。ずっと続けてきたのに」

「別にもったいなくないわよ。地味な仕事やし」

「せっかく中部ドームのあの声は私の友達なんよとみんなに自慢しとったのに」

「瑞穂は野球なんか滅多に観にいかんやない」

「そやね。旦那と別れたらテレビも見んようになった」

最近はそのテレビでも野球はやっていないが、口にするのはやめた。プロ野球が斜陽産業のようで、余計に惨めな気持ちになりそうだ。

「それやったら、佐絵は実家に戻るん？」

「自分の時間も欲しいからできればそうしとうないけど、でも最近はそれも考えとる」

ただ引っ越し業者のトラックに頼んで家具や家電などを運べば、近所の人間は、離婚して帰ってきたと見るだろう。いまだに結納や式に大金をかける風習が残っている名古屋では、当然のことながら出戻りに対する世間の目は冷たい。結婚せずにバリバリ仕事をしていて、父の看病のために実家に戻ってきた——胸を張って言えばいいのだが、そう説明するのもなにか結婚できない事情があるのかと勘ぐられそうで、気が引ける。

「それなら冬の旅行も無理やね」

ハワイを満喫した後、来年はイタリアに行こうと話していた。

「ごめん、何日も家を空けるのは無理やわ」

「残念、美子《よしこ》も誘ったのに」

「美子も」

美子も短大の同級生だが、彼女もまた卒業して間もなく結婚、それ以降は最初の子供が生まれた時に一度、会いに行ったきりだ。

「美子、離婚協議中なんよ」

「あんなにカッコいい旦那さんやったのに、なんで離婚なん？」

付き合っていた彼は長身のハンサムで、しかも旭丘《あさひがおか》から名古屋大を出て、五摂家の一つである東海銀行に就職した典型的な三高だった。

東京や大阪と違い、有名な大学といえば名古屋大と南山《なんざん》大くらいしかない名古屋では、高学歴の男を探すのは至難の業だ。なにせ男の三割が県外に出て行く。それもただの三割ではない。成績上位優秀者の三割が、だ。

「男も五十近うなれば、昔の面影なんか消えるわよ」

「そうなの」

「去年、子会社に二度目の出向をしたんやて。銀行はあっちこっちと合併していろんな人が入っているから人間関係も複雑みたいで、今度は片道切符らしいわ」

「片道ってどういうことよ？」

「もう銀行には戻れんってこと。年収も二百万も減ったんやて」

「二百万も？」

「学歴で安泰だったのはバブルが終わるまでよ。今はいい大学を出たって仕事がないんやから、若い娘《こ》は学歴なんて見ないって話よ」

若い娘は学歴を見ないと聞き、なぜかケンジの顔が浮かんだ。彼はきっとたいした学歴ではないだろう。少なくとも英語の発音は中学生並みだ。それでも本人は女にモテると思い込んでいる。

「でもリストラされたご主人じゃ、慰謝料も貰えへんやない」

「でも美子の家、お金持ちやから」

実家は名古屋で何店もの質屋を営んでいた。

「旅行行くにしても子供はどうするん？」

「もう大学を出て働いとるって」

よくよく考えてみれば美子は短大を出た翌年には出産したのだから、子供もそれくらいの年になる。

「じゃあ美子と楽しんできてよ」

佐絵はため息をつきそうになるのを抑えた。

「残念やけど仕方がないわね。フィレンツェでグッチのアウトレットに行くけど、なにか欲しいものがあったら言うてね。買ってくるから」

「ありがとう」

「今度、三人で会おうよ。ちょっとくらいなら時間あるでしょ」

瑞穂は気を利かせてくれたが、時間を作って会ったところで、関係は長くは続かないような気がしてしまう。

女が学生時代の友達と良好な関係を続けていくには、いくつも分かれ道を乗り越えなくてはならない。

一つは学校を出て仕事を始めた直後だ。仕事に生き甲斐を見出す女と早く結婚しようとする女とでは話題も合わなくなる。佐絵も一応は前者だった。野球シーズンは有休も取れず、早く帰ることもできないため、合コンばかりしている友達とはいつしか疎遠になった。

次の分かれ道は三十代になってからだ。

今度は結婚したチームと、独身チームとに分かれる。とくに母親になった友達の育児話にはついていけず、家に招かれたところで理由をつけて断るようになった。

だが一番の大きな分かれ道は四十代を過ぎて、親の介護という問題が出てきてからだ。子供の面倒はある時点で解放されるが、親の介護は親が死ぬまで続くことになる。それも年々小さい子供のように手がかかるようになるのだから大変だ。

親の介護のために仕事も変え、旅行にも行けなくなる。一人娘だから仕方がないと割り切ってはいたが、このまま続けていけるだろうか。やはり父には施設に入ってもらうべきなのか……そんな思いも頭を過《よぎ》った。

結局、山本屋本店まで行く時間がなく、近くの喫茶店であんかけスパゲティーを食べて、佐絵は球団事務所に戻った。

エレベーターの角を曲がると、廊下の真ん中にある給湯所のところで、つば広の野球帽を被ったケンジと千里が見えた。

ケンジは身振り手振りを交えて調子よく喋りかけているが、俯いたままの千里が嫌がっているのは明らかだった。

「ちょっと、あんた、こんなところで何をやっているのよ」

声を張り上げると、ケンジが驚いた顔でこっちを見た。室内だと言うのに、大きなサングラスはかけっぱなしだ。

「だいたい球団に何の用よ」

「用って、金山さんと打ち合わせに来ただけだよ。次のジェッツ戦、オレ一人でやらせてもらうことになったんでね」

得意げに口を横に開いた。やたらと歯並びがよくて白い。おそらくセラミックを被せているのだろう。

「一人で？　そんなの金山さんから聞いてないわよ」

「聞いてないのは当たり前さ。言ったらあんたが大反対するだろうから、実際にやってみて、盛り上がってるのを見せつけてから、あんたに言おうと思ってんじゃねえの」

いかにも無理して喋っているように聞こえる東京弁が余計に癪《しゃく》に障《さわ》る。もっとも親しくなるまでは標準語で喋るのは名古屋人の特徴で、佐絵にしても初対面の相手には出身地がバレるまでは名古屋弁は使わない。

「本当なの、千里ちゃん」

視線を千里に向けて尋ねたが、「私も今、ケンジさんに聞いて初めて知ったので」と頼りなく答えた。

「今時、ウグイス嬢なんて時代遅れだって球団も思ってんだよ。全然盛り上がんねえし」

ケンジは鼻の穴を広げた。

「だけど、あんたはやめちまうからいいけど、残されたこの娘は可哀想じゃんか。それで、DJのノウハウを教えてやろうと思ったんだよ」

言い方も鼻につくが、ひと言発するたびに、ラップミュージシャンのように指を伸ばしたり、掌を引っくり返したりする手の動きがムカつく。手を押さえて動きを止めてやりたい。

「どうせ千里ちゃんをナンパしようとしているだけでしょうよ」

「違《ちげ》えよ」

「あんた、千里ちゃんにおかしなことしたら許さないからね」

目を吊り上げて叫ぶと、ケンジは両手を胸の前に出して「怖《こえ》え、カラス」と言った。

「カラス?」

「あんた、やたらと肌が黒《くれ》えじゃんか。だから球団ではみんな、あんたのことをウグイスじゃなくて、カラスって呼んでんだよ。知らなかったろ?」

言い返すより先に自分の手とケンジの手の色を見比べてしまった。確かに自分の方がはるかに黒い。

「まあ、その昔、あんたがディスコで踊っていた頃はそれくらいの色黒が人気だったのかもしんねえけどな。まったく残念だよ。声はいいのによ」

「ディスコなんて行ってないわよ」

「あんたはディスコなんて行かねえか。ゴーゴーだな」

ケンジは両手を頭の上にあげ、激しく腰を振って踊った。佐絵はケンジの手を叩いた。

「うわ、カラスの襲撃だ。暴力反対だぜ」

本気で怒ったというのにケンジはまったく応えることなく、両手をパタパタと羽ばたかせながら去っていった。

「七回の裏、ドルフィンズの攻撃は、八番、レフト、宮内《みやうち》」

千里がそうアナウンスした瞬間、控えとしてブースに入っていた佐絵は、音声を止めて

「ちょっと千里ちゃん」と注意した。

〇対一とリードされた七回の攻撃、相手のジェッツは左投手がリリーフに出てきたのだ。ここは左の宮内ではなく代打が出てくるのが定石だ。

案の定、監督が出てきて交代を告げた。球審《アンパイア》はダッグアウト横にある審判控え室にあるマイクに向かって口を動かす。すぐにアナウンスブースのスピーカーから「代打、棟《むね》野《の》」と球審の声が伝わってきた。

「大変失礼いたしました。ドルフィンズのバッター……」

そこまで言いかけたところで、千里の隣に座っていたケンジがマイクを持って立ち上がった。

「バッター、宮内に代わってドルフィンズが誇る超スーパー代打の切り札〜〜、ダイスケ・ムネノ〜〜」

ケンジはそのまま「ゴーゴー、ムネノ、ゴーゴームネノ、カットバセ〜〜」と大きなジエスチャーで拳を突き上げた。

そこで場内にファンファーレが鳴った。

ケンジがこれまでと同じように「フレーフレー、ドルフィンズ」と声を張り上げると、球場に来ていたファンも「フレーフレー、ドルフィンズ」と返した。

棟野の打球はいい当たりだったが、ショートの正面をついたライナーだった。打った瞬間に沸き上がった歓声が一瞬にしてため息に変わる。ドルフィンズの監督が出て来た。代打攻勢をかけるようだ。

今度は千里も分かっていた。だからマイクのスイッチを押さずに、スピーカーから球審の声が聞こえてくるのを待っていた。

「代打・大東《おおひがし》」

今よ、千里ちゃん。佐絵が目で合図をした。

小さく頷《うなず》いた千里がスイッチに手を伸ばそうとしたところ、横からケンジの手が伸びてきてまたしても先に喋られた。

「さあ、一気に畳み掛けていこうぜぇ～、ネクストは右の代打～、ザ・スーパーサブ、ミスタ～～、カズマ・オオヒガシ」

マイクのスイッチをオンにしたまま、「ゴーゴー、オオヒガシ、ゴーゴー、オオヒガシ、カットバセ～」と連呼すると、ガラス窓の向こうでは帽子を逆向きに被った小学生が、ケンジに合わせて手を上げていた。球場全体も一緒になって声援を送っている。まずい。完全にケンジのペースだ。

佐絵がケンジと千里が座る間に割り込んで音声をオフにした。

「おい、なにすんだよ」

「勝手なことばかりせんでよ。千里ちゃんが選手紹介してからが、あんたの番でしょうに」

　思わず名古屋弁が出た。

「盛り上がってんだからいいじゃんか。オレがこれから得意のコール&レスポンスを名古屋のファンに披露しようとしてんのによ」

「なにがコール&レスポンスよ。あんたのは自分一人で盛り上がっているだけやない」

「なんだと」

　ケンジはサングラスを帽子のひさしの上に乗せた。

　普段見せない目を見せることで脅しをかけてきたつもりだろう。ケンジの目は初めて見たが、平目のように目の位置が離れているので、まったく迫力がなかった。

「あんた、きょう控えだろ。余計なところでしゃしゃり出てくんじゃねえよ」

「あんたが悪いんでしょうに」

「オレと千里ちゃんで阿吽《あうん》の呼吸でやってんだよ。せっかく息が合ってんだからいいんだよ」

　快音が聞こえ、球場が沸いた。打席の大東がセンター前にヒットを打ったのだ。

　ケンジは「ナイスバッティング!」とマイクを持って立ち上がった。

「いいぞ〜、ドルフィンズ、いっきに攻めろ〜」と叫ぶと、「ネクストバッターは、一番、ドルフィンズの切り込み隊長、ユースケ・シンハタ」と言う。

またここで、ゴーゴーとカットバセ〜を言うつもりだ。佐絵は再びスイッチを切った。

「だからやめろって。せっかく盛り上がってきたんだからよ」

「球場のアナウンスにもルールってもんがあるんよ。あんたそれをワヤにする気？」

「古くさいことを言ってんじゃねえよ」

「うちらのアナウンスを聞いてから打席に入る選手だっているんだから」

「そんなヤツ、今どきいねえよ。選手だってノリノリの方がいいパフォーマンスができるに決まってんじゃん」

「あんたのは軽薄なだけやない。だいたいなによ。フレーフレードルフィンズって。そこまで英語でやりたいんだったらチャージって叫べばええんよ。あんたバカだからチャージの意味も分からんでしょうに」

「攻めろって意味くらい知ってるよ。だけど金山さんがチャージだと充電みたいだって言うから、分かりやすく変えたんだよ」

ケンジは口を窄《すぼ》めた。

「それならお客さんが分かる英語を考えなさいよ」

「そっちこそ、やっつけろって意味の英語を教えてくれよ。あんた、昔、ラジオの洋楽番組のDJやってたんだろ？」

「やってたわよ。悪い？」

「まさか兵藤《ひょうどう》ゆきと人気を二分してたとか？　黒い兵藤ゆきと言われてたりして」

「全然世代が違うわよ」

兵藤ゆきは中学生の頃に夢中になって聴いていた深夜ラジオのＤＪだ。

「似たようなもんだろ。なにが『ラ〜ウェゥル』だよ。おばはんのくせに気取りやがって」

ヘラヘラと笑うケンジに、ますます頭に血が昇っていく。

「そんなに英語が知りたいんなら教えてあげるわよ」

「ファックとか言うんじゃねえだろうな。球場でそんな物騒なことを言ったら放送事故が起きちまうぜ」

「ここでそんな下品なことを言うわけないじゃない。千里ちゃん、やっつけろってなんて言うん？」

首を動かして千里に尋ねる。

「えっ、私ですか？」

「あなたアメリカ留学してたんだから、スラングはいくらでも聞いたでしょうに」

「でしたらスクリュー・ユーですかね」

「スクリュー？　そんなのもっと意味分かんねえじゃん」

ケンジは白い歯を見せて笑った。

「じゃあゴー・トゥー・ヘルとか？」

「それ、いいじゃない。言ったらスカッとしそう」

「地獄に堕ちろなんて、女が言えんのかよ」

「女とか関係ないでしょ」

「なら、ここで言ってみろよ」

「相手チームじゃなくて、あんたに言ってやるわよ」

佐絵はケンジを指さし、「ゴー・トゥー・ヘル！」と叫んだ。ところが口にする寸前に、ケンジがニヤリと笑い、音声のスイッチを入れたのだ。

佐絵の叫びが球場全体に響き渡ったと冷や汗が出たが、声がスピーカーから飛び出ると同時にグラウンドから快音が鳴った。

フルスイングした新畑の打球はグングンと伸びて、左翼スタンドに入った。ドームに渦巻いた大歓声が、佐絵の声を打ち消してくれた。

「あの男だけは、絶対に許せんわ」

試合後、佐絵は千里を連れて栄の手羽先屋に来ていた。

香ばしく揚げられた手羽先を両手で二つにちぎると、口に含んで一気に肉を抜き取った。

普段ならこの時間に脂っぽいものは口にしない。ただでさえ中性脂肪が増えて、体が丸くなってきたのだ。これが元準ミスキャンパスかと鏡を見てガッカリすることがある。それでもこの日だけは食べずにはいられず、二人前を注文した手羽先も、あと一本でなくなろうとしている。二人前十本のうち、千里は一本しか食べていないから、佐絵だけで八本も食べたことになる。

試合は七回にドルフィンズが逆転したものの、九回に守護神の勢田《せた》が打たれてジェッツに逆転負けした。

勢田が打たれたのはケンジのせいだった。完全にアナウンスの主導権を奪い取ったケンジは勢田がマウンドに上がり、投球練習を始めてからも「ゴーゴー、セ～タ、任せたぞ～」と騒ぎ立てていた。

勢田は普段、マウンドで何度も息を吸ったり吐いたりして、精神統一を図っている。それが騒がれて落ち着かなかったのだろう。最初の打者からストライクが入らずに四球で歩かせた。

ケンジはまた「ガンバレ、ガンバレ、セ～タ」と激励したのだが、勢田はさらに調子を崩し、四球と二本のヒットで逆転を許してしまった。

その裏のドルフィンズの攻撃が無得点に終わり試合が終了すると、佐絵は「あんたのせいで勢田さんが打たれたんよ」となじった。だがケンジはまったく責任を感じることなく、「知るかよ」とそそくさと帰ってしまった。

「次長に呼ばれた時は大島さんがどうなっちゃうのか心配で仕方がなかったですから。注意だけで済んで良かったです」

ウーロン茶を飲みながら千里が言った。

佐絵が「ゴー・トゥー・ヘル」と叫んだのは、観客には聞こえなかったが、球団控え室にいた金山には内線のマイクでしっかり届いていた。

佐絵自身もクビになることを覚悟していたが、金山は「頼むからケンジ君とうまくやってくれよ、大島君」と丁重に頼んできた。このジェッツ戦が終われば、本拠地での残り試合は、雨天延期された地方ゲームの代替の一試合が組まれているだけ。今シーズンは引退する選手もいないし、すでにドルフィンズは四位でクライマックスシリーズ進出を逃しているとあって、それほど盛り上がることもない。金山としては問題を起こすことなく佐絵に退いてもらいたいのだろう。

「だけど千里ちゃんからもきつく言わんと、あの男、あなたのアナウンスを待たんとまた喋り出すわよ」

佐絵が抜けて、気の弱い千里と二人になれば、ますますケンジの独擅場になる。

「でもしょうがないですよ。ケンジ君の方がお客さんも乗っているし」

「もう〜、あなたがそんなんだから、余計にあの男が図に乗るんやないの」

「それは分かっているんですけど……」

「千里ちゃんしっかりしてよ。あなただってこの仕事をやりたくて入ってきたんでしょ」

コネ入社の佐絵とは違って、千里は自分でウグイス嬢を志望したと聞いている。

「大島さん、撤回してもらえませんか」

「撤回って、なにを？」

「今年いっぱいでやめることですよ。来年も一緒にやってくださいよ」

千里には父が認知症になったことすら伝えていない。

黙っていると千里は「だめかぁ……」とため息をついた。一人でやっていく自信を失っているようだ。

「ごめんね、千里ちゃん」

「私こそ無理なことを頼んですみません」

「ううん、私かて、なんとか続けられんか考えてはおるんやけど……」

「え、そうなんですか」

千里は一瞬、目を輝かせた。佐絵はこれではこの娘を甘やかすだけだと首を振った。

「だけど私がどうこうするより、あなた自身がもっと自信を持たんといかんよ。球場に来ている四万人ものお客さんがあなたの声を聞いて盛り上がるんよ」

「は、はぁ」

「選手だってあなたに名前を呼ばれて、打ってやろう、抑えたろうって思うんやし」

強い口調で説いたが、千里からは頼りない言葉が返ってくるだけだった。

こりゃ、ダメだ。

千里はこの仕事をずっと続ける気すらないのだろう……。


「それではどうかよろしくお願いします」

佐絵が深々と頭を下げると、施設の所長が「大丈夫ですから安心してください」と言って、玄関先まで送ってくれた。

ついに父を施設に入れることを決意した。父の症状が悪化したわけではないのだが、ウグイス嬢をやめるという気持ちがぐらつき始めたからだ。

さりげなく金山に伝えると、困った顔をされ「仕事の量は今年より減っちゃうかもしれないよ」と言われた。すでに来シーズンは、ケンジをメインにすることで決まってしまったらしい。つまり女性のアナウンスが一切聞かれない試合が組まれるということだ。

それでもいいです、と佐絵は言った。千里に任せていては、中部ドームの全試合から女性がアナウンスする声は消えてしまう。

だが問題は父の方だった。

予想していた通り、父は家から出ることを嫌がった。

とりあえず最初は日帰りのデイケアサービスで様子を見ることにしたが、初日の昨日は着くやいなや、「早《は》よ、うちに帰ろや、佐絵」と駄々を捏《こ》ねられた。

他の老人たちは介護士さんと一緒に歌ったり、体操をしたりするのだが、父だけはぽつねんと部屋の隅に座り、なにもしようとしない。出された和菓子にも手をつけなかった。たまりかねた佐絵は、この日、ラジオを持っていった。ちょうどデーゲームが中継されていた。東都ジェッツ対大阪ジャガーズの一戦だったが、佐絵がアナウンスしていると思い込んでいるのか、ウグイス嬢の声に「四番、レフト、宇恵《うえ》〜」と上機嫌で復唱していた。

その隙に佐絵はこっそりと帰った。

子供を託児所に預けるようで可哀想になったが、慣れてもらうしかない。ナイターの仕事をやめたとしても昼間は球団に行かなくてはならないのだ。ますます症状が悪化していくであろう将来のことを考えれば、施設の方が安心できる。

「あっ、大島さん」

門の外に出ると名前を呼ばれた。顔を上げると、セーターにジーンズというカジュアルな格好をした千里が立っていた。

「どうしたん、千里ちゃん」

「私のうち、このすぐ近くなんですよ。お母さんに買い物を頼まれて出てきたところなんです」

そう言えば、千里も名鉄沿線だった。

「大島さんこそどうしたんですか」

千里は顔をじっと見てから、施設の看板に視線を移した。

「ちょっと父がね……」

佐絵は言いかけてから「千里ちゃん、お茶でも飲みに行こうか」と誘った。

「そうだったんですか。大変だったんですね。大島さん」

チーズケーキを食べながら父の症状を説明するのを、千里は真剣な面持ちで聞いてくれた。

「それなのにすみません。来年もやってくださいなんて、私、無理なお願いをして」

「いいんよ。千里ちゃんが不安になる気持ちも分からんでもないし」

本音は千里が頼りないからやめるのを撤回したのだが、ただでさえやる気を失っている千里に向かって言うわけにはいかない。

「いい話ですよね。お父さまがラジオから聞こえるアナウンスを大島さんの声だと信じて復唱するのって」

「単に呆《ぼ》けてるだけやない」

「私の父も野球大好きだったんですよ」

千里の言い方が気になった。黙ってなにか言い出すのを待っていると、「三年前に父を亡くしたんです」と、千里は無理矢理、笑顔を作った。

「そやったの。なのに辛いことを思い出させてしまってごめんね」

「いえ、いいんです。私、姉が二人いるんですけど東京に出てしまっているんで、私と母だけになってしまって……だから余計にショックを受けたんです」

「千里ちゃんはお父さん子やったんやね」

甘えん坊の末娘という印象がある。

「私がというより、父が私のこと大好きだったみたいです」

「それって幸せなことやないの」

その父親に彼女は大切に育てられたのだろう。仕事人間で、家族とは滅多《めった》に出かけることがなかった佐絵の父とはまったく別人の、優しくてダンディなイメージが浮かんだ。

「でも父は、男の子が欲しかったみたいです」

「そうなの？」

「野球が大好きな父は、今度こそは男が生まれてくると信じていて、名前に『せん』をつけるつもりだったらしいんです。でもさすがにその字じゃ女の子っぽくないということで『千』の字になったんです」

言われてすぐに往年の名投手の名前が浮かんだ。父親が考えていたのはきっと「仙」という字だ。

「子供の時は、お出かけというと、必ず中部ドームのドルフィンズ戦だったんです。私、東京ディズニーランドも親と一緒に出かけたことはないんですよ」

「それって私と同じよ」

「えっ、大島さんもそうだったんですか」

「だけど私は野球場にも連れてってもらったことないけどね」

連れていかれても喜びもしなかっただろう。家族を顧みない勝手な父親だったが、それでもいなくなれば寂しく思う。高三の進路面談で、仕事を休んで学校に来てくれたことや、中学受験で第一希望の女子中に入れなかった時に慰めてくれたことなどが頭の中を駆け巡った。

「さっき、千里ちゃんのお父さんは三年前に、亡くなったと言うてたよね」

「はい、そうです」

「それで今の仕事に？」

千里は小さく頷いた。

「大学四年の時から癌でずっと入院していたんですけど、中部ドームのウグイス嬢に内定したことを伝えたら、すごく喜んでくれて。その頃には手遅れの状態まで進行していて、もう一人では起きることもできなかったんですけど、伝えた瞬間は癌がなくなったのではと思ったくらい顔色も良くなって……。でも私が入社する直前に急に容態が悪化して息を引き取ったんです」

そう言えば千里が入社した年、彼女は四月になってもなかなか球団に来ず、配属が一ヵ月遅れになった。

両手でカップを持つ千里は、揺れる珈琲の表面をじっと見ていた。だが佐絵の目には、千里がもっと遠くを見つめているように映った。

「きっと千里ちゃんのお父さん、今でもたまに中部ドームにやってきては、千里ちゃんの声を聴いとるんやろね」

「私もそう思います」

「なのに、ごめんね。おかしなスラングを言うてしまって」

「ゴー・トゥー・ヘルって言ったことですよね。でもあれは喜んでいたと思いますよ。うちの父は洋楽も大好きだったので」

千里は珈琲を見つめたまま笑顔を作った。

「そやったら千里ちゃん、余計にあんな男に負けたらいかんよ」

「自分でも父のためにも頑張らなきゃとは分かっているんですけどね」

か弱い声が返ってくる。気の弱い千里は分かっていても行動に出られないのだ。よし、こうなったらやるしかない。伝票を持ったまま立ち上がった。

「千里ちゃん、ちょっと付き合《お》うてくれる？」


「どうしたんだよ。あんたたち、パフィーみたいな格好をして」

佐絵と千里がアナウンスブースに入ると、ケンジが目を丸くした。

千里はシーバイクロエの長袖Ｔシャツに、太めのデニムを腰穿《ば》きしている。テレビに出ても不思議でないくらい可愛い。

一方の佐絵もＴシャツにカーゴパンツを穿いている。頭には千里とお揃いのベースボールキャップを少し斜めに被った。すべて喫茶店を出てから向かった栄の丸栄で買ったものだ。着替えて鏡を見た瞬間はさすがに自分でもやり過ぎたと後悔したが、意外とすぐに見慣れた。

中部ドームでの今季最終戦、佐絵は、「ケンジに代わってＤＪ係をやらせてほしい」と金山に直訴した。

最初は難色を示した金山だが、復帰希望を撤回し、来年から営業に専念すると言うと、順位に関係がない消化試合だからいいと思ったのか、それでおとなしくやめてくれるなら一試合くらいは構わないと考えたのか、渋々承諾してくれた。

「まさか二人で歌でも歌う気じゃないだろうな。千里ちゃんはいいけど、おばはんはアウトだぜ」

ケンジに愚弄されたが、佐絵は気にしなかった。

「あんたなんかより、私たちの方がよっぽどファンキーだって分からせてあげるから」

「なんだよ、今どきファンキーって」

ケンジはケラケラと笑った。

「だからあんたに本物のコール&レスポンスを見せてあげるわよ」

「頑張ったところでオレのには敵《かな》わねえって。オレにはニューヨークのソウルが宿っているからな、おばはんじゃ無理、無理」

「たわけ！　なにがニューヨークのソウルよ。私より色白のくせに」

袖をまくり、ケンジの腕と比較した。情けないほどの白さに、ケンジは言葉を失った。

「いいから黙って見てなさい。チキンボーイ」

佐絵はそう吐き捨てると、千里とともにガラス窓の正面についた。

普段にも増してスタンドは閑散としている。それでもこれから客席が盛り上がっていくのを想像すると、気持ちは昂《たかぶ》ってきた——。


「三番、サード、高倉《たかくら》」

千里がアナウンスを入れると、佐絵がマイクを持って立ち上がった。

「ヘイ、タカクラ、カモン、メイク・ア・ヒ〜ット！」

試合開始直後は女性のＤＪに戸惑っていた観客もすっかりとけ込んだようだ。小学生の二人組などは、さっきから試合はそっちのけで佐絵の顔ばかり見て、はしゃいでくれている。

「タ・カ・ク・ラ、セイ、エブリバディ！」

佐絵が問いかけると、観客が大声で「ヒ〜ット！」と返してくれる。何度か繰り返していくうちに完全にマスターしてくれたようだ。

「ワンモア、タ・カ・ク・ラ、セイ！」

「ヒ〜ット‼」

一緒に叫びながら背後を窺うと、ケンジは苦虫を嚙みつぶしたような顔で横を向いていた。

見たか、この盛り上がりを――。これこそスタンドとブースが一体化したコール＆レスポンスだ。

雰囲気に乗って、高倉が快音を響かせた。ライナー性の打球がスタンドに向かって伸びるが、あと一歩届かずフェンスに当たった。それでも三塁走者に続いて、二塁走者もホームに帰り、四対三と逆転した。なお二死二、三塁のチャンスだ。

千里が音声のスイッチに手をかけたので、佐絵は手を押さえた。

「千里ちゃん、ここからは交代よ」

「交代って？」

千里の円《つぶら》な瞳がさらに丸くなった。

「私が普通にアナウンスするから、千里ちゃんがＤＪをやって」

「そんな……私は、無理ですよ」

そう言った時には佐絵はスイッチを入れて、「四番、ファースト、ラ〜ウェゥル」とアナウンスした。中部ドーム名物の発音に、「おぉ〜」と歓声が上がった。

「大丈夫よ。あなたなら、あんな軽薄男よりもっとうまくできるって」

マイクに拾われないように小さな声で守り立てる。ケンジが薄笑いを浮かべているのが目に入った。どうせ千里じゃできないと決めつけているのだろう。

「ほら、千里ちゃん、早く」

左手で煽《あお》ると、千里はマイクを持ったまま立ち上がり、大きく深呼吸した。

「ネクストバッター・イズ・クゥエンティ〜〜ン・ラ〜ウェゥル〜〜〜」

語尾はどこまでも伸びていった。さすが留学経験者だ。ネイティブ同然の発音に、千里は一瞬にして観客を味方につけた。

パパラパッパラ〜。

「やっつけろ〜！」

ファンファーレに続いて、千里が可愛い声で叫んだ。

「なんだよ、そのダセえかけ声は。それならオレのフレーフレーと変わんねえじゃねえか」

後ろからケンジが茶々を入れてきたが、千里は気にも留めない。

半音高いキーでファンファーレが鳴る。

今度は千里と一緒にファンも「やっつけろ〜」と声を重ねた。

「すごいわ。千里ちゃん。もう一丁、行くわよ」

小声で伝えると、千里が「じゃあ佐絵さん、例のをやりましょう」と返してきた。

さらに半音高いキーで、少し調子っ外れのファンファーレが響く。

パパラパッパラァ〜〜〜。

観客が、やっつけろ〜と声をあげる寸前に、佐絵は音声のスイッチを切り、千里と一緒に立ち上がった。

「ゴー・トゥー・ヘル!!」

人差し指をガラス窓に向けて叫ぶと、前の小学生の二人組も、同じポーズで口を合わせた。

永遠のジュニア

捕手が取り損ねたボールがバックネット裏に向かって転がった。

相手の三塁走者がホームを目がけて走ってくる。敵の選手たちが万歳しながらベンチから飛び出した。

「負けた……田崎《たざき》、帰ろう」

前面にガラスが張られているオーナールームからソニックスのサヨナラ負けを確認した石田和一郎《いしだわいちろう》は、愚痴りたくなる気持ちを抑えて、出口に向かった。

四十二歳の和一郎よりひと回り年上の秘書の田崎は、「はい」と返事はするものの、和一郎の機嫌を取ることもなく、後ろからついてくるだけだ。

小柄な禿頭が和一郎を追い抜き、ドアを開けた。その瞬間、和一郎は深く呼吸をして、笑顔を作った。

「オーナー、お疲れ様でした」

扉の向こうに、見慣れた暗い顔が並んでいた。北関《きたかん》ソニックス担当の新聞記者一同だ。

「やあ、みんな、お疲れさん。どうしたんだよ、そんな、冴えない顔をして」

和一郎は優しく語りかけた。もっとも彼らは和一郎の前で残念がっている振りをしているだけで、ソニックスに対する興味は、最下位に転落したもう何ヵ月も前になくなっている。

一番前に陣取っていた年配記者の宗村《むねむら》が、「オーナー、松宮《まつみや》の件ですけど」と言ってICレコーダーを差し出した。

「宗さん、まだシーズン中ですよ。メジャーリーガーとはいえ、よその選手を私がどうこう言うと不正交渉《タンパリング》になってしまうよ」

宗村は、幼稚園児だった和一郎が、父にこの球場に初めて連れてこられた時からすでに記者だった。当時は父の部下同様、和一郎のことを「ジュニア」と呼んでいた。

「まあ、そうなんですけど、でも『調査する』くらいのコメントなら問題はないんじゃないですか」

「シーズン中といっても、ダントツの最下位が確定ですからね」宗村に続いて、隣の茶髪記者もICレコーダーを持った手を伸ばす。「我々も何か来季に向けての対策を書かないと読者に怒られてしまうし」

「それにオーナー、ファンも相当溜まっていますよ。きょうもワイルドピッチでサヨナラ負けですから、今頃、スタンドでは暴動が起きてたりして」

「ちょっと宗さん、記者が煽ってどうするんだよ」

和一郎は窘《たしな》めた。負け試合のたびに応援団が陣取る右翼席から監督や選手にヤジが飛ぶ。チームが低迷期に入ってからというもの、ヤジの内容も過激になる一方だ。

「まあ、僕もファンが怒るのは分かりますけどね」

「なにせこれで七連敗でしょ？」

「七連敗って今季三度目ですよね、オーナー」

記者たちが口々に言う。他のオーナーの前ならもう少し言葉を選んで会話するだろうが、和一郎が滅多《めった》なことでは目くじらを立てないことを知っているとあって、彼らは遠慮がない。

「でもホント、どうするんですか。松宮でも獲らないと万年最下位になっちゃいますよ」

「万年最下位って、来年以降のことなどまだ分からないじゃないか、キミ」

かつては常勝球団と呼ばれていたソニックス相手によくそんな失礼なことを言えたものだ。もっとも黄金時代だったのは、父がまだ生きていた頃の話であり、和一郎がオーナーになってからは優勝どころか、優勝争いすらしたことがない。

「東都ジェッツに続いて福岡シーホークスのオーナーも松宮を調査したいと発言しましたが」

宗村が前のめりになって質問してきた。松宮隼人《はやと》は三年前までソニックスにいたピッチャーで、ポスティングで大リーグに移籍した。米国でも期待通りの活躍をし、今オフ、三年契約が満了する。

「そりゃ、隼人はうちで育った選手だからね。彼が日本でプレーしたいというのなら、うちに戻るのが一番じゃないかな。ファンもみんなそう思っているだろうし」

大リーグで毎年コンスタントに二桁勝っている投手が日本でやるとは言い出さないだろう、そう心の中で思いながらも、和一郎は当たり障りのないコメントを返した。

三年前、松宮が五十億円でポスティング移籍した時、和一郎は「苦渋の決断だった。いつの日かソニックスに帰ってきてほしい」とファンに声明文を出した。彼が日本に帰ってきてくれと願ったのは事実だが、実現するとはいささかも思わなかった。彼が日本に戻ってくるとしたら、東都ジェッツか、福岡シーホークスといった資金力のある球団だろう。

「ジェッツは四年契約で、二十億円くらいは用意しているみたいですよ」

背後からおかっぱ頭の女性記者が背伸びをして口を挟んできた。今年入った新人で、顔だけ見たら女子高生と見紛うほど初々《ういうい》しい。

「お金の問題じゃないだろう、すべての選手がお金で動くと思ったら、キミ大間違いだぞ」

世の中の仕組みを教えてあげるつもりで優しく答えた。だが間髪容れずに茶髪が「ということはマネーゲームになったら、ソニックスは即、退散ということですか」と言う。

やばい、やばい、これではまた石田オーナーはケチで、本気で球団経営する気がないと書かれかねない。

「退散ではないよ。隼人が本気で帰国を希望したら、その時はいくらでも出す」

「いくらですか？」

「いくらでもといえば、いくらでもだよ、なあ、田崎」

冷たい視線に耐えきれなくなって、隣に立つ秘書に振った。

父親に仕えていた田崎は、和一郎が北関グループの取締役に就任した十二年前に専属秘書になった。あの頃はまだ四十代前半だったが、すでに大番頭といった貫禄があった。

「そうですね。松宮選手がうちに戻ってくれるのならジェッツに負けないくらいの金額は出すべきでしょうね」

その言葉を聞いて、和一郎はホッと息をついた。田崎が橋渡しをしてくれれば、球団経営に理解のない北関グループの幹部たちも、財布の紐を緩めてくれるかもしれない。

「ファンに喜んでもらうためにはうちは金を惜しまないつもりだ。だけどキミたち、あくまでもこれは一般論だぞ。タンパリングになるからくれぐれも石田オーナーが隼人を獲ると宣言したなんて書かないでくれよ」

「もちろんそれは承知しています」

何人かの記者がバブルヘッド人形のように一斉に首を上下に振った。

「いずれにしても松宮に限らず、このオフは補強をどんどんやっていくつもりだ。今年悔しい思いをしたファンのためにも強いチームを作り直すから期待してくれたまえ」

自分でもうまくまとめられたと満足した。

記者連中も十分なコメントを引き出したと感じたのか、一礼して引き揚げていった。和一郎は彼らとは逆方向にあるオーナー専用のエレベーターへと、ふかふかの絨毯を歩き始めた。

「田崎、ちょっとトイレに行ってくる」

「はい」

田崎を外で待たせて、父が作ったオーナー用の豪華便所に入った。小用を済まし、大理石の洗面台で手を洗い、ハンカチで拭いていると、外から声がした。

「だから俺の言った通りだろ」

声は一般用のエレベーターホールから聞こえてくる。あの声はベテランの宗村だ。

「でも本当に、隼人はうちで育った選手だと言うとは思いませんでしたよ」

この声は……おそらく茶髪の記者だろう。

「あのジュニアを俺はいつから知っていると思ってんだよ。洟垂《はなた》れ小僧の頃からだぞ」

「ポスティングで売っぱらっておいてよくまあ、そんな偉そうなことを言えますね」

売っぱらう？　聞き捨てならない発言だ。あれは球界のルールに則《のっと》って進めただけではないか。

「でも本当に松宮が日本に帰ってくることになったら、石田オーナーはどうするつもりですかね」

違う記者が質問した。また宗村が知ったかぶりを発揮するのかと思ったが、答えたのはおかっぱの女性記者だった。

「そんなの簡単に想像できますよ。うちは若い選手が育ってきた。若い芽を摘まないためにも、苦渋の決断で隼人は諦めざるをえないって」

「また苦渋の決断か。いかにもジュニアが言いそうだな」

「本社にお金を出してくださいと頼んだけど断られました、とは言えないでしょうから」

彼女の声を皮切りに、記者たちが一斉に笑った。

「そやけど京四郎《きょうしろう》さん、そんな強引なことを決めたら、ファンがよってたかってまたわしらオーナーを目の敵《かたき》にしまっせ」

「言いたいヤツには言わせとけばいいんだ」

「そやけどマスコミまで敵に回すのはちょっと止めといた方がええんやないですか。ただでさえ野球人気は下がっとるのに」

二回り以上は年配のオーナーたちのやりとりを、和一郎は静かに眺めていた。

指摘しているのは大阪ジャガーズの西森《にしもり》オーナーであり、京四郎と呼ばれたのは人気球団東都ジェッツの名物オーナーである京極四郎《きょうごくしろう》だ。

最近オーナーに返り咲いた京極だが、それまでも球団会長として、自分の下にオーナーを置いていたのだから立場はさほど変わらない。今も昔も球界にもっとも影響力を持つ人物である。

この日、和一郎は十二球団のオーナー会議に出席するため、帝国ホテルに来ていた。

議題は山ほどあったが、京極が「次のWBCの監督はうちの東郷《とうごう》にする」とゴリ押し始めたことで議論が止まってしまった。

前回の大会でジェッツの選手が使われなかったことに不満を持っている京極は、ジェッツの監督にすれば自軍の選手が出られると思っているようだ。しかし、ただでさえ京極への世間の風当たりを気にする他球団のオーナーたちが一斉に反対した。

「東郷監督が優れとんのはわしも分かります。そやけど、京四郎さんの意見は一度胸にしまわれて、今後開く予定のWBCの体制検討会議で決めてもらった方がええんちゃいますか」

この中で唯一、京極を「京四郎」とあだ名で呼べる西森が諭した。

そう呼べるのは西森がジェッツと人気を二分する大阪ジャガーズの親会社、大阪電鉄の会長であるからだ。和一郎が「京四郎」と呼んだら烈火のごとく怒り出すだろう。

会議には福岡や新潟など和一郎と同じ四十代のオーナーがいるが、彼らは京極相手でも怯《ひる》むことはない。

会議の冒頭でも、「全試合をうちのスマートフォンで観られるようにしたい」と提案した福岡のオーナーに、京極が「そんなことをして利するのはキミのところだけだろう」と嚙み付いた。だが福岡のオーナーは「うちが儲かれば、その利益は皆さんにも還元されます」と一歩も引かなかった。

彼ら若いオーナーが堂々としているのは、自分で起業した会社の会長だからだ。一方、十二人の中には和一郎のように本社のトップではない、いわゆる雇われオーナーもいて、彼らは皆、余計な口を挟んで突っ込まれることがないようおとなしくしている。

同じオーナーなのに自分ですべて決められる者と本社にお伺いを立てないとなにも出来ない者とに分かれる。決められる人間には、創業者もいれば、京極のようにサラリーマンから出世した者も、そして父親から引き継いだ二世もいる。

和一郎も二世だが、なのに雇われオーナーだ。和一郎自身、まさか自分がこんな肩身の狭い立場に立たされるとは、思いもしていなかった。

一代で北関グループを築いた石田英樹《ひでき》の一人息子である和一郎は、この世に生を受けた瞬間から、将来、グループをしょって立つ跡取りとして育てられた。

都内の坊ちゃん系と呼ばれていたキリスト教系の小学校に入り、苦労することもなく大学まで進んだ。卒業後は二年間、ボストンの大学に留学して、真面目に経営学を学んだ。その頃から自分の中で自覚が芽生え始めた。二十四歳で帰国し、営業本部長を経て、三十歳の誕生日の前日に取締役に昇格した。

父は、三十代は平取として会社の組織を学び、四十になってから専務、そして社長と、年齢とともにふさわしい地位を与えるつもりだったらしい。ところが五年前、和一郎が三十七歳の時に父は脳卒中で急逝した。

父の弟が社長を継ぎ、和一郎は専務に抜擢された。それがわずか一年で、叔父は業績不振を理由に解任された。父に仕えていた取締役たちによるクーデターが起きたのだ。

叔父はグループから追放されたが、和一郎は取締役から外されたものの、ソニックスのオーナーとしてグループに残ることができた。

本社の社長である秋山《あきやま》からは「お父様が作ったソニックスを、北関グループのシンボルとして守ってください」と言われたが、それが詭弁だというのは分かっている。過半数にはとても届かないが、石田家はいまだに北関グループの筆頭株主だ。和一郎がおかしな投資グループと組んで逆襲に出ないよう、ソニックスという玩具《おもちゃ》を与えて監視下に置いておこうと考えたのだろう。

「他の皆さんはどう思ってるのか、とくに若い人の意見も聞きたいですな。石田君、あんた、なにか提案はないかね」

突然、議長役の千葉マリナーズのオーナーに振られた。

「い、いえ、私は別に」

「別にってなにかあるだろう」

「今のうちの成績では、ジャパンに選ばれる選手はいないでしょうし」

言い終えると同時に、対角線上に座る二人のオーナーが小声で「そんな弱気なことを言ってるから卵をぶつけられるんだよ」と囁《ささや》き合う。

サヨナラ暴投で終わった昨日、試合後に起きた事件は、他球団のオーナーの耳にも入っているようだ。

オーナー用の駐車場に大勢のファンが詰めかけ、柵の周りを囲った。

「和一郎、てめえ、やる気がねえなら、オーナーやめちまえ！」

「石田一族はとっとと消えろ!!」

それはもう凄まじいヤジだった。

「オーナー、早く車に乗ってください」

屈みながらセルシオの後部座席を開けた田崎を制し、和一郎はファンに向かって叫んだ。

「皆さん、落ち着いてください。ファンの皆さまがお怒りになるのは分かります。ここはゆっくりお話をしましょう」

ファンがオーナーとの対話を求めているのだと思った。こういうシーンはサッカーのJリーグでよく見る。ファンと経営者サイドが腹を割って議論し合ったことで、再建への素晴らしいアイデアが生まれたという話も聞いたことがある。

笑顔を作って近づこうとしたところ、柵の外から白い物体が放物線を描いて飛んできて、セルシオのボンネットに当たり割れた。なんと、卵だった。

「オーナー、早く、車の中へ」

すでに車に乗り込んでいた田崎が後ろのドアを開けたので、和一郎はすぐに飛び乗った。門を開け、ファンの波を押しのけて車が進むのに二十分はかかった。

「しかし石田君、まだシーズンは二十試合以上、残ってるんだよ。せっかく今年のパ・リーグは盛り上がってるんだから、もう少しソニックスさんも頑張ってくださいよ」

札幌のオーナーに続き、神戸のオーナーが嫌みを続けた。

「最下位が決定しているからって試合を捨てんでくれよな、石田君」

「いえ、けっして捨てているわけでは」

「いくら弱くても、五位に十ゲーム差はありえないだろう」

「すみません」

和一郎は謝罪した。この成績ではなにを言っても言い訳にもならない。

「おい、あんたこそ、ついこの前まで最下位だったくせに、よくそんな偉そうなことを言うな」

突然、京極が和一郎の味方をしてくれた。もっとも和一郎より、単に神戸のオーナーが気にくわないだけだ。二人はこれまで何度も衝突してきた。

「偉そうって、京極さん。うちが弱かった時はうちのことをボロカスに言ったじゃないですか」

「昔の話はどうでもいい。それよりWBCの監督は東郷で行くからな」

「分かりましたよ。だけどマスコミに発表するんはもうちょい待っといてくださいよ」

「なにも言わなくともどうせ好き勝手書くんだ。あんな連中、気にしてられるか、バカものが」

聞く耳を持たない京極は、背もたれに思い切り仰《の》け反《ぞ》った。

怖いもの知らずなのか、それとも世間の怖さに麻痺しているのかは分からないが、あれだけ堂々とマスコミを敵に回せたらどれだけ気持ちいいか、和一郎には羨ましく思えてしまう。

「おい、英太《えいた》、フィレ肉も食うか、うまいぞ」

小学生の一人息子に向かって話しかけるが、無視された。

この恵比寿のイタリアンは和一郎が週に一度は食べに来るお気に入りの店だ。この日は麻布の実家で一人暮らしを続ける母を呼んだ。

隣に座る澄子《すみこ》は気配りのできる本当によく出来た女房である。お手伝いさんに任せることなく、頻繁に実家に通って母の世話もしてくれている。

食事の間も途絶えることなく母に話しかけ、場を和ませる。母も嫁には優しく、ホームドラマに出てくるような家の仕来《しきた》りを押しつける嫁いびりは一度もしたことはない。わがままで強引で怒りっぽい父に黙って仕え、そして父の下で働く部下たちにも気を配った。北関グループが日本を代表する企業へと成長したのは父の強いリーダーシップと同じくらい、母の内助の功があったからだろう。

和一郎の性格は父より母に似た。子供の頃から両親の顔を見比べては、そう思ってきた。

甘やかされて育てられた二世は全員、わがままで世間知らずだという認識は大きな誤りである。二世でも性格はそれぞれだし、大人に囲まれてきたために、自分がどう見られているのか、常に周りの目ばかり意識しながら育った二世だっている。

メインディッシュを食べ終えた澄子が、デザートはなににするかと英太に尋ねた。反抗期なのか、英太は「なんでもいい」と無愛想に答えた。

「それではいくつかのケーキを小さく切ってお持ちしますね」

ウエイターの提案に「すみません、お手を煩わせて」と澄子が頭を下げる。

「英太、おまえ、ここのチョコアイス、大好きだったじゃないか」

和一郎は、ウエイターに「アイスクリームも付け加えて」と頼もうとしたのだが、先に英太に「だから要らないって言ってんじゃん」と言われた。

親に向かってそんな言い方はないだろうと思いつつも叱ることはできなかった。

小学五年生にもなれば石田家に生まれたものの、将来、会社を継げないであろうことを薄々感じ始めているのではないか。会社を追われた父親に落胆している……なんだか息子にまで申し訳ない気持ちになる。

だがその一方で、跡取りに縛られない方が好きな仕事に就けて幸せだという思いもある。

幼稚園から大学までエスカレーター式の私学に通っている英太だが最近、塾に行きたいと澄子に言い出したらしい。今よりもっと偏差値の高い中学を受験したいようだ。

英太も和一郎と同じように大人に囲まれて育てられたが、かといって和一郎のように周りに気を遣ったりはしない。和一郎が甲殻アレルギーであるため、母も妻も和一郎の前ではエビやカニは頼まないが、英太だけはこの日も遠慮することなく大きなロブスターを平らげた。

自分には引き継がれなかった父・石田英樹の強さが、息子にはしっかりと遺伝しているようだ。悔しくもあるが、頼もしくも思う。将来は父のように起業して、北関グループよりもっと大きな会社を作ってくれ、と願う気持ちも持っている。

翌日、和一郎は取締役会に出席するため北関グループ本社に向かった。

円形に並べられたテーブルの奥、社長の秋山の右隣に座っている。

取締役からは外れたが、今も顧問として名前が残っているため、会議だけは必ず出席している。もっとも上席に座らされているのは、社内にただ一人残る創業者一族だからであって、父の頃は顧問という役職では、会議にも参加させてもらえなかった。和一郎も権限がないことを自覚しているから、自分から発言することはない。

いつものように各担当取締役からの業務報告が一通り終わり、最後に社長が訓示を述べた。

役員たちが三々五々退室していく中、和一郎は椅子に座ったまま書類を確認している振りをした。社長を除く役員たち全員が部屋を出るタイミングを見計らって、「秋山社長」と声をかけ、立ち上がった。

長身でダンディな風貌の秋山は、足を止めて和一郎に体を向けた。

「どうしましたか、ジュニア」

皆の前では顧問と呼ぶが、二人だけになると秋山は昔からの呼び名であるジュニアと呼ぶ。

父が生きていた頃は、常務になったばかりだった秋山だが、その後、とんとん拍子で社長まで昇り詰めた。一ヵ月前に体調不良を理由に退任表明した会長に代わり、次の株主総会で代表取締役会長に就任することも決まっている。

秋山は、記者発表会では、壇上でスクリーンを使ってプレゼンテーションするなど、新しいタイプの経営者だ。柔らかな物腰でマスコミ受けはいいが、社内的には非情で狡猾な策士と恐れられている。父が死んで以降、取引銀行と組んで株が買い占められたのも、首謀者は秋山だと言われている。

それでも和一郎は秋山を憎めないでいた。この未曾有《みぞう》の不況の中でも大きなリストラをすることなく北関グループが存在し続けているのも、経営者としての秋山の手腕によると言っていいだろう。小学校に上がる前の新年会でバドミントンの相手をしてくれた記憶も憎む気持ちを邪魔した。

あの頃の秋山は、まだ営業の平社員で、親父からパシリのように使われていた。バドミントンもずいぶん下手な芝居をして負けてくれたように思う。遊んでもらったのは秋山だけではなかった。今は体調不良で休んでいる会長が馬になって、その背中に乗ったこともあるし、次期社長に内定している専務には宿題を手伝ってもらったこともある。

「社長にお願いがありまして」

「なんですか。私にできることならおっしゃってください、ジュニア」

「私にもなにか仕事をいただけないかと思いまして」

「社長になりたいということですか」

太い眉毛が動いた。

「いえ、めっそうもない。実績もありませんからそんな大それたことは考えていません。少しでも会社のお手伝いをさせていただきたいと思っただけです」

和一郎が逆襲に出るつもりではないことが分かり、秋山は安心したようだ。普段のダンディ顔に戻った。

「ジュニアにグループの中心で頑張っていただきたいのはやまやまですが、今年は株主への配当もやめ、次の取締役会では役員報酬の削減も求められるでしょうからね」

「私はお金はいりません」

「そういう意味ではなく、役員の数からして減らさなくてはいけない、と考えているのです。今のタイミングでジュニアに戻っていただくとなると、役員の担当まで大幅に見直さないといけなくなります」

「そうですね」

自分でも情けないほど、あっさりと引き下がった。自分の代わりに今いる役員が外されるかと思うと、申し訳なくて気が引けてしまう。

「それよりジュニアには、お父様が愛されたソニックスのオーナーとして頑張っていただかないと」

秋山の口からソニックスが出てきたのは珍しい。なにせ社長になってから一度も球場に足を運んだことがないのだ。選手の名前もろくに覚えていないだろう。

「それでしたら隼人を獲得するのに少し手助けしていただけませんか」

「隼人って、メッツで活躍している松宮選手のことですか」

惚《とぼ》けた言い方をされたが、三年前まではソニックスのエースだったのだからよく知っているはずだ。しかもポスティング移籍で五十億もの大金が入った。あの時の秋山は「よくやってくれました」と上機嫌だった。

記者会見で、和一郎はその五十億円をチームの強化に使うと発表した。実際、そのつもりでフロントには、大物選手を獲得しろと命じていたのだが、そんな矢先に秋山から球場の改修と最寄り駅のプラットホームの修繕をしてくれないかと頼まれてしまった。本社の指令に逆らうわけにはいかないと渋々従った。お陰でファンは大激怒だ。

「オーナーで居させてもらうために本社に上納金を納めた」とまるで和一郎が率先してそうやったように非難するファンまでいる。

「でも松宮選手はアメリカに行ってまだ三年ですよね。日本には帰ってこないのではないですか」

「私もそう思うのですが、新聞記者によりますと、ジェッツあたりが大リーグに負けない額で勧誘していようでして……。隼人は金で動く選手ではありませんが、万が一、隼人にジェッツにでも入られたら、野球ファンだけでなく、北関グループの顧客もひどくガッカリすると思うのです」

消費者が、と言えば秋山も気にするだろうと思った。北関グループにとって客は神様だ。だが秋山から出てきた言葉は和一郎を唖然《あぜん》とさせるものだった。

「ジェッツに行かれたら行かれたで、いいのではないですか」

「でもそれだとうちの顧客が」

「ファンだろうが顧客だろうがバカではないですから、分かってますよ。出ていった選手がうちなんかの球団に戻ってこないのは」

「うちなんか、ってそんな言い方は……」

さすがに抗議しようとしたが、秋山は「出ていった選手を追いかけていないで、それよりオーナーの力で、松宮に代わる選手を育ててください」と言い、和一郎に背を向けた。

部屋を出ていく直前、秋山の体が止まった。

「ジュニア」秋山が振り返る。

「は、はい」

もしかして少しくらいは資金を出してくれるのか。だがその期待は一瞬で萎《しぼ》んでしまう。冷めた視線が和一郎に向かってきた。

「もう少し呼び方に注意してください」

「呼び方？　どういうことですか？」

「隼人じゃなくて、松宮ですよ。オーナーなのですから、選手を友達のように呼んだらいけません」

秋山はつんと澄まして部屋を出ていった。

負け試合はいくつも見たが、これほどひどい内容はオーナーになって初めてだ。ソニックスは初回から拙攻と失策続き、まだ三回だというのに〇対八と一方的にリードされていた。

和一郎は双眼鏡で右翼スタンドを眺めた。客席の隅々まで確認していくが、普段と変わりはなかった。

最近、あのスタンドのどこかで「オーナーやめろ」とプラカードが掲げられるのではないかと気を揉んでいる。誰か一人が掲げた瞬間、この球場にいる全観客が暴徒化し、自分に襲いかかってくるのではないかと心配になってしまう。

適時打を打たれて、点差が九点に広がった。たまらずベンチから投手コーチが出た。

「田崎、秋山社長には断られたよ」

前面に張られたガラスに映る無表情に向かって話しかけた。考えれば秘書でありなが田崎と話すのはいつもこのガラスを介してになる。

「本社もいろいろ大変なようですから、仕方がないのではないでしょうか」

大変なのは承知している。だからこそ和一郎が直接、秋山に申し入れる前に、裏から手を回しておいてほしいと田崎に期待したのだ。秘書というのは本来、そういう役目だろう。

父から格別の信頼を得ていた田崎は、和一郎にとって叔父のような存在だった。

遊び呆《ほう》けていた大学時代には、歌舞伎を観につれていかれ、帰りに日本橋の鰻屋に寄った。その時、「今は好きなことをされても構いません。ですけど、いつかは自分も舞台に立つとの自覚だけは忘れないでください」と言われた。その一言で和一郎は目覚め、米国に留学をしようと決意したのだった。

専属の秘書になった時は「これからは田崎さんではなく田崎と呼び捨てに、おまえと呼んでください」と言われた。だが田崎がそこまで言ったのは、将来、和一郎が北関グループの総帥になると信じていたからだろう。

父の死によって、石田家から実権が奪われ、和一郎はただのプロ野球の雇われオーナーになった。こんなことなら息子のお守り役などやめて、もっと早く秋山側につくべきだったと、さぞかし後悔しているに違いない。

投手コーチに続いて監督もベンチから出てきた。投手を代えるようだ。五人目の投手がブルペンから出てくる。日曜日にも投げた左腕投手。その時は一回も持たずに満塁本塁打を打たれた。

投球練習の間、和一郎は携帯電話を弄《いじ》り、ネットのスポーツニュースを読んだ。

「なんだ、この記事は？」

トピックスに〈ソニックス、最下位なのに即戦力ルーキーには興味なし〉と出ていたからだ。

「私はこんな言い方はしてないぞ」

「そうですか」

「そうですかって、おまえだってそばにいて、記者とのやりとりを聞いていたではないか」

この日も球場に来た和一郎を記者たちが待ち受けていた。目当ては松宮隼人のことだというのは聞かなくとも分かったが、まさか本社に断られたとは言えず、「FAも大事だけどドラフトも考えないといけないな」と和一郎から新人選手の話題に変えた。

ベテラン記者の宗村が今年のドラフトの目玉になっている大学生投手の名前を挙げ、「彼はソニックスには行きたくないみたいですよ」と言った。

「どういうことだね、宗さん」

「個別のチーム名は出していませんが、彼は優勝争いができるチームでやりたいと言ってましたからね。そうなるとソニックスは……」

宗村は他の記者と顔を見合いながら含み笑いを浮かべた。

「宗さん、彼は確かにいい投手だけど、ドラフトというのはいろんな角度から見ていかねばならないんですよ。まだ時間もあるんだ、うちに合った選手をじっくり考えていきますよ」

「おっしゃる通りですね、オーナー」

取り乱すことなく笑顔を繕った和一郎に宗村が相槌を打った。他の記者もバブルヘッド人形のように頷《うなず》いていた。その場では同意しておきながら、どうして読者の誤解を招くような記事を書くのか。和一郎がなにを書かれても怒らないのをいいことに、記者たちの悪意は日増しにエスカレートしていく。

「まあ、即戦力の大学生の名前を出されて、いろんな角度から見ていかねばならない、とお答えになられれば、ソニックスは大物を獲る気がないと受け取られても仕方がないのではないですか」

ガラスに映る重苦しい顔が動いた。

「それはソニックスを拒否していると、記者が言ったからではないか」

「宗村という記者は、優勝争いが出来るチームと言っただけです。うちは来年優勝争いできると堂々とおっしゃれば良かったのです」

「それはそうだが……」

「オーナーもドラフトに回す資金を安く抑えて、その分、松宮選手の補強費に回したいという思いもあったのではないですか」

和一郎が考えていたことをズバリとついてきた。確かにあの瞬間、入る前からご託を並べる大学生なら、松宮に戻ってほしいと思った。もっとも新人一人への契約金を削ったところで、とてもジェッツやシーホークスの資金力に及ばないのは分かっているが。

「軽井沢の別荘、売ってみたらどうだろうか」

麻布の実家や今、和一郎が住む杉並の自宅の他にも、父は箱根、葉山、軽井沢と別荘を三つも遺してくれた。他に山や山林もある。

「いや、軽井沢はやめて、岩手の山林を売ることにしよう。あそこは確か千ヘクタールくらいはあったろう」

あの山には赤松が多いので松茸も生える。ドーム球場二百個分だから、結構な値段になるはずだ。

「オーナー、背伸びはなさらない方がいいですよ」

「背伸びなんかしてないさ。私は親父が作ったこのチームをファンが喜んでくれるチームにしたいだけなんだから」

昔は野球なんぞ興味もなかったが、毎日のように球場に来て観戦しているうちに、愛着が湧くようになった。和一郎だって優勝争いするソニックスを見てみたい。

もちろん人気球団になって、北関グループにおける広告価値が高まれば、秋山が自分を認めてくれるのではないか、との邪《よこしま》な思いが消えたわけではない。

「それが背伸びと言ってるんです」

冷たい声がガラス窓から跳ね返ってきた。

「オーナーはこれから何十年もこのチームを守っていかなくてはならないんですよ。まだまだ今後、お金はかかります。今、背伸びはしないで、チームを長く持ち続けるということに、重点を置かれた方が賢明だと思います」

まるで和一郎にはこのチームしかないと言われたように聞こえた。このチームを奪われたら和一郎の物はなにも残っていない、と。

「すみません、オーナー、少し出過ぎたことを言ってしまいました」

「いや、いいよ。おまえだって、こんなところにいないで、早く本社に戻りたいと思っているんだろう。それなら早く戻ればいいんだよ」

言うまいと思っていたことをついに口にしてしまった。

さすがの田崎も怒っているかと思いきや、ガラスに映る顔は眉一つ動いていなかった。

板張りの豪華な室内に、クチャクチャという咀嚼《そしやく》する音だけが響いた。

よく響くのも当然だ。なにせ宴会が開けそうなだだっ広い部屋の真ん中に、大きめの中華テーブルが置かれ、たった四人だけで食事しているのだ。

相手は東都新聞の社主で、ジェッツのオーナーである京極四郎。あとは田崎と、黒いスーツをまとった東都新聞の秘書室長である。

お会いして球団経営に関するお話を聞かせていただきたい――そう頼んだところ、思いの外あっさりと食事に誘われた。この都心のホテルに入っている中華料理店は京極がたいそう贔屓《ひいき》にし、週に一度は来ているらしい。

どうしてこんな広い部屋にポツンとテーブルを置いて食事をするのか。もう少しこぢんまりした方が落ち着いて食事が出来るのではないかと思い「この部屋、少し広過ぎやしませんか」と京極に尋ねた。

「広い、そうかな」

「だって端と端に広がったらキャッチボールできますよ」

「これくらいがいいんだよ。これなら殺し屋が飛び込んできても防げるだろうからな」

「殺し屋？」

絶句すると、京極はニヤリと笑った。

冗談のつもりだったかもしれないが、京極ならそれくらい気を配っても不思議はない。なにせこの世には京極を悪の権化のように思っている人間がたくさんいるのだ。

料理はすべて、コック帽を被って厨房から出てきた中国人の料理長相手に、京極がメニュ一に太い指を差して注文していった。

和一郎は、耳を大きく広げ聞いていた。エビやカニが入っていそうな物には、「それは私にはなしで」と断らなくてはならない。もっとも中国人の料理長は「ワタシが作る上海蟹は大丈夫デアルヨ」とただの食わず嫌いだと思ったようで、アレルギーだから食べられないということを理解させるのに相当苦心した。

料理が出てくる間が空くたびに、京極は煙草を咥《くわ》えて大きな背中を背もたれに預けた。丸めた口からはプカプカと輪になった白煙が出ていく。

「しかし石田君、オーナーなのに卵をぶつけられるとは大変だな。ソニックスのファンはまるで過激派じゃないか、キミ」

「はい、この前は車のボンネットでしたが、きょうは頭の上を通過していきました」

十三対〇という草野球のような内容に、この日は前回の倍ほどのファンが駐車場を囲った。携帯電話のカメラで和一郎を撮影した若者が多くいた。彼らは撮影するとボタンを操作し、ツイッターで参加を呼びかけているようだった。実際、人はどんどん増えていった。こうやって人が人を呼び、アラブでは革命が起きたのだろう。

一番前に立っていた髪を七三に分けたメガネ男が、斜め掛けしたショルダーバッグからなにかを取り出した。

和一郎は咄嗟《とつさ》にその男が卵を投げた男だと確信した。案の定、七三分けのメガネ男は白いものを和一郎目がけて投げ込んできた。和一郎はお辞儀するようにして間一髪避《よ》けた。気づくのが一瞬遅ければ、卵まみれになった顔が新聞の紙面を飾っていた。

「まあ、わしもファン連中からは『京四郎、死ね』とまで言われてるが、卵をぶつけられたことはないぞ」

口を大きく開けて北京ダックに齧《かぶ》りついた。

「でも新聞社だとカミソリの刃が送られてくるというじゃないですか」

白い粉末が送られたニュースも記憶にある。あれは京極ではなく、どこかの知事宛てだったか……。

「カミソリはないが、実弾ならあるけどな」

「実弾、ですか？」

北京ダックに挟んであるキュウリが和一郎の喉に詰まりそうになった。

「こんなちっちゃい弾だったけどな」京極は親指と人差し指で一センチほど間を作ると、「あんなんじゃ命中しても人は殺せんよ」と笑った。

「その弾はどうしたのですか？　もちろん警察に届けたんですよね」

「バカな。警察なんかに届けてたまるか。送り主を探し出して、送り返してやったわ」

高笑いしながら、盃の紹興酒を一気飲みすると、すぐに隣の秘書室長がしわぶいた。冗談ですから他所《よそ》で言わないでくださいよ、と警告してきたのだろう。流し目が光っていた。

「さすが京極オーナー。怖いものなしですね」

もはや、いつ死んでも構わないと開き直っているのだろう。だからあれだけ好き勝手なことを言って、世間を敵に回すことができるのだ。

「そうでもないよ、キミ。こうして同じ店ばかりで食うのも、毒でも盛られていないか、常に警戒しているからだ」

京極が同じ店で食事をとるのは有名な話だ。だから毎晩のように野球記者に捕まって記事にされる。

「京極オーナーがそこまで注意されているとは思いもしませんでした。私も今後、気をつけます」

「注意するにこしたことはないが、かと言ってビビッてはいかんぞ。指導者というのは大衆に迎合しようとした途端、信念を失い、耳当たりのいい言葉ばかり発してしまうからな」

「は、はぁ」

「わしらは球団の所有者であると同時に親会社の経営者だ。あんただって今は取締役から退いているが、先はあんたの親父さんが作った会社なんだ。いつか戻る気でいるんだろ」

「それはまあ、できれば……」

「だったら尚更ちゃんとせんといかん。親会社の繁栄なくしてプロ野球球団など、存在せんのだからな」

喋りながらも箸を休めることなく、牛肉の炒め物を掻き込んでいく。七十歳を超えているとは思えないほどの食欲だ。

「そりゃ、アメリカみたいに独立採算でやれたらいいわな。だけども日本のマーケットなんぞアメリカと比べたらどうしようもなくちっぽけなものだ。企業の後ろ盾がなくなったら、あっという間に八球団、いや四球団くらいになってしまうだろうよ」

「うちなんかすぐになくなります」

自分の力のなさを認めるようなものだが、それは間違いない。今、北関グループに引かれたらソニックスは三年も持たないだろう。

「うちのチームにしたって大リーグで通用する選手はたくさんいる。キャッチャーの的《まと》場《ば》、ショートの秋津《あきつ》、守護神の大畑《おおはた》だってそうだ。だけど彼らは大リーグに行きたいなどとは一切言わん。なぜ言わんか分かるかね。それはうちのチームが大リーグと同じくらい居心地がいいことが分かっているからだ」

選手が本気でそう思っているかどうかは分からないが、それでも京極の言葉にはオーナーらしさを感じた。少なくとも和一郎のように選手を下の名前で呼んだりはしない。誰かに媚を売るようなことは一切感じなかった。

「要はチームのオーナーであるという責任を持たねばならんということだ。責任があるからこそ、時として国民から猛反発されることでも言わなきゃいかんのだよ。消費税は低所得者を苦しめるから反対？　ＴＰＰは日本の農業を潰す？　馬鹿言っちゃいかんよ。そんなことを言って、この国が滅びたら誰が責任を持つのかね」

「は、はぁ」

なんとなく納得させられた。ただ、今の和一郎は京極よりファンに目の敵にされている。その対策を聞くのも、京極に会いたいと思った理由の一つだ。

「ですけど京極オーナー、今の時代のファンは怖いですよ。ネットで拡散され、不買運動だってしかねないですからね」

「そん時はそん時だ。山よりでっかい猪《しし》は出ん！　と言うではないか」

「しし？　なんですか、それ？」

「知らんのかね。エイちゃんが言ってただろ、キミ」

「エイちゃんって矢沢永吉《やざわえいきち》ですか」

「エイちゃんと言ったら中村鋭一《なかむらえいいち》だ。なにを言っとる！」

そう言われても誰のことだかピンと来ない。京極が「山よりでっかい……」の部分だけ噺家《はなしか》口調だったことから想像すると、その言葉はエイちゃんという人が流行らせた格言のようなものなのだろう。

給仕が最後の炒飯《チャーハン》を運んできた。取り分けてくれるというので、和一郎は「少なめにして」と小声で伝えた。京極の皿には、和一郎の倍ほど盛られていた。

さすが京極贔屓の店だけあり、炒飯も絶品だった。米の一粒一粒が卵でしっかりコーティングされ、ふわふわしている。

使っていたレンゲを箸に持ち替えて、飯の塊を崩した。やはりそうだ。赤い物が見えた。和一郎は給仕を呼んだ。

「ちょっとそこのアンタ、この炒飯、エビが入ってるぞ！」

二の腕を掻きむしりながら叫んだ。

「まったく、あやうく殺されるところだったよ」

杉並の自宅に戻ってからも蕁麻疹《じんましん》は治まらず、澄子に軟膏を背中に塗ってもらっている。

「よく気づきましたね」

「食道を通る瞬間、なんともいえない触感があったんだ。これはとんでもない毒を食わされていると体が察知してくれたんだろうな」

アレルギーはコップの水に喩《たと》えられる。溜まった水が溢《あふ》れると発症するというのだ。

だがアレルギー持ちに言わせるとそんな悠長なものではない。体の中にアレルギーという名の虫が大量に潜んでおり、彼らを怒らせたら最後、総攻撃をかけられ、瞬く間に体中を発疹だらけにされてしまう。

だから初めていく店は嫌なのだ。いまだにアレルギーの危険度が広く認知されない日本社会に腹が立つ。かといって自分から積極的に喋るのは、弱点を晒すようで抵抗があった。京極なら弱みになることは口にしないだろう。

「それにしても京四郎のじいさん、なにが『毒でも盛られていないか常に警戒している』だ。まったく無防備過ぎるわ」

京極は疑いもせずに食べ続けていたが、あんないい加減な店、毒を入れようとすれば簡単だ。これまで京極が殺されなかったのが不思議でならない。

「たまたま見落としただけじゃないの」

「見落としたで済むか。こっちは死んでたかもしれないのに」

若い頃には呼吸困難になり、救急搬送された。コックの顔を思い出そうとしたら、田崎の仏頂面に変わった。あの男、隣で平然と炒飯を食っていた。

「もしかして田崎は私を死なそうとしているのかもしれん」

「まさか、田崎さんが」

「じゃなきゃ普通は気づくだろう」

「そんなことないわよ。入っているはずがないと思い込んだら、そう思ってしまうもの」

澄子は擁護したが、納得はできなかった。和一郎だから軽く見られるのだ。これが父なら必ず自分で毒味してから渡しただろう。

結局、九月は三つしか勝つことができなかった。

ソニックスを除く五球団が三ゲーム差以内で争っていた大激戦のペナントレースは、ソニックス相手にもっとも勝ち星を挙げた福岡シーホークスが制した。お陰で他所のチームのファンからも恨まれそうだ。

和一郎は双眼鏡でライト方向を眺めた。本拠地最終戦のこの日も右翼席は応援団で溢れていた。ハチマキを締め、プラカードを掲げた人間が目立つ。応援団というよりはデモ隊か。

ぎぇっ、声が出そうになった。

〈提言！　石田和一郎オーナーこそ即刻やめるべし〉

ついに和一郎を糾弾する横断幕が登場してしまった。

「オーナー、記者たちがきょうは会見をしていただけないか、と申しております」

いつもと同じようにガラス窓から田崎の声が聞こえてきた。

「記者には試合前に話したではないか」

オーナールームに向かうエレベーターの前で記者たちに囲まれた。彼らは松宮隼人が結局、メジャーリーグのメッツに残留するということを伝えにきた。

「そうか。残念だが、松宮もソニックスのことも考えながら苦渋の決断をしたのではないかな。私は応援するよ。松宮がソニックスに戻ってくるのは、アメリカでさらに大きく成長してからでもいいと思っている」

隼人から松宮に呼び方が変わっても記者たちは気づかなかった。だが茶髪の記者からその契約が「一年十億円の三年契約」と聞き、和一郎は声を失いそうになった。

「でもジェッツもシーホークスもメジャーに負けない資金を用意していたみたいですよ」

「そ、そうか」

「ソニックスも太刀打ちできましたか」

できるわけがないだろうが、三十億なんて……。だがオーナーがそれを口にしたら終わりだと、「そりゃできたさ。だけどもう終わったことだ。松宮の決断に水を差すような話はやめようではないか」とうまく逃げた。

ベテランの宗村が話を変えてきた。

「今朝の日経に北関グループがアメリカのスーパーマーケットを買収するという記事が出ていましたね」

「まだ正式決定ではないけどな」

平然と答えたが、当然のことながら会社から和一郎には一切知らされていない。新聞には百億ドル、日本円でおよそ一兆円というとてつもない買収額になると書かれていた。米国のスーパーがグループに加われば流通経路は広がる。が、それだけの資金が本社にあるはずがないから、これからグループ中からかき集め、銀行にも支援を求めるのだろう。

「その件が私とどう関係があるんだ、宗さん」

「いえ、秋山社長がどう資金調達をするんだろうなと思いまして」

いつもながら意味深な訊き方をしてくる。惚けるべきかと、悩んでいたところに、おかっぱ頭の女性記者がストレートに質問を飛ばしてきた。

「真っ先に球団を売るんじゃないですか」

「売却？　それはないさ。ソニックスは北関グループのシンボルだぞ」

「秋山社長は野球にはまったく興味がないじゃないですか」

確かにその通りだ。それでも石田家が北関グループの筆頭株主である限り、和一郎の唯一の仕事を強引に奪ったりはしないだろう。

「売却はない。それだけは断じてないと私が約束するよ」

和一郎の言葉になんの説得力もないことは記者たちも分かっているようで、彼らはそこで引き下がった。

「どうせ記者連中は、補強のことをしつこく聞いてくるんだろうな。北関グループが野球どころじゃないのに、どうやって補強するんだって」

グラウンドを見下ろしながら言った。ソニックスの若手投手がストライクが入らずに四苦八苦していた。

監督もコーチも去年代えた。新しいスタッフには「結果を気にせず長い目で見てチームを育ててくれ」と三年契約し、彼らは戦力不足に泣き言一つ言わず、頑張ってくれている。それでも京極なら、「結果が出てない！」と全員クビにしてしまうのではないか。

満塁のピンチを招いた投手だが、次打者は内野ゴロに打ち取った。よし併殺《ゲッツー》だと手を叩いた瞬間、二塁手がジャッグルした。球場全体からブーイングが渦巻く。

「なぁ、田崎、あの応援団は、オーナーに金を出せる権限がないからチームが強くならないって思っているんだろうな」

「お金に苦心している球団はうちだけではないですからね。ただ」

「ただ、なんだ？」

「……いえ、オーナーはあまりトレードがお好きではないようですし」

「そりゃ、みんな、うちのチームで育った選手だし……」

言いながらも言葉が続かない。オーナーとして甘いと指摘されたようで耳が痛い。いっそのこと主力を全員トレードしてやろうか……そんな非情なことは自分には到底できない。

「田崎さん」

　昔の呼び方に戻して、体を田崎に向けた。

「この前は酷《ひど》いことを言って悪かった」

　頭を下げた。

「酷いことってなんでしょうか」

「本社に戻りたいだろう、と言ったことです。だけどあの時思ったことは本当です。本社に戻りたいのであれば、私の方から秋山社長に頼みますよ」

　父親時代の秘書を従えているからいつまで経っても自立できず、ファンや記者にも舐められるのだ。いや、田崎のせいではないか。すべて自分に自信がないからだ。

　田崎のことだから、表情一つ変えることなく、お世話になりました、と言うのだろうと覚悟していた。ところが田崎はじっと窓の外を見つめていた。

「その件ならもう何度もお断りしてきました」

　窓ガラスにうっすらと映る田崎の口元が動いた。

「どういうことですか」

「ですから秋山社長から呼ばれて、本社に戻る気はないか、と言われましたが、私《わたくし》は断ってきました」

「どうして」

「私の仕事は舞台に上がった和一郎さんに仕えることですから」

舞台？　歌舞伎を観た帰りに言われた言葉が耳の中で甦る。

「先代に言われたんですよ。和一郎が主役を張れるよう、おまえが精一杯支えてやってくれ、と」

「父がそんなことを……」

「心配されていました。あの子は周りばかり気にしている。だけどああ見えてわしより頑固だともおっしゃっていました」

「頑固か……」

父なりに息子のいいところを必死に探したのだろう。いや、頑固だけでは褒め言葉にもならない。

「確かに和一郎さんに与えられたのは北関グループではなく、北関ソニックスという野球チームです。それでもトップとしてきっちり責任を果たすことは変わらないと思います」

ガラスに映る田崎を見た。相変わらず感情はなかったが、丸顔の向こうから、父が厳しい目で自分を見ているように感じた。

「責任か。そういえば京極オーナーもそんなことを言っていたな」

マスコミや選手、そしてファンにまでよく思われたい……そんなことばかり考えてきた自分が恥ずかしくなった。耳当たりのいい言葉で喜ばせたところで、チームがなくなれば、悲しむのは彼らなのだ。

最終回の攻撃もあっという間に二死になっていた。右翼スタンドだけが騒ぎ立てている。この回だけで三回も物が投げ込まれ、試合が中断していた。

打者が高めのボール球をスイングした。一塁に全力疾走するが、いかんせんファウルフライだった。相手の三塁手が構えたグラブにボールが収まった。ゲームセット、ソニックスの今シーズンが終わった。

「田崎、行くぞ」

いつも通りの呼び方に戻して、和一郎は静かに言った。

「記者会見ですか」

「違う。グラウンドだ」

「グラウンド？」

「右翼スタンドのファンに詫びるから、拡声器を持ってきてくれ」

田崎が目を丸くした。

「こんな結果に終わってしまい申し訳ない。これもすべてオーナーである私《わたくし》、石田和一郎の不徳の致すところです」

拡声器を右手で持ちながら、ライトの定位置から和一郎は深々と頭を下げた。

もう少し前まで行きたかったが、「これ以上は危険です」と田崎に止められた。スタンドは殺気だっており、今にも最前列の武闘派たちがフェンスを乗り越えてきそうだった。

「ふざけんな、和一郎、謝って済む問題か」

「おまえがどうしようもねえから、こんなひでえチームになったんだ」

「今すぐオーナーをやめちまえ」

いつの間にかスタンド全体が「や・め・ろ～、や・め・ろ～」の大合唱となった。

和一郎はファン一人一人の顔を眺めていった。怒っているというよりは、楽しんでいる人間もいた。携帯で撮影しながら叫んでいるファンもたくさんいた。それでもなんの意味もないシーズン最終戦に、お金を払って観に来てくれたのだから、チームを愛してくれているのは間違いない。

「皆さん、落ち着いてください」

再び拡声器を持ち上げた。

「石田和一郎は本日をもって、オーナーを辞任します」

大声で言うと、途端に騒ぎが収まった。シュプレヒコールをしていた観客たちが、互いに顔を見合わせている。

「かつて黄金時代を築いたソニックスが、ここまで低迷してしまったのは、私がオーナーに就任してからです。私がもう少ししっかりしていれば、今とは状況が変わっていたかもしれません。監督や選手たちに責任はありません。彼らは必死にやっています。彼らが力を出せるよう、私がもっとバックアップしていかなくてはならないと思っています」

　和一郎はそこで一息入れた。目を閉じてから、先を続ける。

「これからもソニックスはファンに愛される球団であらねばならないと思います。そこで私はオーナーを辞任しますが、今後は球団会長に就任し、これまで同様、球団経営のトップとしてチームの全責任を担っていこうと考えています」

　瞑《つむ》っていた目を開け薄目で見た。うねりを上げていたスタンドが波も立たぬほど静まり返り、最前列の武闘派たちも口をポカンと開けていた。

「ふざけるな！」後方の席から若者が叫んだ。「なにが会長だ。それじゃ今までと同じじゃねえか！」

　和一郎も大声で言い返した。

「やかましい！　やめろと騒げば、私が簡単にやめると思ったら大間違いだ！」

　拡声器から声が溢れるほどデカい声で叫んだが、今度ばかりはファンも収まらない。

「なに開き直ってんだ。和一郎」

「開き直ってるわけじゃない。私は全試合、球場に観に来てんだぞ。その私が責任を持ってチームを強くすると言っているんだ。文句あるか」

「なにが責任だ。北関グループのあやつり人形のくせに」

「あやつり人形ではない！　今後は自立できるよう球団を変えていく」

「できないくせにいい加減なことを言うな」

「できると言ったらできる。黙って見てろ」

「うるせえ。早くやめろ、和一郎」

「私はまだ四十二だ。あと二十年はやるぞ」

自分でも大人げないと思うほどムキになって言い返した。生まれてからずっと溜め込んできたものをすべて吐き出したら、スカッとしてきた。もう遠慮はしないぞ。気遣いもやめた。二十年どころではない。三十年、四十年、死ぬまで球団に居続けてやる。

高笑いしながら体を思い切り仰け反らせると、目の前に青い空が広がっていた。こんなに空は広いのだ。今、チームは暗い雲に覆われているが、いずれ晴れ間はやってくる。山よりでっかい猪は出ん！　自分に京四郎が乗り移ったと思えるくらい怖いものがなくなった。

「あっ、またあの男です」

田崎の声に和一郎は視線をスタンドに戻した。右隅に髪を七三分けにしたメガネ男を発見した。男は斜め掛けしたショルダーバッグから白い物体を取り出した。

「危ない、卵がきます」

七三男が卵を投げると同時に、和一郎は田崎と足を揃えて二歩下がった。

白い物体は一メートルほど手前で落ちた。

てっきり卵だと思っていたが、違った。小麦粉の塊のような物体が地面で弾けた。

「田崎、なんだ、これは」

煙幕の中で和一郎は叫ぶ。

「もしかしたらエビカニが入っているかもしれませぬぞ」

スーツのズボンを真っ白に染めた田崎が叫んだ。

和一郎もそう思った。

「田崎、ひとまず退散だ」

「はい、ジュニア」

背を向けて走り出した。

途中で一度だけ振り向き、「この続きはまた今度な！」と大勢の愛すべきファンたちに向かって、拳を突き上げた。

トモ、任せたぞ！

マッチを擦《す》る音がして、友岡聡司《ともおかさとし》の目の前を覆っていた闇が開けた。

「バカ、下地《しもじ》、敵に見つかるじゃないか」

隊長の小西茂造《こにししげぞう》がヘルメットの上から下地の頭を叩いた。下地は「あっ、すみません」と慌ててマッチを消した。

敵の襲撃に遭った部隊は、小西以下四名だけがなんとか逃げることができ、ジャングルを抜けてこの山小屋まで辿《たど》り着いた。

まさかここで下地がマッチをつけるとは思いもしなかったが、一瞬でも視界が開けたせいで、小屋の中の様子は分かった。

隊長の小西が一番奥に、副隊長の聡司が左隣で、小西の右隣、聡司から見た正面には、聡司の同期で、同じ下士官である沢木至《さわきいたる》が座る。下っ端の下地が一番出口に近い場所、いずれも担いでいた三八《さんぱち》式歩兵銃を肩から下ろし、床に胡座《あぐら》を搔いている。

凝らしているとぼんやりではあるが暗闇に目が慣れ、聡司は三人の表情を観察した。隊長の小西は顰《しか》め面《つら》のまま、苛立《いらだ》ってきた時の癖である貧乏揺すりをしだした。一方、沢木はこんな状況にもかかわらず、憎らしいほど落ち着いていて、ヘルメットを目深に被り、瞼《まぶた》を閉じている。

「トモ、どうする」

小西が聡司に訊いてきた。

「今晩はこの小屋で過ごすのが賢明だと思います。万一、敵の気配がしましたら、その時は迅速に裏口から脱出しましょう」

小声で答えた。その時、表からざわざわとした物音が聞こえた。

耳を澄ましたが、音はすぐに途絶えた。気のせいか……だがすぐまた小枝が擦れるような音が伝わってきた。

敵かもしれない——。

小西も感じたようで、体の揺すりが止まっていた。

おそらくこの後、小西は三人の部下の一人に外の様子を見て来いと命じるだろう。だが命じられるのは聡司ではないし、下地でもない。沢木だ。

小西への忠誠心を数字で表すなら、聡司が百パーセントで、沢木はせいぜい五十、下地は十パーセントもないだろう。聡司が外に出て、もし身になにかあれば、小西は大事な参謀を失うことになる。かといって十パーセントしか忠誠心のない役立たずの下地を行かせるのも怖い。敵に見つかった途端に寝返り、小屋の中に自分たちがいるのを教えかねないからだ。

沢木も同じことを考えたはずだ。行かされるなら中途半端な忠誠心の自分であると……

いつの間にか閉じていた瞼を開け、手にした銃の弾倉を確認しだした。

悪いな、沢木――聡司は心の中で同期に同情した。敵が近くに潜んでいれば、外に出た瞬間に蜂の巣にされて一巻の終わりだ。だがこれも沢木が、普段から隊長のことを少し馬鹿にしているからだ。

また静寂から音が漏れた。今度は四人いずれもが銃を握った。

「敵か、トモ？」

小西の声は少し震えていた。

「分かりません。ただ風が出てきただけかもしれませんし」

声を殺し、正面の沢木を見る。自分が呼ばれると覚悟を決めたのか、沢木は立ち上がろうとした。そこで、小西が指示を出した。

「トモ、外を見てきてくれ」

「わ、私ですか？」

聡司は自分の耳を疑った。

「ああ、こういう時はおまえが一番頼りになる。トモ、任せたぞ」

全身の毛穴から汗が噴き出してくるのを感じながら聡司は立ち上がった。前を向くと沢木が、〈悪いな、トモ〉と口を動かしながら、ニタついていた。

一軍全選手が集められたミーティング室では、小西茂造監督による試合前恒例の訓示が行われていた。

聡司がヘッドコーチを務める神戸ブルズは現在四位、この日からは本拠地で福岡シーホークスと三連戦を行う。ここで首位相手に三連勝すればクライマックスシリーズ進出の可能性も出てくるが、八月に入ってからというものチーム状況は最悪。五位千葉にも間近まで迫られている。

小西の話は普段と同じく、「気合いを入れてやれ」や「死ぬ気で戦え」といった精神論が中心だった。それでも選手が真剣に聞いているのは、時に小西が、滑稽な言い間違いをするからだ。

「若いんだからもっとのりしろを伸ばせ」

「士気《ドキ》を高めていけ」

「ピリッとピロ!!」

真面目な顔で間違える監督に、部屋の至るところから失笑が漏れるが、聡司はそういった時は笑った選手を覚えておき、個別に呼んで叱りつける。監督のミスを選手が笑うなんてことは組織としてあってはならない。

「ところで下地打撃コーチ、シーホークスの抑えは秋谷《あきたに》がケガから戻ってくるのか、それともこれまで通り仲代《なかだい》がやるのか」

小西から突然、話を振られた下地は「それが両投手ともに可能性がありそうでして……」と口籠《くちご》もった。右の秋谷になるか、左の仲代になるかでは、取っておく代打の布陣もまったく異なってくる。

「まったくなにやってるんだ。こんな大事な試合なのに」

小西が口を尖らせると、下地は慌てて「ですがスコアラーの報告ですと、粗方《あらかた》、秋谷が戻ってくると見ていいのでは、と言っています」と言い繕った。

「馬鹿者！　あらたかではなく、確実な情報を持ってこい！」

言い間違いに選手が爆笑した。しかし小西は叱られた下地が笑われていると思っているようで得意顔をしている。聡司は選手に注意しようとしたが、投手コーチの沢木までが一緒に頰を緩めていたのでやめた。

「このシーホークスとの三連戦についていろいろ作戦を練った。それについてはこれから友岡ヘッドから報告がある」

小西が言った。作戦を練ったと言っても小西は考えろと指示しただけで、実際は聡司が一人で考えたものだ。それでも小西から「ヘッド」と呼ばれるのは珍しく、聡司は気分よく壇上に向かった。沢木は「投手コーチ」、下地は「打撃コーチ」なのに、聡司だけが選手の前でも「トモ」と呼ばれる。前監督も前々監督も同じだった。その理由は、聡司が沢木や下地のような有名選手ではなかったからか、それとも二人より監督に尽くして親しみを持たれているからかは分からない。が、いずれにしても「トモ」では選手を締めるにも締まらない。

だがヘッドという呼び方もすぐにまたいつものに戻る。

「それじゃ、トモ、あとは任せたぞ」

聡司は「了解しました」と部屋を出ていく小西に、頭を下げた。

ミーティングの終盤、部屋の方々から選手の不満が噴出した。

「ちょっとそれはおかしくないですか」

「そんなことしたらみんな萎縮しちゃって余計にミスをしてしまいますよ」

「それだったら監督賞も倍にしてくださいよ」

聡司が練ったシーホークス対策を話している間は良かった。ところが小西から命じられて「この三連戦は小さなミスをなくすためにもすべての罰金を倍にする」と発表した途端、選手が一斉に反発した。

聡司は構うことなく金額を述べていった。

「ベースカバーのミス二万円、進塁打のミス二万円、サイン見落とし四万円、連続四球二万円……」

「ヘッド待ってくださいよ。確かに八月に入ってからうちのチームは最悪の状態です。でも僕らだって一生懸命やっているんですよ」

キャプテンの小峰《こみね》が言った。

「一生懸命やるのはプロなんだから当たり前だ」

聡司は即座に言い返した。

「でも八月の不振も、元はと言えば監督のみえみえのスクイズ失敗から始まったんじゃないですか」

四番を打つ木村《きむら》が口を曲げた。

「おい、木村、それはどういう意味だ」

睨みつけると、木村は急におとなしくなった。

「おまえ、監督批判しているのか。監督批判となると罰金じゃ済まんぞ」

まずいと思ったのか木村は「い、いいえ、監督批判だなんて僕はそんな……」と聡司から目を逸《そ》らした。

「まぁいい。今のは聞かなかったことにする。ただしこの連敗中、おまえの打率が一割台なのも忘れるな。では罰金の先を続ける」

「えっ、まだあるんですか」

「まだ半分だ。先発投手陣が五回を持たずに五点以上取られてKOされたら五万円の罰金を取る」

言った途端に投手陣がえーっと声を出し、それまで黙って聞いていた沢木までが「ちょっとヘッド、待ってくれ」と言った。同期入団の沢木は入団二年目に最多勝のタイトルを獲得したブルズのスター選手であったが、コーチとしての地位はヘッドである聡司が上だ。

「そんなルールを作ったらピッチャーは四点取られた段階でマウンドを降りると言いだすぞ」

「そんな弱気な投手は交代させればいいんじゃないのか、投手コーチ」

「交代させても誰に投げさせるんだ。ただでさえ中継ぎは疲労困憊だ。シーズンはまだ一カ月もあるんだぞ」

「疲れているのはみんな同じだ。それにこれは決定事項だ」

「決定ってどうせ監督が思いつきで言いだしただけだろ」

「思いつきではない。監督がよく考えて決められたことだ」

「監督の暴走を止めるのがヘッドの役目じゃないのか」

クールな男が珍しく顔を紅潮させて言い返してきた。だが聡司は沢木を無視して選手に向かった。

「この決定に従えない者は今すぐここから去ってくれ」

去れと言ったことでざわついていた場が静まり返った。聡司なら監督に進言して、本当にチームから放り出しかねないと思われているのだろう。

「ではミーティングは以上だ。諸君の健闘を祈る」

最後は得意の言葉を述べた。そう言うのは聡司が現役時代のヘッドコーチがそう言ってミーティングを締めていたからだ。その人は聡司と同じく、選手としての実績はなかったが、名参謀役として知られた。監督が他のチームに移籍しても必ずついていく、まさしくヘッドの鑑《かがみ》のような人だった。だから聡司は、ヘッドコーチに就任した時には選手にどれだけ嫌われようが監督に百パーセント忠誠を尽くそう、監督とヘッドは一蓮托生なのだと自分に誓った。

だが聡司が一蓮托生だと思っていても、監督も同じ気持ちなのだろうか？　ふと昨夜見た自分たちが兵士になった悪夢を思い出した。

ブルズはシーホークスに三連敗を食らってしまった。罰金制度のせいで選手が萎縮したわけでもなければ、四点を失った投手が降板を申し出たわけでもなかったが、明らかにチームには逆効果。モチベーションが著しく下がったと見える。

小西はずっとベンチで貧乏揺すりを続け、少しでもピンチになると、まだブルペンの準備が完全でないにもかかわらず、投手を交代させようとした。沢木が「ちょっと待ってください、監督」と止めに入ってもお構いなし。小西は沢木ではなく、聡司に「交代だ」と言うのだ。聡司は沢木の肩を叩き「監督命令だ、我慢しろ」と囁《ささや》き、納得させた。

三連敗の試合後、「話がある」と沢木に呼び出された。

「なんだ、サワ、ローテーションのことなら監督が決めたんだ。話し合う余地はねえぞ」

試合後のコーチミーティングで小西は、残り一ヵ月余、エース格の蛯沢《えびさわ》と大黒《おおぐろ》を中四日で投げさせると言い出した。ベテランの蛯沢はまだしも、二年目の大黒は、沢木がこれまで大事に育ててきただけに、無理させたくないのだろう。

球場内の空いている部屋に入るや、沢木はポケットからメンソールの煙草を取り出し咥《くわ》えた。

「それだけじゃねえよ。トモ、おまえ、これでいいと思っているのか」

二人きりになると沢木もトモと呼ぶ。

「いいもなにもボスの決定事項に従うのが、俺たちコーチの仕事だ。監督とコーチが揉めたら選手はどうすればいいのか困ってしまう」

「だけどおっさん、完全に血迷って采配どころじゃねえぞ。だいたい来年は七十歳になるんだ。体は元気でも頭がついていけねえんだよ」

「監督はなにも急に年を取ったわけではない。おまえだって小西監督なのを承知の上で投手コーチを引き受けたんだろ」

「そりゃ台湾のコーチよりはるかにいいからな」

沢木は去年まで三年間、台湾プロ野球でコーチを務めた。犬の糞《ふん》があちこちに落ちている酷いグラウンドで、試合に負けるとスタンドから容赦なくビールが飛んできたらしい。しかも夜の街に繰り出せば怪しい男が寄ってきては酒を奢《おご》り、時には小遣いだと言って賄賂を渡そうとする……それを平気で受け取るコーチがいくらでもいたそうだ。

台湾球界は去年の暮れ、八百長で数名が逮捕された。「俺だって一歩間違っていたらマフィアの罠に嵌《はま》って、逮捕されていたかもしれん」沢木が神戸のコーチに就任した夜、もう台湾は懲り懲りだという愚痴を散々聞かされた。

聡司が三十三歳で二軍の守備コーチに就任した時はバリバリの現役だった沢木だが、直後に肩を壊して、晩年は相当苦労した。エースらしく自己主張する性格が首脳陣から煙《けむ》たがられ、トレードに出され、それからというものチームを転々とした。引退後も仕事はなく、仕方なく台湾に行ったのだ。

一方、コーチになってからの聡司はそれまでの地味な野球人生が嘘のように順調だった。真面目な指導が二軍監督から評価され、四年目に二軍の総合コーチを任されると、四十一歳で一軍コーチに昇格。三塁コーチを経て、五年前、四十三歳でヘッドコーチに就任した。それから監督は三人代わったが、なぜか聡司はヘッドのままだ。

自分だけ残ろうと画策したわけではなく、監督がクビなら、ヘッドも責任を取るのが当然だと、前回も前々回も辞表を提出した。なのになぜか受理されず、フロントから「新監督がぜひ友岡コーチにヘッドをやってほしいと言っている」と要請された。

どうして体制が替わっても聡司が二番手でいられるのか、選手や他のコーチたちは不満に思っているようだが、監督が決めたのだからしょうがない。

「だけどトモよ。いくらなんでもきょうの采配はおかしいだろうよ。一回無死一、二塁をバントで進めていたら楽なゲームだったはずなのによ」

小西は三番打者が当たっているという理由で強攻させた。しかもフルカウントになると走者を走らせた。挙げ句三振併殺《ゲッツー》となり一瞬でチャンスの芽が潰れた。

「それは結果論だ。ヒットが出ていれば一気に二点入っていたかもしれん」

「おいおい、トモ、おまえ本気でそう思っているのか」

沢木は咥え煙草で体を仰《の》け反《ぞ》らせた。

「思っているもなにも作戦の最終権限は監督にある」

「ヘッドは作戦コーチを兼ねているようなもんだろ」

「もちろん監督から相談されれば提案する。だがきょうの場合、監督はすでに決めていた。それにおまえは監督の作戦を批判するが、うちはオールスターまでは首位争いしていたんだぞ」

「それは俺の投手陣が頑張ったお陰だ。なのに監督がへっぽこな采配でメチャクチャにした」

「なら監督にそう言えよ。ここまで来たのは投手陣のお陰だから、俺の言うことを聞いてくださいって」

「言えりゃ苦労するかよ」

沢木もタイトルホルダーだが、小西はMVP二回、オールスター出場十三回を誇り、すでに殿堂入りした大選手である。

「それなら監督の指示に従うしかないな」

「我慢しろってことか」

「我慢じゃない。政治で言うならコーチは閣僚だ。一国のリーダーがこうやると言った時に、大臣が別のことを言ったんじゃその内閣はまとまらんだろ」

「実際は総理の方針を批判する大臣だっているだろうよ」

「ああ、いる。だがそういう政権は結果的に長くは持っていないはずだ」

政治を見る時も聡司は官房長官とか幹事長とか秘書官とか、そういった陰で支える人間ばかりに目がいってしまう。政治を見てある時気付いたことがある。二番手が総理に尽くした上で、憎たらしいほどの悪役に徹すると、総理がいい人に見えてきて支持率は下がらない。逆に二番手にイケメンだったり、好感度の高い政治家を起用すると、すぐにどこかでガタがくる。

「俺が心配しているのはトモ、おまえのことだ。おまえだって監督の采配がおかしいと思ってるんだろ。おまえほど頭のいい男が疑問に思わないわけがない」

「そんなことはない」

「俺は知ってるぞ。おまえは罰金を倍額にした件にしても大黒を中四日で使う件にしても、監督にやめた方がいいと言って止めたそうじゃねえか。だが監督は引かなかった。すると選手の前では監督とのやり取りなどまるでなかったような顔で、さも自分の考えとばかりに発表する。そうやって嫌われ役を買って出てるんだ」

おそらく沢木は監督付きのマネージャーから聞いたのだろう。異議を唱えたのは事実だ。誰だってそんなことをすればチームが誤った方向に向かってしまうのは分かる。上申して何も変わらないのであれば、選手の前であれこれ言い訳をすべきではない。

「そんなことはない。俺は抵抗もしてなければ意見も言ってない」

聡司は言い張った。

「嘘をつくな！」

「嘘ではない！」

沢木が声を張り上げたが、同じくらいの声量で返した。自分の投げた豪速球と同じくらいの速さのボールを投げ返されたようで、沢木は完全に面食らっていた。

「話は以上か。だったら帰るぞ」

そう言って厚いバインダーケースを手にして部屋を出ようとした。

「それって次の試合のデータか」

壁に背をつけた姿勢のまま、沢木はポケットから二本目の煙草を出した。

「おまえが必死に分析したって、あの監督じゃ、試合中はカッとなっておまえのデータなど忘れちまうよ」

音を立ててジッポーのライターの蓋を開き、煙草に火をつける。

「データを活用するかどうかも監督の権限だ」

監督が使わなくとも、試合前に選手に話すだけで意義はある。

「まったく、おまえらしい」沢木は口を丸く開けて煙を吐いた。「おまえを見ているとある人物を思い出すよ」

「選手たちが俺のことをカンジチョーと呼んでいることくらい、知っている」

沢木より先に聡司が答えた。ただの幹事長ではない。かつて自民党で、自他ともに「偉大なるイエスマン」と認めていた幹事長に喩《たと》えられているのは分かっている。「友岡は自分が監督になれないことが分かっているから、監督に胡麻擂《す》って生き残ろうとしている」

……最近は選手だけでなく、裏方までが聡司の悪口を言い始めている。

「だが俺はそう呼ばれることを屈辱どころか、むしろ光栄だと思っている。おまえだって呼びたきゃ呼べばいい」

沢木の性格ならすぐに調子に乗って呼んでくるかと思ったが、彼は別の人物に聡司を喩えた。

「そうじゃねえよ。俺がおまえを見て思うのはゴッドファーザーの登場人物だ」

「ゴッドファーザー？」

「なんだ、おまえ、あの名作を観たことないのか」

「映画のタイトルくらいは聞いたことがあるが観たことはない」

正直に言うと、沢木は「野球一筋のおまえらしいな」と呆れた。

「ただしゴッドファーザーといってもマーロン・ブランドやアル・パチーノが演じたマフィアのボスじゃねえぞ。ファミリーに仕えた『トム・ヘイゲン』という名のコンシリオーリのことだ」

「コンシリオーリ？　なんだ、それは？」

「日本語で言うなら相談役だな。孤児だったトムはファミリーに拾われて養子になり、それから弁護士となってファミリーの相談役になった」

「おまえ、まさか、選手としてたいした実績を残していない俺がコーチになれたのは、孤児で拾われたようなものだと言いたいわけではないだろうな」

さすがにそれはムッときた。

「おいおい、誤解するな。俺が似てると思うのは、ボスはなにかあると、おまえがトモと呼ばれて監督に頼りにされるように、『トム、あの件はどうなった？』『トム、なんとかしろ』とトムに頼むんだ。『トム、クレメンザに言って始末させろ』ってな」

「始末？　トムは人を殺すのか」

「自分では手を下さないが、結果的には殺したも同然というシーンは何回も出てくる。これはボスが二代目のアル・パチーノの時だが、昔ファミリーだった二人がFBIにファミリーを売ろうとするんだ。トムはそれを阻止しただけでなく、その裏切った男に会いに行って大昔のローマ帝国の話を持ち出すんだよ」

「ローマ帝国のどんな話だよ」

「ローマ帝国では皇帝に陰謀を企てた場合でもチャンスは与えられた。普通は家族共々殺されるが、本人が自決すれば家族は守られたらしい。その話をこうやって葉巻を優雅に吸いながらその裏切った男にするわけだ」

それまで細くて長い二本の指に挟んでいた煙草を沢木は五本の指に持ち替えて深く吸った。本人は葉巻を吸っている真似なのだろう。沢木がやるとなんでも絵になるのが余計に癇《かん》に障《さわ》る。

「それって死ねって言っているようなものじゃないか」

「ああ、トムの忠告通り、その裏切り者は湯船で手首を切って自殺した」

湯船で自殺？　風呂の湯が真っ赤に染まったシーンが浮かび、聡司は目を背けた。沢木は「おまえでも苦手なものがあるんだな」と笑った。

「とにもかくにもマーロン・ブランドにしてもアル・パチーノにしても面倒なことがあると、なんでもトムに頼むんだ、トム、トムってな」

「孤児だったのを養子にしてくれ、大学まで出してくれたんじゃ、しょうがないんじゃないのか」

それでも自分なら殺人も犯さないし、自殺しろと言いに行くこともしない。

「まぁ、ずっとその関係だったらいいけどな」

再び煙草を二本の指に持ち直していた沢木は片目を瞑《つむ》って吸い込んだ。そしてしばらく間を空けてから、ゆっくりと煙を吐いていく。

「……困った時は頼りにするくせに、いい話の時は除《の》け者《もの》だ。とくにアル・パチーノは重要な交渉になると『トムは出ていってくれ』と追い出すんだ。トムはボスに忠誠を誓っていたが、ボスの方は最初から信用してないのさ。こいつはいつかは自分を裏切るって疑心暗鬼になっていた」

「サワ、おまえなにを言いたいんだ」

そもそも沢木がなぜわざわざ自分を呼びだしたのかさえ分からなくなっていた。確か監督への不満から始まったはずだ。

「おまえが心の底から監督を守ろうとしても、監督はおまえを守ってはくれないということだ。とくに小西みたいな小心者は自分が生き残ることしか考えちゃいない。いくらトモ、トモと今は頼ってきても、本当に困ったらおまえなんか簡単に切る」

沢木の甘いマスクが締まる。だが聡司はすぐにその視線を解いた。

「ヘッドコーチをクビにするのも監督の権限だ。俺はもう帰る」

灰色に煙った沢木の前を横切り、聡司は部屋を出た。


帰り道、ビデオ屋に寄った。ゴッドファーザーはすぐに見つかったが、パートⅠからⅢまであり、これではどこに沢木の言うトム・ヘイゲンという相談役が出てくるのか分からないだろうと借りるのはやめた。

自宅から五十メートルの場所にある駐車場にプリウスを入れて、夕暮れ時の舗道を歩いた。すでに六時を回っているが、近所の少年たちがサッカーをして遊んでいた。

家の前まで辿り着くと、バタバタという足音とともに軟式ボールが転がってきた。ボールを拾い上げると、足音も止まった。顔を上げると、そこにはショートカットの女の子が立っていた。

確か今年の春に隣に引っ越してきた子だ。次男の真吾《しんご》と同じクラスだと聞いているから小五のはず。どうやら父親とキャッチボールをしているようだ。

「すみません」

ハキハキした声で女の子は言った。だが顔は怒っているのかと勘違いするほど仏頂面だった。

彼女は口をへの字に曲げたまま、グラブを開けた。まるでそこに投げろと命じているように見えた。

聡司は拾った球をトスした。彼女は受け取ると「ありがとうございます」と儀礼的に頭を下げ、振り向き様に父親に向かってボールを投げた。二十メートルくらいあったが、ほとんど山なりになることのない、いいボールを放った。

女の子にしてはたいしたものであるが、だからといってそれ以上興味が湧くこともなく、門を開けた。

ガレージに妻の車がないから外出しているようだ。妻は中二の長男と小五の次男の塾への送り迎えなどで四六時中外出している。二人とも野球をやっていた時期もあるが、今は勉強一筋だ。それでも聡司はいいと思っている。プロになれるのはほんの一握りだし、なったところで自分のようにコーチとして残れるのはよほどの運が必要だ。

鍵を差し込んで扉を開けようとしたところ、再び駆け足が聞こえてきた。また娘がボールを取り損ねたのかと思ったが、息を切らしながら走ってきたのは彼女の父親のほうだった。

「友岡さん、待ってください」

父親は、娘とは対照的なほど愛想のいい顔をしていた。

「ということは鈴木《すずき》さん、あなたは私に少女野球の監督をやれとおっしゃりたいのですか」

父親の遠回しな説明を遮った。

玄関前で呼び止められた聡司は父親を中に招き入れた。名前は鈴木健二《けんじ》、これまでの話を聞いたところ、鈴木の娘、結衣《ゆい》がキャプテンを務める少女野球チームのオーナー会社が倒産、それまで監督を務めてくれていた従業員が、退職金も出なかったことに腹を立て、チームの運営費を持って失踪してしまった。そのせいでチームには新たに監督を雇うにも練習場を借りるにも金がなくなった……人の好さそうな父親は淡々と説明した。

「監督といっても友岡さんはお忙しいので、オフのお暇な時間に何度か顔を出してくれるだけでいいんです。指導は私たち父兄が交代でやりますから」

「それなら私でなくてもいいでしょう」

「でも我々は素人ですし、間違った指導をしますと子供の将来が可哀想ですし」

「将来って、女子野球でしょう。そこまで本気にやられなくとも中学まで待ってソフトボール部を勧めればいいじゃないですか」

野球以外には興味のない聡司もソフトは別だ。五輪種目だった頃は夜通しで応援した。エース上野《うえの》の投げる球は凄まじく、自分が打席に立ってもバットに当たらないのではと思うほど速かった。

「女の子の野球なんてまだまだマイナーで、人気があるとも思えませんし」

「そんなことはありません。女子野球の人気は上がっていて、レベルも高いんですよ。とくにうちのチームは県でも一、二を争う強豪ですから」

「甲子園に出られるわけでもなければプロにもなれないでしょ」

「その代わりワールドカップに出られます。今、日本は世界六連覇中です」

四連覇？　侍ジャパンより上ではないか。女子の世界大会があることは知っていたが、日本がそこまで強いとは初めて知った。

鈴木の顔は急に朗らかになった。だがその笑顔が気に入らない。

「ですが鈴木さん、本当の目的は他にあるんじゃないですか」

聡司は言った。

「本当の目的？」

「お金ですよ。資金を持ち逃げされて練習場も借りられないとおっしゃっていましたよね。私に言えば資金が出るとでも思ってらっしゃるなら、先に伝えておきます。プロといってもコーチの給料なんてたかがしれています。とてもじゃないですがチームに援助するほど我が家に余裕はありません」

「そんなことは思っておりません。正直申せばプロのコーチである友岡さんが入ってくれれば資金集めもしやすくなるという思いはありますが、そんなことより娘に少しでも本物の野球を教えてやってほしいと思っていますので」

なにが正直申せば、だ。やはり金が目的ではないか。

「お断りします」

剣突《けんつく》を食わせるように言った。

「友岡さん、どうかもう少し話を聞いていただけませんか」

「時間の無駄です。私もこれからやることがありますのでお引き取りください」

鈴木はさすがに正直に答え過ぎたと反省したようだ。「すみませんでした」と顔色を変えて引き揚げていった。


札幌、千葉、所沢と続いた九試合、ブルズは二勝七敗と大きく負け越し、クライマックスシリーズ進出どころかついに五位に転落してしまった。

罰金の対象となるミスもずいぶん出た。バント失敗、サインの見落とし、さらに五回終了までに五失点以上した先発投手……。いかなる理由があるにせよ聡司は罰金を徴収した。選手の不満は高まる一方で、試合中もベンチの方々から不満を囁き合っているのが聞こえてきた。

ついに四点目を取られると交代を願い出る選手まで出てきた。沢木は小西に「肩に違和感があるようです」と嘘の説明をしていたが、小西は「投げたくないヤツは二軍だ」と大声で吐き捨てた。弱り目に祟り目で、中四日で投げさせた二年目の大黒が肘痛を訴えた。手術が必要と診断が下され、今季どころか来季まで絶望となった――。

「おい投手コーチ、二軍にいきのいい若手はおらんのか！」

試合後のコーチミーティング、小西は今まで以上に荒れていた。

「高卒ルーキーで楽しみな選手がいますが、上で使うにはまだ時間がかかります」

「いいからすぐに上げろ」

「そんなことしたらすぐにぶっ壊れ、大黒と同じように来年使えなくなります」

「だったら誰がいるんだ」

沢木が何人かの投手を挙げるが、どの投手もパッとしない面々で、罰金を払いに一軍に来るようなものだった。

「それなら沖《おき》を先発に回すしかないな」

小西はセットアッパーとして活躍している若手を挙げた。

「ちょっと待ってください。せっかく沖はここまで中継ぎで頑張ってきたのですから、ぜひホールドのタイトルも獲らせてやりましょうよ」

「タイトルよりチーム優先だろ。去年オーナーの前で、最低でもAクラスと言ったのを忘れたのか」

「でもここで無理したら来年もまた厳しい戦いになりますよ」

沢木も引かなかった。現役時代、野手が後ろで守ってくれていることなどまったく感謝していなかった男とは思えないほど、選手を必死に庇《かば》っていた。

「Aクラスに入れなきゃわしらの首が危なくなるんだぞ。分かってんのか」

「そうなった時は仕方がないんじゃないですか」

「じゃあ、おまえが責任を取ってくれるのか」

残念ながら沢木がカッコ良かったのはここまでだった。小西に睨まれ黙り込む。やっと日本でコーチになれただけに、沢木だってやめたくはないのだろう。

「まあ、いい、なんとかおまえらコーチで知恵を絞って打開策を考えろ、トモ、分かったか」

最後は聡司にそう命じて、小西は部屋を出ていった。

監督抜きの話し合いでも結論は出なかった。

沢木が言うには、先発希望だった沖を「監督と俺の二人が、おまえを中継ぎエースに育てる」とリリーフで納得させたそうだ。なのに先発がいなくなったからといって方針を変えれば、今後二度とコーチの言うことを聞かなくなるだろうという。

結局、聡司が「わかった。俺がなんとか監督を説得してみる」と言い、二軍からベテランを上げてやり繰りすることで結論を出した。小西を同意させる自信はないが、来年の布陣を説明すれば今年無理してAクラスに固執しなくなるかもしれない。小西だって今年一年でやめるつもりはなく、来年こそは雪辱したいと考えているはずだ。

コーチ会議が終わり、部屋を出ようとすると、「トモ」と沢木に呼び止められた。

「まだ話し足りないのか。ピッチャーのことならもう結論は出た。おまえの言う通り、来季に向けて監督と話し合う」

だが沢木は首を横に振った。

「ピッチャーの来季ではない。今度はおまえの来季に関わる話だ」


壁当てしている音は、プリウスを駐車場に停め、数歩も歩かないうちに聞こえてきた。

やはり、あの子だった。父親とキャッチボールをしていた鈴木結衣が、一人で聡司の家の塀にボールを当てていた。投手かと思っていたが、腰を落として捕球すると、すぐさま肘を上げて投球体勢に入るところを見る限り、内野手のようだ。俊敏で投球動作までがスムーズだ。普段からこうして練習しているのだろう。

聡司も幼い頃は壁当てしながら形を体に覚え込ませた。昨今は追いつけないボールに対して半身で捕れと教わるが、昔はなんでも体の正面で捕れと言われたから大変だった。とはいえ単純な反復練習を日が暮れるまでやったお陰でプロになれたと思っている。

結衣も聡司に気付いたようだ。投球フォームを途中でやめた。目鼻立ちが整っているのに顔にまったく華がないのは、おそらく仏頂面に原因がある。

「こんばんは」結衣が挨拶したので、「こんばんは」と返した。

彼女は壁当てを再開した。もう少しスナップを利かせて投げればもっとスローイングが良くなる、そうアドバイスしようと思ったところ、壁から跳ね返ったボールが小石にあたって真上に跳ね上がった。塀から伸びた聡司の庭の松の木に当たる。小枝が折れる音がし、彼女が「あっ」と口を押さえた。

「キミ、ここはうちの塀だ。壁当てするなら自分の家の塀でやりなさい」

気付いた時にはそんな言葉が出ていた。


「でもあなたが帰ってくる時間に将一《しよういち》も真吾も家にいるなんて珍しいわね」

久々に家族全員が揃った食卓に妻の秋恵《あきえ》は機嫌がいい。そう言えば今シーズンに入って家族四人が揃うのは初めてかもしれない。聡司の遠征が多いせいもあるが、中二の将一も小五の真吾も週に五日は弁当だ。たまたまこの日は、二人の模擬試験が重なり、夜の塾がないそうだ。

長男の将一は、毎晩遅くまで勉強している頑張り屋で、このままいけば第一希望の早稲田の付属校に入れると太鼓判を押されている。父親の自分が言うのもなんだが、よく出来た息子だ。

次男真吾は兄ほど成績優秀ではなく、下の子らしくいまだに母親に甘える一面が残る。それでも妻からお兄ちゃんに負けないでと発破《はっぱ》をかけられ、塾に通い出すと自分から勉強するようになった。この日のテストでこれまで勝てなかった友達を初めて抜いたと、たった今、嬉しそうに聞かされたばかりだ。

もっともせっかくの家族団欒も、聡司はどこか落ち着かない。ヘッドになってからというもの、一人飯にすっかり慣れてしまったからだ。

ヘッドコーチになったばかりの頃はプライベートでも監督のそばを離れなかった。だがそうすると告げ口されていると疑い出すのか、他のコーチたちと距離が出来てしまう。かといってコーチたちと一緒にいると監督が気を悪くしそうな気がして遠慮してしまうのだ。

「ねえ、あなたこのままで大丈夫なの」

息子たちの受験に日々追われ、滅多に野球を観ない秋恵も、最近のブルズの凋落《ちょうらく》ぶりを気にしていた。

「一生懸命やってるんだ。それでダメならしょうがないだろ」

「もし五位とかになったら首脳陣が責任取らされるって新聞に書いてあったわよ。あなたは大丈夫よね」

これからはダブル受験で金がかかる。そんな時期に一家の大黒柱が失業となったら大変だと暗に言いたいのだろう。だがこればかりは聡司にもどうしようもない。

「どうだろうな。俺たちコーチは常に一年契約なんだからシーズンが終わってみないことには分からん」

「そんな呑気《のんき》なことを言わないでよ。あなたの場合、もう十五年も続けてコーチをやっているんだから、この際サラリーマンみたいに終身雇用にしてもらえばいいんじゃないの」

「バカなことを言うな。選手が毎年クビになるのに、コーチだけ保障されたら誰も言うことを聞かなくなる」

「でも選手みたいにたくさんのお給料を貰っているわけではないんだし」

今年の聡司の年俸は千九百五十万円。サラリーマンに比べたら恵まれているが、いつクビになるか分からないことを考えれば安心できる金額ではない。これがジェッツならヘッドに昇格した途端に一千万くらい上がるが、渋ちんで有名なブルズでは「コーチはコーチだから」とたった五十万しか増やしてもらえなかった。

「あなたもコーチは一年勝負なんて堅いことばかり言ってないで、もう少しうまくやってくれればいいのに」

秋恵は納得できずに口を尖らせた。

コーチはつねに一年契約――それが当たり前だと思ってやってきた。小西にしても昨年の監督就任会見では「一年勝負でやりたいと自分から球団にお願いした」と発言していた。

ところが今日のコーチ会議後、沢木からとんでもない事実を聞かされた。

「どうやら、トモ、小西のおっさんは複数年契約しているらしいぞ」

「複数年？」

「メディアの前ではカッコつけて一年契約と言ったが、ちゃっかり二年契約していたようだ」

「だけどそれは監督だけだろ」

「いや、俺も二年契約だ」

「え、おまえも？」

言葉を失った。フロントから「うちのコーチは全員一年契約だから」と聞かされてきただけにショックだった。それでも沢木から「さすがにもう外国に逆戻りはしたくないからな。年俸は安くてもいいから複数年でお願いしますと自分から頼んだんだよ」と済まなそうな顔で吐露《とろ》され、人気のある沢木だから許されたのだろうと自分に言い聞かせた。

「悪いな、隠していて」

「まあ、別に構わないが。だけどそれがどうして俺の来季に関わるんだ」

聡司は聞き返した。

「小西は来年も契約が残っているから、今年で契約が切れるおまえに責任を取らせようと企《たくら》んでいるみたいだ」

「だけど一年契約は俺だけじゃないだろ。打撃コーチの下地だって一年のはずだ」

指摘したものの、沢木からは「あんな無能コーチに責任を取らせても誰も納得しねえよ」と言われた。

「ということはサワ、俺は最初から今年ダメだった時のスケープゴートとしてヘッドに残ったのか」

「小西のおっさんは腹黒いからな。就任する時から一年目ダメだった時の対策はちゃんと考えていたはずだ」

それで分かった。なぜ自分が留任になったのか、縁のない小西の下でもヘッドになれたのか、すべてが繋がった。

「だからってトモ、自分からやめんなよ。そんなことしたら小西の思う壺だからな」

「あ、ああ」

返事はしたもののこれからどう尽くせばいいのかさえ分からなくなった。ヘッドとは監督の分身であり、一蓮托生だと信じてついてきたのだ。今さら監督に刃向かうなんてこともできない。

食卓では相変わらず秋恵中心に話が盛り上がっていた。今は次男真吾のクラスメイトについて、あの子は成績が下がっただの、勉強はできるが授業態度が悪いから先生の心証が悪いだの、次々に聞いたことのない名前が挙がっていく。

「そういや、真吾、隣の鈴木さんちの女の子、おまえと同じクラスだったよな」

聡司は次男に尋ねた。真吾はすぐに顔を歪《ゆが》めたもののなにも言わなかった。

「学級委員やっているんだけど、あまりに口煩《くちうるさ》いんでみんなに嫌われているのよ」

代わって秋恵が説明し始めた。

「掃除当番だって真吾のクラスでは、塾がある生徒は自分の分担だけやったら帰っていい決まり事になっているんだけど、あの子、そういうのは塾に行っていない人には不公平だって、真吾たちが帰ろうとすると止めるらしいの」あの顔で男子たちを制する姿まで想像できる。「だいたい先生が決めたことに生徒が異議を挟むのもおかしな話じゃない」

聡司は味噌汁を啜《すす》った。

「だったらあの子も先生に直接言えばいいのにな」

「言ってるらしいわよ。教師にまで指図をするから先生たちも困っているみたい」

近所の、それもまだ小学生だというのに秋恵の不満は止まらなかった。挙げ句「ああいう子は社民党の代議士になればいいのよ」と気に入らないと必ず引き合いに出す政治家を挙げる。あの手の娘《こ》は同性からの方が嫌われるのだろう。

その時、長男の将一がポツリと言った。

「あの娘、結構可愛いのにな」

だが間髪容れずに次男の真吾が「可愛くねえよ。あんなヤツ」と吐き捨てた。

「友岡ヘッド、小西監督が至急、監督室に来るよう呼んでいます」

「監督か？　コーチミーティングかな。それなら今すぐ資料を持っていくが」

「いえ、そうじゃないみたいです。呼ぶのは三人でいいと言っていましたから」

シーズンの残り試合が三試合になった九月後半、聡司が球場に到着するとマネージャーから伝達を受けた。ブルズは前夜の敗戦で今季の五位が確定している。

三人と聞いて予感した通り、監督室には小西の他に沢木と下地がいた。沢木は監督の右隣のソファー、下地は小西とは対面するパイプ椅子に座っている。聡司は空いていた小西の左隣に座った。

「おお、トモ、悪かったな。試合前の忙しい時間に」

小西が口を開いた。無理して余裕を見せているが、貧乏揺すりは始まっている。

「用件はなんでしょうか」

「まあ、そう慌てるな、トモ。一年間、ごくろうさま」

「いえ、まだ三試合残っていますから」

「全勝しても五位は変わらないんだ。もう今季はいいよ」

「そうですね。私の力が及ばずすみませんでした」

頭を下げる途中、向こう側の沢木が、〈バカ、なに謝っているんだ〉と口を動かした。

だが聡司も〈大丈夫だ、俺からはやめない〉と目で返した。

「残念ながらこうなった以上、我々も来年に向かわなきゃいけないと思ってな」

小西が言った。

「若手を使っていくということですね」

「いや、そうではないんだ」小西の口調が強まった。「この成績で終わった以上、総括をしなくてはいけないと思ってな」

「総括ですか」

「というか、けじめだな。自分で選んだコーチたちだ。わしもできればこのメンツで来年も戦いたいと思っているが、それでは選手に示しがつかんだろう」

俯いたままゆっくり言う。けじめという言葉でなにを言いたいか分かった。

「誰かが責任を取らなくてはいけないということですか」

これが沢木が言っていた小西の対策か。いよいよ自分がクビを切られる。そう思ったら、こんな男にやられっぱなしになってたまるかと強い気持ちが湧き出てきた。

「責任でしたら、やはり監督と私の二人で取るのがいいのではないでしょうか」

口にすると、沢木が目を丸くしてこっちを見た。聡司から、自分もやめるから監督もやめてくださいと勧告したようなものだ。

忠実な部下だと思っていたヘッドコーチから言われるとは思いもしなかったのだろう。小西は一瞬、泡を食った顔をしたが、すぐ平静を装った。

「確かにそういう方法もあるが、それでは来年、まったく一からの出直しになってしまう。だがうちは前半戦首位争いをしたんだ。戦い方によっては十分優勝だって狙えたわけだしな」

その戦い方をミスった張本人であるくせに、小西は他人事《ひとごと》のように言う。

「誰がやめるべきかは別として、首脳陣のけじめを見せた上で、使えない選手はクビにするなり、トレードに出すなりして、チームを強化していく。これがわしが悩んだ末に下した決断だ」

なにが悩んだ末だ。最初から決めていたくせに。しかもクビにするのではなく、聡司から言い出すよう仕向けるところがこの男らしい。聡司が黙ったことで安堵したのだろう。小西の舌はさらに滑らかになった。

「なにせわしのモットーは厳しさとチームの和だ。その二つをきちんと実行し、来年こそはチーム一丸《ヒトマル》となって戦っていきたいんだ」

真面目な顔で言った。

前を見ると、沢木が堪らず噴き出しそうな顔をしていた。おい、こんな場面で笑うな。

聡司は〈バカ、やめろ〉と口を動かした。だがその口の動きを小西に見られてしまったらしい。

「なんだ、トモ。今、おまえ、バカ、やめろと言ったよな」

睨みを利かせた目で訊いてくる。

「い、いえ、そうでは……」

「いや、確かに言ったぞ。おまえはわしを侮辱した上、監督をやめろと言うのか」

たちまち顔が朱に染まっていく。

「けっしてそんなつもりでは」

「じゃあ、どういうつもりなんだ！」

ヒステリックに叫んだ小西に、聡司は立ち上がって姿勢を正した。

「どうりで今年成績が悪かったはずだ。そりゃそうだな。監督を馬鹿にしているような人間がヘッドコーチじゃ、チームがまとまるわけがない」

「馬鹿にしているなんてそんな」

「馬鹿にしているから、そんな言葉が出たんだろう」

「いえ、ですから、それは……」

「貴様、それでもヘッドコーチか。わしの参謀か。本気でわしを支えていこうという気があるのか！」

もの凄い剣幕で面罵《めんば》され、聡司も自分を失った。誤解とはいえ、やめろと口を動かしたのは事実だ。まさか小西の言い間違えに沢木が噴き出しそうになったからだとは弁明できない。

「分かりました。私が全責任を負って辞表を出します」

「おい、トモ」

沢木が止めたがもう手遅れだった。

小西が「そうか。それなら分かった」と呟いた。さっきの怒りが嘘だったかのように機嫌は戻っている。

目の前で沢木が「悪い、トモ」と片手を立てて謝っていた。

「よっしゃー、ナイスヒット〜。さぁ、みんな、サヨナラ、狙ってこ」

女の子たちの声が湧き上がった。女の子といっても黄色い声援とは程遠い、男さながらの戦士たちの雄叫《おたけ》びだ。

「監督、ここは攻めて行きましょう」

隣に立つキャプテンの鈴木結衣が、強攻策を提案してきた。

「延長戦なんだ。二塁に進めた方が得点の確率は高くなる」

「だけどモエやんは四番ですし、あまりバントはうまくないですし」

打席に入るのは四番バッターだ。女子相撲部があればそっちからスカウトが来そうなほど体格はいい。

それでも聡司は「いや、ここは送る」とバントとサインを出した。

ヘッドコーチを辞任した聡司は今年から少女野球の監督になった。女房はいい顔をしないが、あくまでも監督はボランティア。平日はスポーツメーカーの営業として働いている。

結衣の父親と一緒にスポンサー探しをした結果、チームの運営費も出るようになった。みんな練習熱心だし、男の子に負けないほど気持ちが強い。今年も一番ショートの結衣の下でよくまとまったチームは県大会の決勝まで来た。

もっとも少女野球だろうが、野球が流れに左右されるのは変わらない。勝つ時はすべてがうまくいくし、逆にちょっとしたミスで、流れが相手にいってしまう。

追いつかれて延長戦になったこの試合、聡司はセオリー通りにバントを選択したのだが、結衣の指摘通り、モエやんは初球をファウルにした。追い込まれてもスリーバントだと決めていたが、突然、気が変わった。

「鈴木、強攻策でいくぞ」

「はい」

結衣が返事をした。

バッティングのサインに切り替えると甘く入った球をモエやんはフルスイングした。打球は右中間を抜け、草むらの奥まで転がっていく。「やったー、サヨナラだ」隣から結衣が高い声で叫んだ。

一塁走者が三塁を回った時には、ベンチから少女たちが一斉に飛び出していた。男ならこういう時は手荒い祝福と決まっているが、彼女たちは打ったモエやんを抱きしめながら泣いていた。あの気の強い結衣までが顔をくしゃくしゃにしている。このあたりはやはり女の子だ。

その時、首筋に突然冷たい水が流れてきた。聡司は「うわっ」と声をあげて横にジャンプした。

振り返ると細身のスーツを着こなした沢木が、ミネラルウォーターを手にして立っていた。

「なんだよ、トモ。せっかくビール掛けの代わりをやってやったのに」

「どうしたんだ、こんなところまで」

首筋を拭きながら言う。

「試合がないんで見に来たんだ。開幕からずっとBクラスのせいで、チームのムードも上がらないしな」

沢木は苦笑いを浮かべた。今年も小西のヘボ采配は相変わらずで、ついにブルズは北関東ソニックスにも抜かれ最下位に転落していた。

「しかしおまえに監督の才能があったとは初めて知ったよ」

まだ歓喜が渦巻くグラウンドを見つめながら沢木は言った。

「才能なんかねえよ。子供の野球だからうまくいってるだけだ」

「それにあのお嬢ちゃんたちがこんなにレベルが高いのも驚いたけどな。とくにあのショートの娘、すごい守備力じゃねえか」

試合中盤のピンチを救った結衣のダイビングキャッチを言っているのだろう。どうやら試合の早い段階から観てくれていたようだ。

「そういや、サワ、おまえお薦めのゴッドファーザー全部観たぞ。だけどおまえが言っていたトム・ヘイゲンって相談役、全然イエスマンとは違うじゃないか」

「おい、別に俺はイエスマンだなんてひと言も話してねえぞ。相談役だと言ったはずだ」

「てっきりおまえが監督のイエスマンになるなと言いたくてそんな話をしたのかと思ったよ」

時間はいくらでもあるのでDVDをセットで購入し繰り返し鑑賞した。トム・ヘイゲンはパートⅢには出ていなかったが、ⅠでもⅡでも相当に重要な役割を担っていて、なにかあるごとにボスからの特命を受けていた。犯罪にもずいぶん手を染めていたが、それでもトムはボスが暴走しそうな時には「これは危険です」「今回はやめた方がいいです」と反対していた。眉間に皺を寄せた気難しい顔でトムが忠言するたびに、ピリピリとした緊張感が画面から伝わってきた。

「サワ、せっかく来てくれたんだ。現場を離れて俺が気付いた最強の組織論を教えるよ」

「なんだよ、最強の組織論って」

「二番目が百パーセント味方でないチームこそ一番強い、だ」

「なんじゃそりゃ？」

キョトンとした顔で聞き返してくる。

「ダメなものはダメだと監督に口出しできる参謀がいる組織こそ、相手にとって一番厄介だということだ。人間というのはトップに立つとどうしても自分の都合でしか組織を見られなくなる。そんなところに、違う意見をしてくる参謀がいるんだ。相手も読みにくくなる」

「だけどそんなの無理だろう」

「どうして無理だと決めつける」

「そんな人間を二番手に置いたら、監督はいつ寝首を掻かれるかヒヤヒヤして過ごさなきゃならないじゃねえか。イエスマンたちで周りを固めるのは人間の防衛本能だ。トモが言うのが理想だと頭では理解しても、自分がいざトップに立ったらそんなことはできなくなる」

沢木は得々と語ったが、聡司もすぐに言い返した。

「そんな小さなことで人事を考えるようでは本物のリーダーにはなれないってことだ」

「全然小さなことじゃねえだろ」と首を捻《ひね》った沢木だが「まあ、それくらい腹が据わってないと、チームはまとめられないってことだな」と同調した。

「サワ、おまえならいつかそういう日も来るだろうからな」

冗談で言ったつもりだが「その時には参考にさせてもらうわ」と沢木は否定することなく目尻を下げた。

しばらく二人でグラウンドを見つめていると、沢木であることに気付いた観客たちが騒ぎ始めた。観客に向かって手を振る。クールでキザったらしいのはいつもと同じだが、頬が緩みそうなのを必死に我慢しているように見えた。

「サワ、おまえ、なんか用があって来たんじゃないのか」

「用がなくて来ちゃ悪いのか」

「そうではないが、なんか様子が変だ」

そう言うと沢木はミネラルウォーターをひと飲みした。

「おまえがおかしなことを言うから言い出しにくくなったが、実は来年からブルズの監督をやるよう要請を受けたんだ」

「監督か？　良かったじゃないか」

今でもファンから人気のある男だ。当然の人事とも言える。

「だけど俺はフロントに受諾する条件を出した。ヘッドコーチにおまえを呼び戻してくれるなら受けるってな」

隣を見ると、緩んでいた目許《めもと》がいつの間にかキリリと締まっていた。

「監督をやって悦《えつ》に入《い》っているところに悪いが、おまえはやっぱり二番手が合っている。おまえは最高の腹心だ。ブルズ再建に力を貸してほしい」

トップの器ではないと指摘されたのに、悪くは聞こえなかった。五年もやったのだ。ヘッドの仕事には自信を持っている。ただしこれまでの仕事ぶりを買われたのであればいささか問題ではあるが……。

「だけどサワ、俺はもう去年までとは違うぞ。なんでも言うことを聞くと思ったら大間違いだぞ」

「そんなの最初から期待してねえよ」

「そうか、ならいいけど……」

どこまで理解しているのかは分からなかったが、聡司にしても同期の沢木なら気兼ねなく物が言えそうな気がした。イエスマンになる気はないが、監督とヘッドは一蓮托生といった考えはこれまでと変わらない。

「監督～、そろそろ表彰式始まりますよ～」

結衣が練習ではけっして見せない笑顔で伝えてきた。

「ああ、分かった」返事をすると「そういうことなんでまた今度な」と沢木に言った。

ウインドブレーカーを脱いでグラウンドに出ようとすると、後ろから「トモ」と呼ばれた。

振り返ると、沢木がニヤリと笑って言った。

「トモ、任せたぞ！」

聞き慣れたフレーズだというのに、聡司は自分の眉間にいい感じで皺が寄っていくのを感じた。

旅立ちのフダ

ビッグドームに続く陸橋を歩く人の列に、平井鉄兵《ひらいてっぺい》は節のない口調で呼びかけた。

「チケット余りある？　ないならあるよ～」

ユニホームを着ている客が多い。彼らはすでに前売りを持っているのだろう。鉄兵を見向きもせずに通り過ぎていくが、突然声がかかることもあるので諦めは禁物である。

「すみません、どんな席がありますか」

メガネをかけたスーツの男が話しかけてきた。

「なんだ、お兄さん、切符ないの？」

二十一歳の鉄兵よりは間違いなく年上であるが、若い男性客は全員「お兄さん」と呼ぶ。平井クン、商売ちゅうんはプロレスと同じで、ゴングが鳴る前に勝敗は決まるんやで――この道五十年の大先輩、庄司《しょうじ》から教わったダフ屋の心得である。プロレスを喩《たと》えに出すからややこしくなるが、要は最初が肝心だということくらいは商業高校中退の鉄兵でも理解できた。

「上司から前売りで買っておけと言われたのを忘れてしまって……今、当日券売り場に行ってきたんですけど、S席はもう売り切れだと言われまして」

不安そうに言う男に対し、鉄兵はしめしめとほくそ笑んだ。S席が売り切れるのだから、きょうは久々の満員になりそうだ。夏休みに入るのに合わせて首位に立った東都ジェッツと二位の大阪ジャガーズとの伝統の一戦なのだ。最近のプロ野球は開幕戦と日本シリーズ、あとはWBCくらいしか満員にならないから久々の書き入れ時になる予感がする。

「うちらも結構高く仕入れたから大変なんだけどさ。けどお兄さん、野球好きそうな顔をしてるもんな。特別に一万五千円でいいや」

「一万五千円？　一枚がですか？」サラリーマンは目を大きく見開いた。なにせ五千九百円の席だから三倍近い値付け。最初にこう言うのも作戦なのだ。

「だけど最近不景気だし、これでいいよ」鉄兵は指を一本立てる。「もうすぐ試合も始まっちゃうしさ……二枚だよね。もちろん隣同士だから安心しな」男が返事をするより先に右手に持つチケットの束から隣同士の席を渡そうとした。ところが男に「じゃあ六枚」と言われて今度は鉄兵が目を剝《む》いた。

「六枚だって？　お兄さん、いくらなんでもそんな無茶言うなよ」

「ないですか？」

「続きでってことだろ？」

「接待なのでそうでないとまずいんです」

「まずいって言われてもな」

「SがないならA席でもいいですけど」

「Aでも続きは無理だよ。でも近くで良かったらなんとかなるかもしんないけど」

「本当ですか」男の顔が綻《ほころ》んだ。

「お兄さん、ちょっとここを動かないでな」

鉄兵は十メートルほど先の柱の陰に立っている頭がフケだらけの老人の元に向かった。ホームレスの炊き出しにいけばいくらでも並んでいそうなこの人が、鉄兵がコンビを組む庄司というベテランのダフ屋である。

「おお、平井クン、どないしたんや」

声を嗄《か》らした関西弁で庄司が訊いてきた。歳《とし》は教えてもらったことはないがおそらく七十は超えている。

「庄司さん、Aの切符《フダ》、六枚ありませんか。近くで構わないというんですけど」

「六枚？　さぁ、どやろか」

庄司は皺だらけの手で手品師がトランプを切るように素早くチケットをめくっていった。

「オー、ラッキーシモノビッチ！」と叫び、束の中から三枚続きのチケットを二組取り出した。

「これ、全然並びじゃないですよ」

横の列は一つ違いだが、場所は一塁側と三塁側だから正反対だ。

「まあ、いいです。それください」

受け取って鉄兵は持ち場に戻った。サラリーマンは言いつけを守って待っていた。

「お兄さん、あったわ。良かったな」

「本当ですか」

「ほらA券だろ、こっちが二十五列目で三枚、そいでこっちが二十六列目で三枚」エリアを示す数字は隠し「ほら、早くポケットにしまって」と命じる。

「じゃあ、一枚一万二千円なので、六枚で七万二千円ね」

さっき言ったS席の値段より高いが、男も今さら蒸し返す気はないらしく、財布から一万円札を八枚出した。

「ちょっとお兄さん、こんなところでそんな大金出したら怪しまれるだろ。こっそり背後に回って渡してくれよ」

鉄兵は両手を後ろに回した。「ほら、早く」と組んだ後ろの手を男の方に伸ばしてせっつく。

ダフ屋の多くは壁際や柱の陰に移動して金のやりとりをする。鉄兵のやり方はさりげないようで実は結構目立ってしまうのだが、庄司からこうやれと教わったのだから仕方がない。

「は、はい」男はあたふたしながら鉄兵の手に金を置いた。
一、二、三、四……前を向いたまま八枚確認すると、ジーンズの尻ポケットから財布を出し、千円札を八枚、「ほれ、釣り」と手を伸ばして渡す。
「毎度、お兄さん。お仕事うまくいくよう祈っとくわ」男の尻を叩いて送り出す。「またいつでも来てよ、だいたいここにいるからさ」

とは言っても今はほとんどが当日券を買えるのだから、よほどのビッグゲームでもない限り来ることはないだろう。

「おい、またこんなところにいるのか」

背後からの太い声に鉄兵の背筋が伸びた。

「あっ、旦那。いつもご苦労様です」

スーツを着た男に会釈した。ブルドッグのような顔をギラギラさせたこの男は、浅川《あさかわ》という地元の生活安全課の刑事である。他の生安《せいあん》は全然刑事っぽくなく、一般客と見分けがつかないように隠れて行動するのだが、この浅川だけは常に刑事風を吹かせて寄ってくる。

「きょうはこれから友達と野球観戦に行こうと思ってまして」

「なにが観戦だ。適当なことばかり言いやがって」浅川は鼻の穴を広げた。

顔は割れているが、注意されるだけ。この仕事を始めて五年になるが、逮捕されたことは鉄兵はまだ一度もない。

「あまり目立ってバイすんじゃねえぞ」

浅川が低い声で言った。

「もちろんです。おとなしくやります」これでは認めてしまったようなものだと鉄兵は慌てて言い直す。「売りたい客がいても買い取るだけで、國分屋《こくぶんや》に持っていきますから」

「バカ野郎、アイツらに一人勝ちさせてどうするんだよ」

歩道橋の向こうにある金券屋のチェーン店に浅川は目を遣《や》った。浅川のように合法的に儲けている金券屋を嫌う古い刑事はたまにいる。だがいくらダフ屋の味方をしてくれようが、上から指令が出れば摘発に来るのだから警察は信用できない。

ふと目をやると庄司が背を向けて、歩道橋の階段をドタバタと下りていくのが見えた。警察が来たら即座に逃げる——これもダフ屋の鉄則である。こういうのをイタチごっこと呼ぶらしいが、最初にそう呼んだ人は本物のイタチを見たことがなかったに違いない。山梨にいたイタチはすばしっこくてもっと逃げ足が速かった。

「まあ、いい。くれぐれもバイはすんなよ」

「はい。ご苦労様です」

頭を下げると浅川はがに股で去っていった。國分屋に儲けさせるなと言いながらもバイするなという。こういうのを本音と建前というのだろう。

最初は売るの「バイ」なのか買うの「バイ」なのか分からなかったが、どうやら売るでも買うでも大きくは違わないらしい。「バイする」が麻薬デカが覚醒剤の密売人を「またバイしてんじゃねえだろうな！」と問いつめる時に使う言葉だと知った時、鉄兵は少しだけ背筋がゾッとした。

「しかし平井クンもデカのあしらいがうまなったな」

すでに呂律《ろれつ》が回らなくなっている庄司が皺だらけの顔でホッピーを飲み干した。するど鉄兵の隣に座る村田《むらた》が「あの浅川というデカ、そのうち上がりを寄越せと言ってくるかもしれねえから気をつけろ、鉄兵」と言うので、「はい」と返事をした。

与えられたチケットをすべて売り切った鉄兵は、庄司とともにガード下にある串揚げ屋に来ている。隣に座るピンクのアロハシャツを着た村田は四十代後半のテキ屋系暴力団組員、言わば庄司と鉄兵の雇い主である。まだチケットの前売りを買う「並び屋」をしていた頃、二日連続して遅刻したバイトをボコボコにしたのを見たことがあるが、普段は人当たりがよく、この日のように儲かると鉄兵と庄司を飲みに連れていってくれる。

もっともいつも庄司が上席で、ヤクザの村田が鉄兵の隣に座っているのが不思議でならない。村田の度量というよりは、庄司が非常識なのだろう。いつも遅れてきて、向かい合って座っている村田と鉄兵のうち、村田の隣に座る。そのうち居心地が悪くなった村田が鉄兵の隣に移動してくるのだ。

「そやけど伝統の一戦やというのに、デカも浅川一匹やなんて。プロ野球も舐められたもんですな」

生ビールを手にした村田が言った。

「バイするなよとは警告されましたけどね」

鉄兵が言うと、串を横にして揚げ物を引き抜いた庄司が「なにがバイするなよじゃ。テリー・ファンクみたいな顔しよって」とちゃらけた口調で入ってきた。

「庄司さん、浅川はそんな二枚目ちゃうでしょ。目は細いし、鼻も潰れてるし。だいいちテリーは善玉でっせ」村田が言う。

「そやな。ザ・ファンクスのテキサスの荒馬、テキサスブロンコやもんな」

テリー・ファンクという人の顔を鉄兵は知らないが、プロ野球と同じくらいプロレスを愛する庄司が五番目に好きなレスラーだというのは知っている。なぜならよく歌う鼻歌の五番目に出てくるからだ。

「どっちか言うとハリー・レイス顔ですよ」

村田が別のレスラーの名前を出した。

「そや、誰かに似とると思たらハリー・レイスや。あの滞空時間が長い垂直落下式ブレーンバスターは凄かったよな。なあ村田クン」

「ええ、さすがのジャイアント馬場がピクリとも動きませんでしたからね」

「ビル・ロビンソンの人間風車も凄かったけどな、村田クン」

「ダブルアームスープレックスと言ってくださいよ」

「猪木とビル・ロビンソンのＮＷＦヘビー級王座戦の三本勝負はわしの中でも三本の指に入る名勝負よ」

「だけど庄司さんは猪木より馬場派でしょ」

「そりゃ、当然や。わしらの時代はまず馬場よ。そんで猪木、鶴田の順番や」

そこで庄司は歌い出した。全日本プロレスの中継が始まる前に必ずかかっていたという日テレ系スポーツ中継のテーマ曲である。そのメロディーに庄司は「♪馬場に猪木に鶴田にブッチャ〜、テリー・ファンクにド・リ・イ〜」とおかしな歌詞をつけるのだ。

この鼻歌を聞くとしばらく耳から離れなくなるから困ってしまう。鉄兵も知らず知らずのうちに口ずさみ、周りからおかしな目で見られたことも一度や二度ではなかった。

今でこそ庄司はふざけてばかりで、たいした仕事もしないが、そもそも鉄兵は庄司を頼って、山梨から出てきたのだった。

庄司と初めて出会ったのは鉄兵が小学一年生の時まで遡《さかのぼ》る。

金物屋をやっていた親父が客からお盆のジェッツ戦の切符を貰った。二人で高速バスで東京まで来たのだが、ドジな親父はその切符を途中でなくしてしまった。当時は今では想像がつかないほどの野球人気だった。ジェッツが優勝争いをしていたこともあって、当日券は完売だった。親父は鉄兵に「ここで待っててな」と言ってダフ屋に交渉にいくが、法外な値段を言われ、肩を落とし戻ってきた。

このまま試合も見ずに山梨に戻るんだな、幼心にも分かった鉄兵が諦めた矢先、ひょいと現れたのが庄司だった。

「なんや、二人して悲しそうな顔して。お父ちゃん、息子に野球を見せたいんやろ。そやったら半額サービスでええわ。二人で五千円。それやったらお父ちゃんも買えるやろ」

「ほ、本当ですか」

「他でなんぼと言われたかしれんけど、夏休みの出血サービスやで。なあボク……」

頭を撫でられ鉄兵もうんと頷《うなず》いた。

親父は何度も頭を下げチケットを受け取った。庄司は満面に笑みをつくって「ラッキーシモノビッチ」と鉄兵にピースサインした。鉄兵も「ラッキーシモノビッチ」と呟き、ピースを返した。どこの外国語か意味も分からなかったが、「ボク、ツイてて良かったな」と言われたのだと思った。

庄司から買った席は内野の上の方、今でいうD席だったので、半額といっても定価より高かったと思うが、田舎に帰ってからも鉄兵の記憶の中で、庄司は恩人として生き続けた。いつか東京に行ってあのおじさんに会いたい——嫌なことがあるたびにそう思った。だから高校を中退した十六歳の夏、家出同然で上京した鉄兵は、真っ先にビッグドームに行ったのだった。

庄司は九年ぶりに再会した鉄兵をまったく覚えていなかったが、それでも金がないというと並び屋のバイトを紹介してくれた。

一ヵ月後にはダフ屋の手伝いもさせてもらえるようになった。その頃には、庄司は親父ギャグばかり言う酔っぱらいだと分かり、鉄兵が田舎で思い描いてきた足長おじさんのようなイメージはすっかり崩れていたが……。

そこに注文していない串揚げが運ばれた。庄司の古い友人であるオヤジが「あっ、庄ちゃんとこやなかった」と気づいて取り返そうとしたが、すぐさま庄司が「おっ、ラッキーシモノビッチ」と串に食らいついてしまった。

庄司は少しでもツイていると、「ラッキーシモノビッチ」と言う。

ただしそれは外国語でもなんでもなく、大昔にいた「ユーゴの荒鷲」と呼ばれた外国人レスラーの名前で、そういうダジャレが、昔、プロレスファンの間で流行ったらしい。

「村田さん、今週末は代々木でアユのコンサートですよね。ぜひ僕も行かせてください」

鉄兵は村田に向かって手を合わせた。

野球専門の鉄兵の手取りは月十万円程度。古いテキ屋道具を部屋で保管する代わりにアパート代を出してもらっているのでなんとか生活はできているが、ビッグドームで試合のない日は丸一日暇なのであっと言う間に使い切ってしまう。そこで以前から村田に大物歌手のコンサートで動員をかける際は呼んでくれと頼んでいた。

「あかん、あかん、そんな場所に顔を出したらすぐにしょっぴかれるで」

庄司が手首に縄をかけられた仕草でしゃしゃり出てきた。

「大丈夫ですよ。庄司さん、アユのコンサートだと他のテキ屋も相当出るでしょうから、個人的に狙われない限り逃げ切れますから」

鉄兵は足の速さに自信を持っている。

「それに僕は代々木方面の警察には顔が割れてませんし、問題ないですよ」

「警察を舐めたらいかんよ、平井クン。あいつらジョー樋口が、ブッチャーがパンツの中に凶器を隠してるのを知っててゴングを鳴らすのと同じで、最初から誰がどこのダフ屋なのか全部分かっとるんやから」

「でもレフリーがジョー樋口でなく、山本小鉄やったら、最初から注意しそうですけどね」

村田が入ってくる。庄司の喩えも頓珍漢《とんちんかん》だが、毎回そこに食いつく村田もどうかと思う。

「なに言うてんねん。村田クン、小鉄かて知ってて見て見ぬ振りをしとっただけや」

「小鉄ってレスラーとしては強かったんすか。ちっちゃくて弱そうに見えましたけど」

「馬鹿言っちゃいかんよ。本気だしたらメチャクチャ強いで。なにせ藤原喜明をしごいた鬼軍曹やからな」

二人がプロレスの話をするとどんどん横道にずれていく。往事を知らない鉄兵はいつもこうやって置き去りにされてしまうのだ。

「村田さん、コンサートの仕事、なんとかお願いします。僕ももう少し実入りのいい仕事をしたいんで」

鉄兵が無理矢理話を戻した。「野球もいいですけど、最近は売るチケットを手に入れるのもひと苦労ですから」

最近はダフ屋に売りにくる客がほとんどいなくなった。この世界は不思議なもので、売れる人気カードは、売りにくる人も多いのだが、売れない不人気カードは売りにくる人もさっぱりだ。

経済のことはまったく分からない鉄兵だが、世の中に金が出回った方が人々は豊かになるという理屈はなんとなく分かる気がする。チケットと同じで金がだぶついた方が、その間に入った人間が稼げるのだ。つまり世間にはダフ屋のようなピンハネ商売が数多くあるということなのだろう。

「人生は長いんや。焦ったらいかんて」また庄司が邪魔をしてきた。

「別に焦っているわけじゃないですけど」鉄兵は口を尖らせた。

「いくら金儲けしても臭い飯を食わされたら終わりよ。わしと一緒に野球のダフ屋をやっているのが一番安全やて」

野球のダフ屋が安全、庄司はことあるごとにそう言う。確かに庄司と一緒に仕事をして危ない目に遭ったことはない。だがそれは野球に人気がなくなったため、ダフ屋が暴力団の資金源になっていないと思われているだけの話だ。だから野球場のダフ屋はどんどん減っていく一方だし、警察の目も満員札止めとなるコンサートの方に向いている。

「それがな、鉄兵、悪いんだけど、おまえしばらくは野球専門でやってくれや」

村田に言われた。

「どうしてですか」

「こっちにもいろいろ事情があってよ」

「庄司さん一人でも十分でしょう」

「そういうな。庄司さんも一人じゃ寂しいやろしな」

村田はテーブルの下に置いてあった小包サイズの箱を取り出し、「この箱、しばらく預かっておいてくれ」と鉄兵に渡した。

「俺が持ってこいと言ったら組まで持ってきてくれ。くれぐれもなくすなよ」

「わかりました」

中の物が気になったが、持った感じは軽く、覚醒剤や拳銃ではなさそうだった。そもそもそんな大事なものは鉄兵には預けないだろう。

箱を渡そうと腕を伸ばした瞬間、村田のアロハの前ボタンが外れ、胸がはだけた。背中から肩まで入っている紋々が見える。この入れ墨を見るたびに、普段は馬鹿話ばかりしている村田が、本物のヤクザなのだと再認識させられる。

「村田クン、墨、見えとるで」

庄司が自分の左肩を叩くと、村田は「あっ、すみません」とアロハを直した。

鉄兵は去年、本気でヤクザになろうと決心し、村田に入れ墨を入れたいと頼んだことがあった。だがその時も庄司に邪魔をされた。

「やめとき、平井クン。墨なんて、女にモテんようになるで」

「そんなことないですよ、タトゥーが好きな女の子は結構いますよ」

「そりゃセックスの時、墨が入ってるだけで、女は普通の男の三倍は期待するからな」

「ならいいじゃないですか」

「アホやな。それって下手くそで終わった時は、三倍ガッカリされるってことやで」

「ハハッ、庄司さんの言う通りや。鉄兵はソープ行っても一番後に入って最初に出てくるもんな」

そう笑いの種にされて終わってしまった。

だが今は入れなくて良かったとつくづく思っている。ヤクザもダフ屋もプロレスやプロ野球と同じで過去のものだ。もっと割のいい仕事があるなら今すぐにも移りたい。最近、鉄兵は本気で転職を考えている。

「チケット余りある？　ないならあるよ〜」

ビッグドームに向かう客に声をかけるが、この日は広島レッズ戦とあって反応はよくなかった。それでも村田から預かった二十枚ほどのチケットの大半を、最後は千円で叩き売って二万円以上にはした。

「庄司さん、そろそろ試合始まるし、これ以上やっても無駄ですよ」

「そやな、店じまいにするか」

「じゃあ、僕は帰ります」

歩道橋を下りて駅の方角に歩いた。普段はパチンコするか漫画喫茶に行くか……きょうはその金もないのでブックオールドという古本屋チェーンで立ち読みすることにした。

高架を潜《くぐ》った先にあるブックオールドに到着すると、鉄兵は漫画本コーナーに向かった。立ち読み目的だと分かっている顔見知りの店員が冷めた目で見ていたが、鉄兵は気にしなかった。

読みかけのコミックを引き出そうとしたところ、書棚の間を小柄なショートカットの女の子が通り過ぎて行った。この店でたまに見かける娘《こ》で、いつも黄色の買い物籠にたくさんの本を入れているので気になっていた。

彼女は今度は逆方向から棚の間を通過していった。鉄兵は手にしていた本をしまい、彼女の後に続いた。

Tシャツにジーンズにスニーカー、黒髪で化粧気がなく、同年代には珍しいほど外見には無頓着だ。鉄兵の好みとはほど遠いが、興味をそそられたのは、彼女が鉄兵の周りにいなかった文学少女に思えたからだ。毎回、あれだけの本を買うのだからよほど頭がいいに違いない。平べったいくらい小胸なのも彼女が勉強ができるように見えた。すでに籠には五冊も入っているのに、彼女は百円コーナーにあった本を細い腕を伸ばして取った。本のタイトルが見えた。『新興宗教にハマる』――げっ、どこかの信者か……。

ところが彼女は次に『新しい心臓バイパス手術』を迷うことなく籠に入れた。心臓手術、医大生？　頭の中がこんがらがっていると、彼女が鉄兵の視線に気づいた。

「キミ、何か用？」

喧嘩を売るような目で彼女は言った。

必死に口説いて誘ったドーナツ屋で、鉄兵は彼女のことを聞いた。彼女は文学少女でもなければ、新興宗教の信者でも医大生でもなかった。晶子《あきこ》という鉄兵と同じ歳の女子大生。古本やCDを安く買って、それをネットで転売して稼いでいるらしい。

「で、そのセドリックとかいう仕事は儲かるのかよ？」

鉄兵は晶子に聞き返した。仕事の名前を言われて最初に浮かんだのは田舎の先輩がシャコタンにして乗っていた車だった。

「違うわよ。せ・ど・り。日本語よ」

「日本語？」

「競りの『競』と書くこともあるけど、最近は背表紙を見て仕入れるから『背取り』って字が使われることもあるけどね」

セリやセビョウシと言われても鉄兵の頭にさっぱり字は浮かんでこない。

「よく分かんねえけど、それって俺らダフ屋の仕事と変わりないよな」

「どこが、変わらないのよ」

一重の目で睨まれた。

「だって安く買って高く売るんだろ？　その利ざやで儲けるわけだから同じじゃん」

「アタシたちはキミたちみたいに売れる見込みがないものは仕入れないわよ。一緒にしないでよ」

「だけど古本なんて転がして儲かるのかよ」

「せどりで月三十万くらい稼いでいる人はザラよ」

「三十万？」鉄兵の三倍だ。

「アタシは月百万を目指して、そのうちせどりを会社組織にしようとしているから」

「こんな商売を？」

「キミ、さっきからホントに失礼ね。今は成功しているIT企業だって、最初はこうやって地道に稼いで会社を大きくしていったのよ」

そこで晶子の携帯にメールが届いた。彼女は指で画面を操作し、「一冊売れた」と言った。

「売れたって、もう？」

「そう。さっき買った『新興宗教にハマる』が売れたのよ」

「だけどまだ十五分しか経ってないじゃん」

そう言うと晶子は携帯を見せてくれた。ショッピングサイト「アルプス」の中古本売り場で三千八百円で売れている。

「これ百円で買った本だろ？　三十八倍じゃんか」

「これくらい珍しくもないわよ。百円が一万円に化けることだって普通にあるもの。この本は千七百円もしたけど、一万五千円で売れると見込んでいるし」

晶子は古本屋の黄色いポリ袋から辞書ほどありそうな分厚い本を出した。『ルーブル美術館の特別なギャラリー』というタイトルで定価を見たら五千円と書いてある。

「だけど問題なのは本の置き場なのよね。うちは大学の寮だからそんなにスペースないし、今でもいっぱいいっぱいだから」

自信に満ちていた晶子の顔が、ほんの少し不安な陰を見せた。そういう顔もギャップがあって可愛い。鉄兵はふと閃《ひらめ》いた。

「それなら俺が預かってやるよ」

「キミ、そんな広い家に住んでるの」

「テキ屋道具を預かる代わりに、アパートの家賃を払ってもらってんだ。金魚すくいの網とか昔の戦隊モノの仮面の余りとか。盗まれて困るものは一つもないけどな」

「そんなところに本を置いても大丈夫なの」

「一応は俺の家だし、全然問題ねえよ。その代わりにそのせどりとかいう商売教えてくれよ。俺、ちょっと興味が出てきたんだよ」

本を預かる程度で商売《シノギ》のイロハを教えてもらうなんて虫が良すぎるかと思ったが、晶子はよほど置き場に困っていたのか、「いいわ」とあっさり交換条件を受け入れてくれた。

「平井クン、さっきから浮かれた顔をして、なんかええことでもあったんか」

持ち場に立っていると庄司がニタついた顔で近寄ってきた。しょっちゅう携帯電話を覗いているのを見られたようだ。

「別になにもないですよ」とすぐに携帯をポケットにしまう。

「またまた隠さんでええやろ。もしかしてこれか」庄司は小指を立てた。

「違いますって」

「そん時は真っ先にわしに紹介してくれよ」肘でつっついてくる。歳だから仕方がないとはいえ、庄司はからかい方からして昭和の匂いがする。前にナンパした娘と一緒にいるのを見られた時はヒューヒューと口笛を吹かれた。あの時はさすがに恥ずかしくなって女の子の手前、知らんぷりをした。

　この日、鉄兵が浮かれていたのは事実だった。今朝、指定された時間にブックオールドに行くと、すでに晶子は到着していて、二人で店内を回った。本を選ぶ晶子は真剣そのもので、横から話しかける雰囲気ではなかったが、それでも鉄兵は十分幸せだった。彼女にくっついて行動するだけで、これまでダフ屋を蔑《さげす》むように見ていた周りの目まで変わったように思えたからだ。

　彼女は何枚も束ねたリストを持っていて、本を見つけると汚れなどをよくチェックし、さらに携帯で相場を確認してから鉄兵の持つ籠の中に入れた。

　ライバルがいるかいないかで本の値段は大きく変わるし、ライバルがいるなら、いくらで売っているかを把握するのが大切――晶子からは時折、そういったせどりのコツのようなものも教わった。

十三冊の本が入った籠を持って会計に向かうと、顔見知りの店員は明らかに不審な目で見たが、晶子は動じていなかった。

「別にアタシたちは悪いことをしてるわけじゃないんだから後ろめたく思う必要もないのよ」

キッパリと言った彼女に鉄兵はすっかり惚れ込んでしまった。

その後、近くのマックに行き、晶子は仕入れた十三冊を「アルプス」のサイトにアップした。

あくまでもビジネスなので、仕入れ代金の千八百円のうち半分は鉄兵が出し、儲けの半分はちゃんとくれるらしい。まだ一冊も売れたわけではないが、メジャーの日本開幕戦の前売り券を大量に摑《つか》んだ時のような手応えを感じている。

いや金儲けだけが心が弾む理由ではなかった。晶子に「キミ」と呼ばれるたびに胸が締め付けられそうになるのだ。田舎でキミなんて呼ぶのは国立大の学生だけ。なんだか自分まで頭が良くなった気がした。

携帯を覗くと、この日買った本のうち一番高い六百円のものが二千八百円で売れていた。鉄兵は携帯電話を電卓にして数字を叩いた。二千八百からアルプスの手数料十五パーセントを引き、さらに原価六百を引くと千七百八十円……すげえ、この一冊でこの日の仕入れ額のほぼ同額を稼いだことになる。あの子、シノギの天才ではないのか。

「ダフ屋さん、どこでもいいんだけど、安い切符ないの？」

大学生くらいの三人組が馴れ馴れしい口調で鉄兵に近寄ってきた。

「お兄さんたち男三人で野球観戦かい。学生？」

「そうだけど」

「ならちょうど良かった。きょうは滅多《めった》に入らない招待券が入荷したんだ。学生割引で一枚二千円にしとくわ」

昼間に村田から渡された招待券の中から三枚続きのチケットを出すと、学生の一人が
「それより外野自由とかないの？　立ち見でもいいけど」と言う。外野自由は千五百円。立ち見は千円の一番安い券だ。

「それなら当日券買えよ。レッズ戦なら空きはあるだろうからよ」

鉄兵は顎でチケット売り場を指したが、学生たちは「その券、千円に負けてくれんなら買うけど」と値切ってくる。

「それは無理だな」

「どうしてだよ、最近のダフ屋さんて、チケットが余って困ってんじゃないの」

「おい、いい加減にしろよ」睨みつけたが、三人いるせいか彼らは全然びびっていない。

そこに「平井クン、どないしたん」と庄司が寄ってきた。

「こいつら、特別サービスで二千円でいいと言ってんのに、千円にまけろと言うんすよ」

鉄兵は口を尖らせて説明した。そう言えば庄司も無視すると思ったが、庄司は学生らに向かい「兄ちゃん、それやったら一枚千円でいいわ」と言い出した。

「本当ですか、おじさん」

「ここは結構いい席やで。選手の家族や友達を呼ぶのもこのあたりやから、お友達の芸人とかが来てるかもしれん」

「マジっすか」

「この前買った客はジェッツの選手と噂されている女子アナが、お忍びで来とったと言うとったな。サインしてもろたらしい」

また適当なことを。だが学生たちはすっかり買う気になっていた。

「じゃあ、それ貰おうかな」

それなら二千円に戻せばいいのだが、庄司は「一人千円な」と言う。

「いいんですか、庄司さん。村田さんに叱られますよ」

鉄兵が口を挟んだ。開始直前にはだいたい千円までダンピングするが、それをやるのはまだ時間的に早い。

だが庄司は「平井クン、今日日《きょうび》、学生《セイガク》さんが友達同士で野球を観に来てくれたんやで。ありがたいこっちゃないか」と気にもしていない。「ほな三千円、わしの後ろからそっと金を渡してくれ」

庄司が背中に手を回すと、学生たちは「このおっさん、面白え〜」と大ウケしだした。庄司はそっと渡せと言ったのに、三人のうちの一人が「俺もそれやる」と庄司と背中合わせになりバックしながら三千円を渡した。

調子に乗った残り二人も「おじさん、俺も、握手、握手」と後ろ向きになって手を回す。さらに学生たちは「おじさん、写真もよろしく」と写メまで撮り始めた。

「おい、おまえら調子乗るなよ」鉄兵は注意したが、肝心の庄司がピースサインをして応じているものだから怒る気も失せてしまった。見れば庄司が一番はしゃいでいる。周りに人まで集まってきて、完全に見せ物状態だ。

写真を撮り終えた学生らが球場の入り口へと消えると、庄司は「平井クン、ラッキーシモノビッチやな」といつものダジャレを言いながら金をしまった。

満足そうな顔に鉄兵は呆れてものが言えなかった。なにがラッキーなものか。仕入れるのに金がかかっているのだから、これなら赤字も同然、村田だっていい顔はしないはずだ。

せどりを始めて三週間が過ぎた。

鉄兵は三日に一度のペースで晶子と都内のブックオールドを回った。

相変わらず鉄兵の役割といえば購入した本を持ち帰り、売れた本を待ち合わせ場所に持っていくこと。すべての発送は晶子がやるので、これでは保管係みたいなものだが、それでも仕入れ後に二人でドーナツ屋で休憩する時間は、鉄兵にとっては至福のひと時だった。

「庄司さんて今でこそ猪木より馬場だと言うけど、昔は圧倒的に猪木派だったらしいんだよ。それがどうして馬場に寝返ったかというと、昔、猪木対モハメド・アリの異種格闘技世界一決定戦があったんだよ。その時、猪木は最初から最後までずっと寝たままでアリの脛《すね》を蹴り続けた。事前に決まったルールがボクシングのアリに圧倒的有利な内容で、猪木はそう戦うしか方法がなかったからなんだけど、そんな事情を知らない庄司さんはガッカリしちゃって、テレビを見ながら『猪木〜、男なら立ってヤレよ〜』って泣きながら叫んだんだって。周りの人はそれを聞きながら、庄司さんうまいことを言うなって感心したらしいんだけどさ」

飲み屋でこの話をすると大抵《たいてい》、ホステスにウケるのだが、携帯を弄《いじ》っている晶子はクスリともしなかった。若い女の子には少々下品だったかもしれない。もう少し気の利いた話をしたいが、東京に来てからほとんど庄司といるせいで、庄司のネタくらいしか思いつかないのだ。

「あっ、売れた」

晶子が呟いた。体を伸ばして晶子の携帯画面を覗くと、最初の日に晶子が仕入れた『ルーブル美術館の特別なギャラリー』が売れていた。値段は一万五千円。思わず「すげえじゃん、晶子ちゃん」と言ったが、彼女は当然とばかりにたいして喜んでいなかった。

「ねえ、キミ、これから発送専任になってくれないかな」

突然、顔を上げた晶子が言った。

「発送？」

「本を梱包して、住所を書いてコンビニまで運ぶ仕事。今はアタシがやってるけど、そろそろ役割分担した方が効率がいいと思うの。そしたらわざわざ売れた本を持ってきてもらわなくていいし、アタシはブックオールドだけでなく、神田の古本屋とかも回れるし」

「発送って家に籠ってやるだけだろ。そんなん勘弁してくれよ」

「でもキミ、この仕事のこと全然覚えられないみたいだし」

「そんなことはないよ。本のケツに書いてある版の数を確認するんだろ？　三版より二版、二版より初版の方が偉い……それって前科者と同じだからすぐに覚えたよ」

自信満々に言ったのだが、大きく息を吐いた晶子から「初版がいいのは、何版も重刷がかかったベストセラーだけよ。二版か三版なんてどうでもいいから」と言われた。確かこの前、そう教えられたのを思い出した。

「でもちゃんと買う前にアルプスのサイトで相場を確認すればいいんだろ。それより安くだせば売れるんだから」

「だけど売る人が何人もいたら、値段なんてすぐ下がっちゃうからね。あと相手がどんな本を出しているのか、これまでどんな値段で売ってきたのかもよく確認して」

「俺は田舎にいた頃から大器晩成型と言われていたんだ。そのうち晶子ちゃんがあっと驚くような仕事をするようになるから大丈夫さ」

自分の胸を強く叩く。

「だからって勝手に仕入れたりしないでよね」

「分かっているよ」

晶子はまた携帯に目を戻した。きょうもTシャツにジーンズという色気のない格好だが、店で高い棚の本を取ろうと手を伸ばした時、彼女のTシャツの裾がめくれてあばらが見えた。あの時から鉄兵はそそられっぱなしだ。

早く彼女を驚かせるような仕事をして、見返してやりたい。そして晶子の男になるのだ。その時が自分の新しい人生の始まりのような気がしている。

翌日から鉄兵は一人でブックオールドを回り始めた。もうコツは摑んだつもりだった。金になるのは小説ではなく、専門分野の学術書、ベストセラーではなく希少本、「ジャンプ」や「マガジン」を出している出版社の本より、聞いたこともない出版社の本の方が宝物に化ける確率は高い……そういう大事なことはすべて頭に入れてきたから大丈夫だ。

あっ――棚に見覚えのあるタイトルを見つけた。『新興宗教にハマる』確か三千八百円で売れた本だ。値札を見た。千五百円。晶子が買ったのは百円だったからずいぶん値上がりしたが、それでも前回より本の状態はいいし、帯もしっかりついていた。

念のために携帯で相場を確認した。同じ本を出品しているものが一人いたが、四千六百円もつけている。四千五百円で売れば、三千円の儲けだ。鉄兵は迷わず籠の中に入れた。

さらに歩いているともう一冊、すごいお宝を発見した。『ルーブル美術館の特別なギャラリー』――昨日一万五千円で売れた本ではないか。

四千五百円の値札がついていた。

携帯で確認すると、晶子の二匹目のドジョウ狙いで、一万五千円で出している者がいた。ならこっちは一万四千五百円だ。それでも一万円のアガリが出る。どうだ、見たか、晶子。早くも俺は一万円を稼ぐ男になったぞ――心の中にいる自分の女に呼びかけた。

さらに鉄兵は目についた売れそうな雰囲気のある本を十冊、次々と籠に入れていった。

すると「おい、平井」とドスの利いた声で名前を呼ばれた。

驚いて振り向くと、爪楊枝を咥《くわ》えた生安刑事の浅川が漫画本を立ち読みしていた。

「あっ、浅川の旦那、ご苦労様です」

鉄兵は会釈した。まさかこんなところで刑事が暇を潰しているとは思いもしなかった。

「おまえ、ここにグニ込みに来たんじゃねえだろうな」

グニ込むとは盗品を質屋に売ることだ。

「滅相《めっそう》もない。売るんじゃなくて買いに来たんですよ」

「本当か」浅川は首を伸ばして籠の中を見た。

「あっ、この本ですか、僕の彼女が美大生で、『今度ルーブル美術館に行ってみたいわ』なんて言うから勉強しようと思って」

「こっちはなんだよ」

浅川が宗教本を取り出した。

「これっすか。これは最近、田舎の母ちゃんが新興宗教に入りたいっていうから、じゃあどういうのがいいかなって下調べすることにしたんです」

入りたいではなくて母親が新興宗教に嵌《はま》って困っていると言うべきだったか。だが浅川は鉄兵の目的を理解したのか「どうせバイするんだろ」と言った。

「ええ、まあ」ごまかしても無駄だと素直に認める。

「大概《たいがい》にしとけよ」

「えっ、は、はい」

「ネットなら何でも構わないってことはねえからな。すでにネットオークションで検挙された事例もある」

「はい、気をつけます」

「それより村田に言っておけ。間違ってもヨコには手を出すなよと」

「伝えときます」

なんのことやらと思いながらもとりあえず返事はしておく。

「庄司のじいさんにもだ。あの歳でムショはきついだろうしな。まあ、いい。きょうは見逃してやる」

浅川は肩を揺らして自動ドアの外に出ていった。なにが見逃してやるだ。いつまでも人を犯罪者扱いしやがって……。

だが今の鉄兵はこれまでのように警察の目を気にする必要もなく、ちゃんとした仕事をしているという実感があった。

インターネットを使った商売なのだからこういうのもITと呼ぶのだろう。

そう言えば晶子がIT系の大企業も最初は地道に稼いで会社を大きくしていったと話していた。

「おまえ、ダフ屋をやめたいだと」

呼ばれた事務所で待っていると、入ってきた村田にいきなり頬を叩かれ、鉄兵はソファーから転げ落ちた。

すぐにソファーに正座で座り直し「すみません」と頭を下げる。

「村田クン、そう怒りなさんな。やめるちゅうもんを引き止めてもしゃあないやろ」

庄司が止めてくれたのが意外だった。庄司が引き止めるよう村田に頼んだと思っていたからだ。

「ですけど、コイツ今まで散々庄司さんに世話になっておきながら、いきなり今日限りでなんて、そんな不義理はありませんで」

「よその団体に行きたいちゅうなら行かせてやればいいんや」

「よその団体ってプロレスじゃあるまいし」

「この仕事は好きかどうかが何よりや。他の仕事に興味が移ったんなら止めても無駄や」

「庄司さんがそこまで言うなら構いませんけど、そやけど鉄兵、足洗うならそれなりにけじめをつけてもらわんとな」

村田が低い声で言った。

「まさか、指ですか」

声が震えた。盃も貰っていない自分が指を詰めろと言われるとは思ってもいなかった。

「おまえの指《エンコ》なんぞ一円にもならんわ」

そう言われてホッとする。

「おまえ、そのせどりとかいう新しい商売《シノギ》で一旗揚げるつもりなんやろ。それならそのシノギで今年の残り試合の切符《フダ》も売ってくれや。おまえの分だけでええから」

「いいですよ」

鉄兵は軽く返事をした。いずれ古本だけでなく、チケットまで手を広げようと考えていた。刑事からはネットなら何でも許されるわけではないと注意されたが、チケットの売買なら晶子より知っている。対戦カードと席の場所を見ただけでだいたいの相場は分かる。

「もし村田さんさえよろしければ、提携という形で回していただいてもいいです」

「なにが提携じゃ、ボケ」

村田に睨まれた。

「いえ、お手伝いさせてください」

言い直すと、村田の表情が和らいだ。

「じゃあ頼むわ」

「いくらですか」

ここでとっとと縁を切りたいと財布を取り出した。昨日、晶子から取り分として五万円貰ったので、十万円くらい入っている。せいぜいボックス席が五、六枚程度だろうからそれだけあれば十分だろう。

「今シーズンのビッグドームでのゲームが残り二十試合、一試合三十枚として六百枚、一枚二千円でええから、百二十万円やな」

「ひゃ、百二十万？」

鉄兵は絶句した。

「支払いは売れてからでええわ。ただし返品はなしやで」

「無理ですよ。毎試合三十枚なんて」

「一旗揚げるちゅうヤツがそれくらいできんでどうするんや」

今度は頭を叩かれた。だがそんな大金は払えないと分かっていて村田も言っているのだ。これではやめさせない嫌がらせでしかない。

「村田クン、やめとき。おらんようなるヤツに押し付けるなんてこのシノギの恥やで」

「だけど庄司さん、コイツにもケツを持たせんと、これから商売敵《がたき》になるわけですから」

「商売敵になんかなるもんかいな」

「庄司さん、ネットを馬鹿にしたらいけませんで。ネットに群がる連中というのはいざっちゅう時は蜂の大群みたいに押し掛けてきて、ヤクザかて簡単に潰せるって言われているんですよ」

「平井クンの性格じゃ、そのうちすぐ飽きて違う仕事をしだすわ。なにせ性根据えて仕事をする人間やないからな」

「庄司さんにしたらきょうはヤケに冷たいですな。いつもは鉄兵の味方やのに」

「味方なもんか。東京に出てきてなにも仕事がないというから手伝わせただけや。最初のうちこそ真面目にやっとったけど、最近の平井クンときたら他のことに現《うつつ》を抜かして、仕事に身が入っとらんかったからな。そやからたいして上がりも出せんのや」

庄司にそこまで言われるのは心外だった。少なくともここ一、二年は庄司よりも売った自負はある。だが反論すれば、いつまで経ってもこの世界から抜け出せないと、ここは黙って堪えた。庄司が悪口を言うのは、鉄兵だけがもっと割のいい仕事に移ることを妬《ねた》んでいるからに違いない。

「それよりわしは仕事に行くわ。きょうもフダはあるんやろ」

「これだけお願いしますわ」

村田はポケットから二十枚ほどのチケットを渡した。

「よう、毎回、こんだけ仕入れてくるな」庄司は感心しながらも「まあ、わしらは仕事があるうちが華や。感謝せなあかんな」とズボンのポケットにしまい出ていった。

村田と二人きりになったので、「村田さん、長いことお世話になりました」と頭を下げる。だが返事はなかった。もう一発殴られるのも覚悟したが、村田は「庄司さんが使えんちゅうんじゃ、しゃあないな」と吐き捨てて部屋から出ていった。

ドアが閉まると同時に鉄兵は大きく息を吐いた。なんとか鉄兵は無事、ダフ屋から足を洗えたようだ。

翌朝、目を覚ましたのは晶子からの電話でだった。

時計を見ると十時半、晶子とは十時にブックオールドで約束していたから寝坊だ。「今すぐ行く」と言ったのだが、晶子の怒りは鉄兵が寝過ごしたことが原因ではなかった。

〈キミ、なんてことをしてくれたのよ！〉

「なんてことをって？」

〈鉄兵書店って、あれ、キミのハンドルネームでしょ〉

「あっ、まあね」

晶子に気づかれるようにわざと分かりやすい名前にしたのだ。

〈あれほど言ったのに勝手に仕入れるなんて〉

「だけどもう売れてんじゃないの？」

新興宗教も美術館の本も出品していた値段より安く設定したのだ。とっくに売れていていい。

〈なに呑気《のんき》なこと言ってんの。見てみなさいよ〉

言われるままに携帯を開いた。『新興宗教にハマる』は四千六百円が安値だったから、四千五百円にした。ところが競争相手は三千五百円までダンピングしてきていた。

「ど、どうしてこんな値段に……」

〈相手が古本屋とせどりとではビジネスの仕方が変わるって教えたでしょ〉

「じゃあ、今すぐ三千四百円にするよ」

〈そしたら向こうは三千三百円に値下げするわよ。せどりは早く在庫を減らしたいから、どんどん下げてくるんだから。損切りだって辞さないからね〉

きつい声が耳に響く。そう言えば晶子は本の値段とともに競合相手が扱う本や過去に売った本の値段も注意していた。そんなことはすっかり忘れていた。

〈それにルーブルのライバル、誰か見たの？〉

「ライバルって？」

〈アタシよ、アタシが出品していたところにキミが同じ本を出してきたの〉

「でもあの本はこの前に売れたんじゃ……」

〈キャンセルされたのよ〉

見ると確かに一万五千円で出していたのは晶子だった。

「だけどこの本なら、すぐ一万五千円で売れるって言ってたじゃん。それなら二冊でも大丈夫だろ」

〈キミはなにも分かっていないのね。こういう本は買いたいけど値段が高い、だけど早く買わないと、もし他の人に買われたら二度と手に入るチャンスがなくなる……そうやってマニアの購買欲を掻き立てて買わせるものなのよ。そんな時にもう一冊出てきてみなさいよ。この本はいつでも買えるんだと安心して、買う気も失せちゃうでしょうが。一緒に仕事をしているパートナーが不良在庫を増やしてどうするのよ〉

「ご、ごめん」

〈だいたいキミ、いくらで買ったのよ〉

「新興宗教が千五百円、ルーブルが四千五百円」

〈そんな高い値段……〉

「あと他にも十冊買ったから全部で一万二千円かな」

〈十冊? 一冊くらい売れたんでしょうね〉

「ちょっと待って、いま確認してみる」

一つずつ見ていくが、どれも売れていなかった。

〈バッカじゃないの、キミ〉冷めた声で言われる。〈どうでもいいけど、今回はキミの払いにしてよ。アタシは一切出さないから〉

「分かってる。それより今からそこ行く」

〈もういいわよ。仕入れは終わったから〉

そう言われて電話は切られた。

翌日、鉄兵は晶子に連絡を取ろうとしたが、何度かけても出てくれなかった。

相変わらず出品した本は一冊も売れず、新興宗教の本は相手に千四百円まで下げられ、ついに原価割れした。仕方なく鉄兵は全冊、ブックオールドに返品しに来た。

だがレジで「返品したい」と言うと、買い取りコーナーに並ばされ、そこに立っていた長い付け睫毛をした女店員に「査定額は十二冊で四百円です」と言われた。

「おい、ふざけるなよ。この本は全部、俺が一昨日、この店で買ったんだぞ。全部で一万二千円もしたんだ。それがどうしてたった二日で四百円になるんだ。そんな暴利な仕事、今時ヤクザもやってしねえぞ」

ヤクザと口にして周囲の客が一斉に鉄兵たちを見たが、女だけは鉄兵の脅しにまったく屈しない。

「当店では一度お買い上げいただいた本を引き取る場合は買い取りという形にさせていただいています。もし買い取り額にご納得されないのでしたら、他店に持っていっていただいても構いません。どうかご理解のほどよろしくお願いします」

お願いしますと言いながら女は頭一つ下げなかった。かといって鉄兵はなにも言い返せなくなっていた。すると女はまるで勝ち誇ったように付け睫毛をした目を大きく見開いた。そのあまりに生意気な顔に、鉄兵はこの女の付け睫毛をむしりとってやろうかと思った。

翌日には、三人組が鉄兵のアパートに「晶子ちゃんの本を引き取りにきた」とやってきた。小太りとハゲと痩せ、どいつもむさい格好で見るからにおたくっぽい。

「おまえら誰だよ」

「僕たちは晶子ちゃんのビジネスパートナーだよ」

先頭に立つ小太りがメガネを光らせながら言った。

「キミはフランチャイズとしては使えないってさ」中年に見える頭の薄い男が続く。「見込みなしってことだよ」一番後ろに立つ弱々しそうな男にまで言われた。ビジネスパートナーというより晶子の親衛隊に見えた。

話を聞くと晶子はあっちこっちでせどりに興味のある男を捕まえ、鉄兵にさせたように本を預からせて、発送させるシステムを確立した。二人きりのビジネスパートナーだと思い込んでいた自分が恥ずかしくなる。

鉄兵はとくに文句を言うことなく、彼らに預かったすべての本を渡した。拒否したところで、村田から一週間以内に部屋から出ていけと命じられていてはどうしようもない。

これで住む場所だけでなく、恋も仕事も失った。ダフ屋に戻してくれと頼むことも考えたが、あの庄司に仕事に身が入っていなかったと言われたのでは、許されないだろう。

しばらく山梨に帰るしかないかと部屋の片付けに入った。段ボールのほとんどが屋台の道具だったが、たまに私物が入っていたりするので注意深く開けていった。大きな段ボールの裏に小包サイズの箱を見つけた。

それは村田から「なくすなよ」と念を押された箱だった。

鉄兵は爪を立て、貼ってあったガムテープを剝がした。

恐る恐る中を開けると、そこにはチケットが隙間なく詰め込まれていた。すべてビッグドームの招待券。九月に行われる全試合分あり、一試合で五十枚くらいある束が十二試合分あるから、全部で五、六百枚はありそうだ。いったい村田はこれだけの券をどうやって集めたのか。そう言えば夏前あたりから招待券の数が異様に増えた覚えがある。野球関係者の誰かが横流ししたとしか考えられない。

間違ってもヨコには手を出すなよ――浅川の言葉が頭を掠《かす》めた。ヨコ……？

鉄兵は居ても立ってもいられなくなり、アパートを飛び出た。

ビッグドームの歩道橋に庄司の姿はなかった。

正面入り口に回るが、そこにもいない。

そのまま球場を一周した。庄司どころかダフ屋らしき人間は一人もいなかった。

村田の事務所も留守だった。仕方なく庄司が贔屓《ひいき》にしている串揚げ屋に電話を入れると、鉄兵の声に向こうの方が驚いた。

「なんや、鉄ちゃんは無事やったんか」

「無事ってやっぱり摘発あったんですか」

「昨日やられたみたいだ。村田さんの事務所の方も踏み込まれて一網打尽だそうだ」

警察署の前で三日続けて立っていると、ようやく浅川の顔を見ることができた。鉄兵の顔を見るや、浅川は駆け足で近寄ってきた。

「おい、平井、なにしてんだ。おまえ、失踪《やさぐれ》したんじゃなかったのか」

「やさぐれ？」

「そうだよ。庄司のじいさんにあの若いのはどうしたと訊いたら、アイツはダフ屋の仕事が嫌になってやさぐれたって言ってたぞ。どっちみち使えねえから、残ったところでそのうちクビにしたとも言ってたけどな」

やはり庄司は鉄兵を恨んでいるようだ。当然かもしれない。鉄兵がやめた途端に手入れが入ったのだ。自分だけ脱出しやがってと文句の一つも言いたくなるだろう。

「だけどああいうのは現行犯だけなんだから、おまえから捕まりにくることはねえんだよ」

鉄兵の肩に手を回して、無理矢理警察署に背を向けさせた。浅川は鉄兵が自首しにきたと勘違いしているようだ。

「まあ、しょうがねえわな。ヨコを扱われちゃ、本庁も黙っちゃいねえ」

「ヨコって横流しされた券ってことですよね」

「ああ、横領品って意味だ。おまえたちが最近扱っていた切符の多くは、販促に入った広告代理店の社員が横領して、村田の組に流した。暴排条例ができたことで、警察は暴力団にも厳しくなったが、それ以上に暴力団と付き合う企業を取り締まるようになった。俺はネットなんかでコソコソやられるより、自分の見える範囲でダフ屋が堂々と売り買いしてくれた方がマシだと少しは目を瞑《つむ》ってきたが、一般企業とヤクザがくっつけばそういう訳にはいかねえ」

「浅川さんはそれに気づいていて、忠告してくれたんですか」

浅川は「ん?」と目を剝いてから「俺ら下っ端が知らされたのは摘発の前日だよ」とつまらなそうに口を曲げた。「だけど最近やけにおまえらの手持ちの切符《フダ》が多いんで、やばそうな予感はしていたけどな。村田なんて男はどうでもいいが、庄司のじいさんは悪い男じゃねえからな」

それで遠回しに警告してくれたのだろう。どうせならもっとハッキリ言ってほしかった。

「庄司さん、どうなっちゃうんですか」

「ムショ行きは免《まぬか》れねえよ。じいさんはもう常習犯だし、すぐに出られないだろうな。今年で七十二歳になるというから、下手したら牢獄で死んじまうんじゃねえのか」

「常習犯って、庄司さんて前科があるんですか」

「なんだ、知らなかったのか? 前科《マエ》が七つ、懲役も四回食らってる」

驚いて声も出なかった。なにせ庄司は一度も捕まったことがないものだと思い込んでいたのだ。少なくともそんな話は、この五年間に一度も聞いたことはなかった。

「庄司さん、なんて言ってるんですか」

「弁解がましいことは一切言ってねえよ。プロレスもプロ野球も廃《すた》れ、わしらダフ屋も消えた……そんな馬鹿げた理屈は言ってたけどな」

「プロレスとプロ野球ですか？」

「なにを寝ぼけたことを言ってんだよ。プロレスだってプロ野球だって、時代の移り変わりに苦労しながら、少しずつ形を変えて生き残っているんだ。昔のまま取り残されたのはおまえらダフ屋だけだ」

浅川は顔を顰《しか》めながら言った。

「それでもおまえは摘発の直前で足を洗えたんだから良かったじゃねえか。じいさんと違ってまだ若いんだから、時代に置き去りにされることもねえしな。今から心を入れ替えて頑張れよ」

浅川は励ましてくれたが、時代に置き去りにされているのは自分だって同じだと鉄兵は思った。

パソコンやゲームが苦手な鉄兵は子供の頃から友達の話題についていくことができなかった。家が貧乏で、新しいものを買ってもらえなかったせいもあるし、勉強が苦手で、自分は機械音痴だと決めつけていたせいもある。喧嘩が強かったせいで虐《いじ》められることはなかったが、みんなに相手にされず、仲間外れにされている寂しさはいつもあった。

新しい時代に向かう特急列車はいくらでもやってきたが、鉄兵は乗ることができず、いつも一人駅に取り残された。ようやく決心して東京までできたが、そこにも待ってくれている人はいなかった。いや一人だけいた。庄司だけが鉄兵が到着するのをずっと待ってくれていたように思えた。

そこから庄司との鈍行の旅が始まった。

あまりに時間が過ぎるのが遅く、退屈したこともあったが、今振り返ればそこから見えた景色の流れは鉄兵には合っていた。

もう一緒に過ごせないのかもしれないと思った瞬間、鉄兵は警察署の建物に向かい「庄司さ〜ん！」と叫んでいた。

「おい、平井、呼んでも無駄だよ。庄司のじいさんには聞こえないから」

それでも鉄兵は呼ぼうとした。だが浅川に口を押さえられ、諭された。

「やめろって。庄司のじいさんくらいになれば、これは横流し品だと分かっていて扱っていたはずだ。いずれ捕まるのも覚悟の上でやっていたんだよ」

いずれ逮捕されるのが分かっていた？　だから庄司は最後はあんなに冷たく鉄兵を突き放したのか。

鉄兵がヤクザになりたいと言った時も、コンサートのダフ屋をやりたいと言った時も、止めてくれたのは庄司だった。

プロレスの喩え話を出したふざけた言い方だったが、それでも鉄兵のことを一番心配してくれたのは庄司だった。

瞼に、小一の時「ボク、ツイてて良かったな」と言ったように聞こえた庄司のクシャクシャな顔が浮かんだが、あまりに遠い記憶ですぐ消えてしまった。

「あっ、そういや、じいさんからおまえに会ったら伝えてくれと言われていたんだ」

「なんですか、伝言って」

「なんだったっけな……」

浅川は手帳をめくっていく。組事務所では素っ気なく別れてしまったのだ。元気でやれよくらいは言われるのかと思った。それとも差し入れの頼みか。それならすぐに買って持っていくよ。だから待ってて、庄司さん。

「あった、あった」

浅川がページをめくる手を止めた。

「ええと……『平井クン、ラッキーシモノビッチ』だってよ。なに語だ、これ？」

今度はピースサインしている庄司の姿まではっきりと見えた。

笑えない男

五回裏を三者凡退で打ち取った尾藤誠一《びとうせいいち》は、一塁ベンチに戻って裏のトイレに行った。小用だったが個室に入ってユニホームのベルトを外す。するとドカドカとスパイクの足音がして、小便器前が賑やかになった。

「遠田《とおだ》に第一号を打たれるとはな、3ランだから三倍払いだよ」

「あの場面は絶対送りバントだと思ってたのにな。あいつ、監督がスリーバントを嫌いなのを知って、わざと二球連続失敗したんじゃねえ？」

「その通りですよ。おまえわざとだろと聞いたら、監督に言うなよって釘を刺されましたから。遠田のやつ、きょうの試合、彼女を呼んでたから張り切ってました」

外にいるのは三年生の横森《よこもり》、西川《にしかわ》、二年生の山口《やまぐち》といういずれも内野手で、遠田というのは五回表の攻撃で無死一、二塁から先制3ランを打った二年生の外野手である。名門早《そう》武《ぶ》大野球部の主将である誠一は、試合前のミーティングで「帝都《ていと》大相手でも、けっして大振りはするな、次節から当たる法徳《ほうとく》大、明桜《めいおう》大、慶和《けいわ》大と戦っているつもりで一点ずつ取っていこう」と指示した。それなのに彼らはこの秋のリーグ戦で誰が第一号を打つか、賭けをしていたのだ。しかも送りバントをわざと失敗して、ヒッティングにサインが変わるのを待って……とんでもないことである。

ここで誠一が個室から出たら、三人とも腰を抜かすだろう。だが今は自分のピッチングが大事と言い聞かせて、お喋りの声が遠のいてから個室を出た。

六回以降も誠一は帝都大に二塁を踏ませず、前節の立英《りつえい》戦に続いて、二つ目の勝ち点をあげた。ただし、四十連敗中の帝都大を相手に、二番手が投げた昨日の一回戦は六対五でかろうじて勝利した。エースの誠一が登板したこの日も、五回に三点取った以外は、一三〇キロも出ない高校生並みの細い体の投手を前に、打者はボールがバットに当たる前から顔は外野スタンドに向いていて、まともに芯にも当てられなかった。

試合後、神宮のロッカールームで監督ミーティングが始まった。

「みんなよくやったぞ。明日は休んで、次の法徳大戦に向けてしっかり調整してくれ」

高瀬《たかせ》監督は選手をねぎらった。去年まではノック前のボール回しで、一人でも暴投したら二時間前のアップからやり直しをさせる鬼監督だったのが、今年から温和で理論派の高瀬に交代した。だが、選手にはすっかり舐められてしまい、誰も真剣に聞いていない。

「遠田、横森、西川、山口はこっちに来てくれ」

誠一は監督がいなくなったのを見計らって、廊下に呼び出した。四人はそれぞれ顔を見合わせながら後ろをついてきた。

「どうしましたか」最初に口を開いたのが三年生の横森だ。

「なんで呼ばれたか、わかるよな」

「いえ、ちっとも」西川が言う。「おまえが彼女を呼んだからじゃないのか」横森が遠田を肘で突っついた。「だったら、キャプテンだって……」遠田が言いかけたが、誠一が睨み付けると、彼らは黙り込んだ。

「四人とも目を瞑《つむ》って、胸に手を当てて考えろ」

言われた通り、四人全員がそうするが、「分かったか」と聞いても誰も返事はしない。おそらく気づき始めている。だから薄目を開け、誰かが密告したんじゃないかとお互いを疑い出していた。

「しょうがない。目を開けてよし」

四人はバレずに済んだと思ったようだが、誠一はすぐに命じた。

「明日、休日練習をしたら思い出すだろ。横森、西川、山口はダッシュ百本、遠田は特別なバント練習だ」

「特別なバントって、まさか面受けですか」

遠田の顔が青ざめた。面受けとは、ライバル大学の監督が考案した伝統的なバント練習である。バントを失敗するのは最後までボールを見ていないせいだと難癖をつけ、選手にキャッチャーマスクだけを被らせてベースの後ろに立たせる。そして打撃マシンの球を、顔面で受けさせるのだ。横でコーチがチェックしていて、目を瞑らなければ終わりになるが、普通は本能的に瞑ってしまうため、永遠に終わらない。早武大でも前監督がやらせていた。

「いや、そんな練習はさせない」

誠一が言うと、遠田は安堵の息を吐いた。

「ただし、直径一メートルの円の中にバントを百本入れるまでだ。俺も明日は練習するから、ごまかしは許さないからな」

「百本もですか」

遠田の表情からは、試合でホームランを打った喜びも消えていた。

普段はユニホームのままバスで合宿所に帰るのだが、この日は球場で解散になったので、詰め襟の学生服に着替えて、外に出た。関係者以外を仕切るロープの向こうで、ショートヘアに、赤いワンピースを着た女性が、明らかに不機嫌な顔で腕を組んで立っていた。

誠一が歩いていくと、背後から「きょうも来てるぞ、ミス渋学のダイアナ妃」と山口の声がし、遠田も「自分だって彼女呼んでんじゃん」と囁く。

「遅いわ、誠一、どんだけ待たせんねん」

沙羅《さら》はいきなり文句を言った。大阪の高校の同級生である沙羅とは高二からの付き合いである。彼女は現役で東京の渋谷学院大に入り、卒業した今は、父親が経営する精密機器メーカーの東京支社で働いている。

一浪して早武大に入った誠一は標準語を喋ろうとしているが、数々の女子アナを輩出したミス渋学に選ばれたというのに彼女はお構いなしに関西弁だ。もう少し品良く喋れよと注意したこともあるが、「なんであたしが変えなあかんねん。いったい誰が関東弁を標準語って決めてん？　そいつ呼んできてや」と聞く耳を持たない。

「ミーティングしてたんやから、しゃあないやろ」沙羅の前だと、長年染みついた関西弁が出る。「応援に来てくれるのはありがたいけど、待っててくれと頼んだわけやないし」

「待ってへんかったら、誠一はあたしのことほっぽっといて、顔も見んまま帰るやろ。応援席から手え振ってるのに、一度も振り返してくれへんし」

「振るか、試合中に」

「学生服着てるちゅうことは、きょうはここでおしまいなんやろ。ティーでもしに行こや」

「いや、グラウンドに戻って練習する」

ストレッチをしてから、次戦の対戦相手のビデオを見ておこうと考えていた。

「なんやねん、それ？」

「あっ、それと明日の約束、あかんようになった」

明日の祝日はショッピングに付き合う約束をしていた。

「あんた？　本気で言うてんの？」

頰紅《ほおべに》を塗った顔が膨らんでいく。

「後輩の練習に付き合うことになったんや」

「そんなん突然言うてきて、あたしはせっかくの祝日、どない過ごせって言うねん」

「沙羅やったら、呼んだら来てくれる友達、いくらでもおるやろ」

「なに、それ。あんたあたしの彼氏やろ。まぁ、ええわ、この貸し、今度十倍にして返してもらうから」

踵《きびす》を返した沙羅は、ワンピースの肩をいからせて、ハイヒールをカッカッと響かせて帰っていった。

「ありゃりゃ、ダイアナ妃、怒って帰っちゃったよ」後輩たちの声がする。

「うちのキャプテンも笑わない男だけど、彼女も全然笑ってなかったな」

「あの彼女、うちのキャプテンのどこがいいんだろ。一緒にいても楽しくないだろうに」

好き勝手言っているが、高校の頃から不釣り合いだと言われてきたので、誠一は気にならない。

寮が併設されているグラウンドに帰るためＪＲと私鉄を乗り継ぐ。新宿駅の構内には『失楽園』のポスターが「大ヒット中」と貼られていた。観に行った選手もいるが、誠一はそもそも結婚した人間が不倫することじたい理解できず、興味もなかった。

私鉄の車内では、スティーブン・R・コヴィー博士が書いた『7つの習慣』というベストセラー本の広告が目に入った。〈第一の習慣・主体的であること　第二の習慣・終わりを思い描くことから始めること　第三の習慣・最優先事項を優先すること……〉などと目次が七項目、書いてある。

寮の最寄り駅に着くと、駅前の本屋に寄って、平積みされていたその本を手に取った。しかしパラパラとめくっただけで、すぐに戻した。

〈自分自身でコントロールできることに集中し、コントロールできないこととは分けて考える〉

〈優先事項を決めて、それを毎日実行する〉

〈人生最後の光景を頭の中で描き、パラダイムを変えて今を始めること〉……

書かれた内容のほとんどは、誠一がすでに実行していることだったからだ。

誠一は野球を始めた小学生の時から、早武大の白地にえび茶のユニホームを着て、神宮のマウンドに立つのが夢だった。高校では懸命に勉強したが、現役受験に失敗、大阪の予備校で浪人した。

背は子供の頃から一番高かったが、体が細くて、高校ではこの日の帝都大の投手ほどしか球速は出なかった。このままでは受かったところで六大学では通用しないと、高校でも、予備校に通っている間も毎朝五キロ走り、勉強の合間に腕立てや腹背筋で体を鍛えた。

浪人中に父が亡くなり、一度は大学進学を諦めかけたが、学費の工面がつき、翌年には合格できた。

甲子園で活躍して特待生で入ってきた同級生のように、一年生から野球部の寮には入れず、二年間はグラウンド近くのアパートを借りて自炊した。厳しい早武大の練習をこなした上に、自分のような投手が学生のトップクラス相手に通用するには下半身を安定させるしかないと、走り込みとウエイトトレーニングを繰り返した。高校の時はただのノッポだったのが、今では一八七センチ、八四キロ、太腿は競輪選手並みの理想的な体格になった。三年生で試合で投げさせてもらえるようになり、秋のリーグ戦はチームの勝ち頭になって、四年生では主将に選ばれた。この日の帝都大戦までに通算十勝をマークしている。

夢は叶ったが、それでもけっして満足はしていない。なぜなら誠一が入学した平成六年以降、早武大は一度も優勝していないのだ。だから大学生活最後となるこの秋はなんとしても優勝し、自分の野球人生の幕を閉じたい。誠一は目を閉じ、監督を胴上げしている姿を想像して、そこまでの道筋を逆算した。

人生最後の光景を頭の中で描き、パラダイムを変えて今を始めること——『7つの習慣』にもそう書いてあった。

　翌日、言われた通り、四人はグラウンドに出てきた。横森たち三人は三十メートルダッシュをやり、遠田は一人で打撃マシン相手にバント練習を続けている。

　その間、誠一は三年生の正捕手、塙《はなわ》とグラウンドの周りをランニングした。彼の方から「尾藤さんのことだから、監視だけでなく自分も練習しますよね。だったら僕も付き合います」と申し出てくれたのだ。

　四年生は有望選手が前監督の理不尽な指導でやめてしまい、二、三年生は実力はあるが、不真面目な選手が多い。四番を打つ塙だけが頼りになる打者で、他の選手から煙たがられている誠一の、唯一の理解者でもある。

　ランニングしながら、「おーい、今何本目だ」と訊く。

「三十七本目です」膝に手を置き、肩で息をしている三人のうち、山口が声を絞り出す。

「遠田は何球だ」マシン相手にバント練習する遠田に言う。

「三十三球目です」

「そんなにたくさん、枠の中にボールがあるように見えないけどな」手で庇《ひさし》を作るようにして誠一が言うと「すみません、十八球目です」と訂正した。

　誠一と塙はランニングを終えると、五十メートルの遠投をした。投げようとゆっくり左足を上げた誠一の視界に、ようやく罰練習を終えた四人が、気配を消すように帰ろうとする姿が映った。

「終わったのか？」

横目で見ながら声を出す。

「はい、終わりました」

四人は直立不動で返事をした。投げたボールが緩《ゆる》く弧を描いて五十メートル先の塙のミットに収まった。

「で、なにか言うことないのか」

「えっ」

「おまえたち、なんのために練習したんだ。俺に謝らなきゃいけないことがあって、それを思い出すために練習したんだろ？」

塙からの返球を左手のグラブで受け取る。

「思い出せないなら、もう百本走るか」

そう言いながら振りかぶり、足をあげて、ゆったりしたフォームで塙に投げる。

「すみませんでした」

ぼそぼそした声がした。

「だからなにがすみませんなんだ。理由を言ってくれよ」

塙からのボールが返ってくる。「おい、どうするよ」「どこまで話せばいいんだ」「もう全部吐いちまった方がいいんじゃないのか」と四人が相談し始めた。そして横森の「せえの」の合図とともに「僕たちは誰が最初にホームランを打つか賭けをしてました」と声を合わせた。

「遠田は他にもあるよな」

「えっ」

「遠田も白状しちまえよ」と横森。

「わざとバントを失敗して、監督のサインがヒッティングに変わるのを待ちました」

小さな声だったので「聞こえないな」と誠一は耳をほじくりながら聞き返した。

「はい。わざとバントを失敗して、監督のサインがヒッティングに変わるのを待ちました」

「で、今後はどうする。またやるのか」

「いいえ、今後は監督のサインに絶対従います」

「聞こえない、もっと大声で！」

「今後は監督のサインに絶対従います！」

遠田の叫び声は、グラウンドの先の住宅街まで届いていた。

「よし、きょうはいい。風邪引かないように汗を拭いてあがれよ」

四人は「失礼します」と挨拶して引き上げた。ただ遠くから「あの人、なんでそこまで知ってんだ」「もしかして盗聴器でも仕掛けられてたのか」「笑わない男、恐るべし」という声が漏れてきた。

遠投を終えると、塙とウエイトトレーニング場に向かう。「すみません、トイレ行ってきます」塙が去ると、ダッグアウトの陰から「尾藤くん」と声がした。早武大OBで、今はパ・リーグの強豪、北関ソニックスでスカウトをしている池添《いけぞえ》だった。

「どうも、こんにちは」

スカウトとの接触はプロアマ規定で禁止されているが、先輩なのできちんと挨拶する。

「尾藤クン、本当にうちの夏木田《なつきだ》GMの誘いを断るのか？」

池添は首を回して、周りに人がいないのを確認してから切り出した。

「はい。今はまだプロ野球に行くつもりはありませんので」

三週間前と同じ回答をした。あの時、池添に「同じ早武大のよしみで、一度でいいから食事に付き合ってくれよ」と頼まれた。ルール違反はしたくなかったが、OBの頼みなのでついていった。だが呼ばれた日本料理店の個室には、ドラフトで数々の隠し球を指名してきた伝説のスカウト、夏木田GMが座っていた。挨拶してもひと言も口を利かなかった夏木田は、誠一が腰を下ろしてしばらくすると、急に目を剝《む》いて沈黙を破った。

「きみ、うちを逆指名しなさい。悪いようにはしないから」

夏木田の声は特段、威圧的というわけではなかったが、鋭い視線に、まるで任侠映画の親分の前で正座させられた子分が、ヒットマンに指名されているような気分だった。それでも誠一は「今はまだプロ野球に行くつもりはありませんので」と断り、その店で一番安い親子丼をご馳走になって帰ったのだった。

「あの時、夏木田GMが悪いようにはしないと言ったのは、規定の契約金以外に、これだけは出すという意味だぞ」

人差し指を立てた。裏金が一億円という意味か。

「尾藤は浪人中にお父さんを病気で亡くしてるんだろ。お母さんはパートみたいだし、学費だって相当借金してんじゃないのか」

誠一が池添の顔を見ると、「あっ、そういうのを調べるのも俺たちの仕事だから」と目線を逸らして言い訳をした。

「別に構いませんよ、それが事実ですので」

「だったらうちを逆指名すべきだよ。他球団ならもっと安くなる。二位や三位指名になるかもしれないぞ」

「いえ、本当に今はまだプロ野球に行くつもりはありませんので」また同じ回答をした。

池添の顔色が変わった。

「尾藤、そんなことを言って、東都ジェッツに決まってるってことはないだろうな」

「ありません、スカウトとこうして一対一でお話しするのも、池添さんだけですし」

「それならなぜ『まだ』なんて言うんだよ。それってプロに行く気があるからだろ」

誠一の断り方が気を持たせているように聞こえているようだ。だけどそれが正直な気持ちなのだから仕方がない。

「本当に今は考えてないです。もしプロでやりたいと思ったら、その時はきちんと発表します。でもその可能性は低いから心配しないでください」

そこでベンチ裏から塙が出てきた。

「塙、長かったな。腹でも下してたのか」

そう言うと、池添は咳払いして去っていく。

その後はウエイトルームに向かい、順番にバーベルを肩に乗せ、スクワットを二セット終えた。

「さっきのスカウトとの会話、ベンチの裏まで聞こえてきたので、悪いなと思いながら立ち聞きしてしまいました」

バーベルを床に置いて塙が話しかけてくる。

「四角四面で、つまらないヤツだと呆れてたんじゃないか」

「つまらない」は「笑わない」と同じくらい昔から言われてきたことだ。一番煩《うるさ》いのが沙羅で「あんたに人を楽しませようというサービス精神はあらへんの。たまにはニコッと笑って、笑いを取ろうとしてみ。それだけで一気にポイントが上がるのに」と容赦なく言ってくる。

誠一の性格を褒めてくれたのは「人間、真面目が一番だ。努力は必ず報われるから諦めないで頑張りなさい」と早武大受験を奨励してくれた高校の担任と、「誠一くんの性格や考え方はまるでうちの会社の精密機器みたいやな」と喩《たと》えた沙羅の父親くらいだ。

「尾藤さんは真面目で厳しいですけど、優しい一面もあります。尾藤さんがいなければ、僕はとっくの昔に、憧れて入った早武大の野球部をやめてましたから」

昨春の九州遠征、塙は一試合に三つのパスボールをして、当時の鬼監督に「このまま東京まで歩いて帰れ！」と命じられた。その時、塙は上下ジャージ姿で手ぶらだった。途方に暮れたまま旅館を出ていった塙を追いかけた誠一は、「これで夜行バスで帰れ」と一万円渡した。そして「すぐに帰ったら監督にバレるから、三日くらいどこかで休んで気分転換して、疲れた振りして戻ってこいよ」とアドバイスした。

「だけど俺だって、塙に地獄の特訓をしたことがあるぞ」

「あれは人生で一番きつかったです。いつものピッチング練習なのに尾藤さんは殺気立ってて、これは拷問だと身の危険を感じましたから」

塙が苦笑いを浮かべる。今春、早武大から誠一と塙の二人だけが日米大学野球の日本代表に選ばれた。誠一は静岡での第二戦と、福岡での最終戦に登板したが、メジャーリーグの金の卵たちにはまったく通じず、滅多打ちにされた。

――こんなに悔しいのは初めてだ。今晩は部屋から一歩も出られそうにないから、おまえだけ行ってきてくれ。

その日は最終戦だったため、ホテルのレストランで親しくなった他大学の選手と、打ち上げがてら、飲み会をする予定だった。

――いいえ、僕も自分の配球がここまで通用しないとは思わなかったです。今夜は部屋に籠もって、一球一球反省するつもりです。

塙も唇を嚙みしめた。ところが……。

――塙が呼んだの、メチャいいおなごだったらしいな。

――あいつ、俺たちとの飲み会すっぽかして、デリ嬢呼んだのかよ？　早武大はすみにおけねえな。

翌日、他大学の選手の会話を耳に挟み、誠一はすぐに塙を呼んだ。

――昨日の晩、塙が部屋に誰かを呼んだという噂を耳にしたけど、誰を呼んだんだ。

――えっ、あっ、それマッサージです。体が痛かったので。

そう言って肩を回すような小芝居までした。

チームの解散式が終わって東京に戻ってから、誠一はなにも言わずに、塙を早武大のブルペンに連れていった。キャッチャーミットを持たせ、普段は百球程度なのに、その日は全力で三百球を投げた。誠一の肩も限界寸前だったが、塙は途中から、なぜこんな練習をさせられたのか、自分が昨夜のことを白状しなければ、この投球練習が永遠に続くと悟ったようだ。

——すみません。呼んだのはデリヘル嬢です。もう二度と嘘をついたりしません。尾藤さんのように野球に専念しますからもう勘弁してください。

それ以来、塙は気持ちを入れ替え、休日もこうして誠一の練習に付き合い、秋のリーグ戦では、チームで一人だけ、打撃ベスト10に名を連ねている。

「福岡では本当に尾藤さんに悪いことをしました。尾藤さんからは、塞ぎ込んだらこれでも見ろって漫才のビデオまで貸してもらったのに」

塙は心苦しそうに振り返った。漫才のビデオじゃないけどな——そう思った誠一だが、そこには触れず、「俺の考えは古くて、みんなにはそぐわないのかもしれないけどな」と返した。

グラウンドでも試合でも、白い歯を零《こぼ》して伸び伸びやった方が選手は力を発揮するのでは、と思うこともある。けれどもそれで負けた時、笑わずにもっと真剣にやれば勝てたのではないかと、後悔する気がしてしまうのだ。

塙からももう少し穏やかに接した方がいいと言われるかと思った。しかし塙は「僕はそう思いません。いつの日か、真剣に怒ってくれたことが後輩たちにも伝わるはずです」と誠一を見て頷き、「じゃあ、スクワット、もう一セット頑張りましょう」とバーベルを持ち上げた。
翌週は春の覇者、法徳大戦だった。一回戦に先発した誠一は、三対〇で完封した。しか
し二番手投手が投げた翌日の二回戦は敗れた。一勝一敗で迎えた三回戦、誠一が先発して
六回までは無失点に抑えたが、七回に内野手のエラーをきっかけに三失点し、二対五で勝
ち点を落とした。
次の週も強豪の明桜戦だった。前節と同じく、初戦を誠一が先発して四対三で勝利、投
げなかった二回戦は完敗して、勝ち点の行方は三回戦に持ち越された。毎回のようにピン
チを迎えながら誠一は七回までは無失点に抑えていたが、八回、甘く入った球を相手の三
番打者にスタンドに運ばれ、一点のリードを許す。味方打線は相変わらず大振りだし、走
者を出してもバントや走塁のミスでチャンスを潰す。勝ち点を逃せばその時点で優勝は絶
望的だ。ああ、俺はやっぱり優勝できずに大学野球を終えるのか……それでも頭では逆転
勝ちするシーンを想像し続けたところ、九回裏二死一塁から、四番の塙が逆転サヨナラホ
ームランを打った。
チームメイトに次々と抱きしめられ、頭を叩いて祝福されている塙に、誠一も近づいて
両肩に手を置いた。

「塙、ありがとう。助かったわ」

「なに言ってるんですか。尾藤さん一人が頑張ってるのに、この秋も優勝できなかったら、僕は尾藤さんに申し訳ないです」

「塙だけだよ、そんなことを言ってくれるのは」

他の選手は明桜大から三季ぶりに勝ち点をあげたことに浮かれ、はしゃぎ回っている。

「そういえば、きょうもネット裏にスカウトが来てましたね」

塙が耳元で囁いた。マウンドからもその姿は見えた。北関ソニックスの池添もいたし、他にも三球団のスカウトが、スピードガンで球速を計りながら観察していた。誠一の球がプロで通用するかどうか確認していたのだろう。誠一はコントロールと変化球のキレに重点を置いて投げているので、ピッチング自体はあまり見映えはしない。もっともプロで通じるかと問われたら、誠一はイエスと答える自信は持っているが。

「俺じゃなくて、塙を見に来てんじゃないのか」

そう言ってこの日のヒーローである塙を称える。彼も大学日本代表に選ばれたし、高校では甲子園で活躍し、ドラフト候補になった。

「僕なんか無理ですよ。大学に来て実力を思い知らされました。尾藤さんみたいに真面目に授業に出て、来年は母校で教育実習をしようと考えています」

「高校野球の監督になるのか。塙ならいい監督になるよ」

最近は「普段から集中する習慣をつけていないと大事な場面でミスするぞ」と、誠一の代わりに選手に注意してくれる。

「だからこそ僕は尾藤さんにプロに行ってほしいんですけどね」

塙が話を変えた。

「おまえが高校野球の監督になることと、俺の進路は関係ないだろ」

「大ありですよ。僕は日米野球で大学のエリートと言われるピッチャーたちの球を受けました。全員が尾藤さんより速い球を投げてましたが、この中でプロで一番活躍するのは誰かと聞かれたら、それは間違いなく、尾藤さんだと断言できます。投球術が段違いでしたし、尾藤さんだけが頭を使ってピッチングをしていました」

さらに「僕が高校野球の指導者になった時、大学時代、あの尾藤誠一の球を受けたんだって、生徒に自慢できるじゃないですか」とひっきりなしに喋る。

塙は自分の言葉で、誠一が喜ぶのを待っているようだったが、誠一は堅い表情を変えなかった。

「どうかしましたか?」

「塙に、俺の球が一番遅かったと言われたことに傷ついたんだよ」

「あっ、すみません」

動揺した塙はしどろもどろになった。

「冗談だよ。俺は投手は球速より、制球力やキレだと思って取り組んできた。女房役に評価されて嬉しいよ」

目尻に意識して笑顔を作り、一八七センチの自分より十センチほど小柄な塙の肩に手を置いた。だが「笑わない男」と言われる誠一の笑顔に、塙は気味悪そうに身を竦めていた。


この日も球場での解散となった。出口には学生だけでなく、多数の早武大ファンが駆けつけていた。その中にいつもの顔が見えた。ミニスカートに、メイクもバッチリ決めているので一人だけ浮いて見える。

沙羅はきょうも不機嫌だった。法徳大に勝ち点を取られた先週も、二週続けて買い物に付き合う約束をキャンセルしたのだから、機嫌が悪いのも当然か。近寄ると「遅いねん」といつもの毒を吐かれる。

「こういう時は普通、お疲れさまか、勝利おめでとうって言うもんやないんか」

誠一は関西弁で返す。

「疲れてる時に『お疲れ様』と言われても『当たり前や』って言うたなるだけや。それに『勝った』いうても、優勝したわけやないんやから、『おめでとう』はないやろ」

屁理屈を捏《こ》ねる。ただ言っていることは大方、間違いではない。

「じゃあ、少し歩こか」

そう言うと、沙羅の方が呆気《あっけ》に取られた顔になった。

「えっ？」

「そのつもりで来たんやろ。月曜なのに有休とって」

有休といっても父親の会社なのでそんなにたいそうなことではないのだが、こうして毎試合応援に来てくれているのに、毎回ひと言、ふた言で追い返しているのだ。誠一も悪いとは思っている。

二人で歩いていると、早武大の帽子を被り手に使い捨てカメラを持った子連れの父親に「尾藤選手、子供に写真とサインをお願いできませんか」と頼まれた。

「すみません、僕はまだ学生なんで」誠一は断った。

「サインくらいしてあげたらええのに。あの子、がっかりしてるやないの」と沙羅は口を尖らせる。

「連盟からも、そういうプロ野球選手みたいな行動はやめるよう言われてるんや」

「なに硬いこと言うてんねん。あと一個勝ったら、サッカーのワールドカップに日本が初めて出られて、野球少年が次々サッカーに鞍替《くらが》えしてるって言われとんのに」そう文句を言ってから「あんたが歩いとった時に、たまたまシャッター切ったことにするからそこに立って」と誠一の背中を押した。

「お父さん、私にその『写ルンです』貸してくれませんか。お父さんとボクは尾藤選手の隣に並んでください」

「えっ、いいんですか」

父子は遠慮しながら誠一の横についた。「誠一、スマイルや、スマイル」

それでも表情を変えなかったが、沙羅が「笑えや」と口を縦横に動かし、本気で怒りそうだったので、無理矢理口角を上げた。

沙羅とは神宮外苑近くのテラスのあるカフェでお茶をした。詰め襟の学生服を着た厳つい男と美人ＯＬの組み合わせに、周りの客は不思議な目を向けていた。気恥ずかしさでそわそわしていた誠一だが、途中からそれどころではなくなった。スカウトが、大阪の沙羅の父親の会社に行ったらしいのだ。

「スカウトってどこのチームやねん」

「お父ちゃんの話やと東都ジェッツ、福岡シーホークス、北関ソニックス、あと東京セネターズやと言うてたわ」

「で、おじさんはなんて答えたんや」

「尾藤くんはプロ野球には行きません。卒業後はうちの会社に入って、幹部候補生として働くと本人と約束していますって」

思った通りの内容だった。正直、寂しさは残ったが、それが約束なのだ。これで雑念が捨てられる。

「なんや、がっかりせえへんの」

アップルタイザーを飲みながら沙羅が上目で見た。アヒルのように少し膨らんだ口を離すと、グラスに赤いルージュがつく。

「おじさんがそう言うのは当然や。おじさんがお金を出してくれんかったら、俺は大学には行かれへんかったわけやし、感謝している」

「ほんまにそう思ってんのかねえ〜」

沙羅は語尾を伸ばして頬杖をついた。

その言葉には一ミリの嘘もない。浪人中に父が白血病で亡くなったために、大学進学を諦めた誠一に、予備校の費用、大学の入学金と授業代、さらに生活費すべての面倒を見ると支援を申し出てくれたのが沙羅の父である。ただしこう言われた。

——卒業したら沙羅と結婚し、婿《むこ》養子としてうちの会社に入ってほしい。それが条件や。

当時はまだ十八歳だった。だが自分の未来をイメージできていた誠一は「お願いします」と迷うことなく答え、頭を下げた。

沙羅の父の会社は、二年前の阪神淡路大震災で工場が大打撃を受けたが、それ以後も変わらず支援を続けてくれている。四年間、野球を続けられたのは、すべて沙羅の父親のお陰である。

野球に関しては、どうすれば大学野球で通用する投手になれるか緻密な計画を立て、その通りに練習に励んだから結果を残せた。ただその計画に、唯一誤算があるとしたら、まさか自分が、プロ野球から誘いが来る投手になれるとは思ってもいなかったことか。

「俺がおじさんに支援してもらってること、誰がスカウトに喋ったんやろ」

「そんなん、決まってるやん」

「うちのおかんか」

「誠一のお母さん、嘘がつけん人やからな」

嘘がつけないというよりは、人が良すぎる。誠一の自分にも他人にも厳しい頑固な性格は、大工だった父譲りだが、母は性格が真逆で、身勝手な父に文句一つ言わず、家族の世話だけでなく、ＰＴＡや町内会の役員も、周りから押しつけられては受けてしまうような人だ。

「なんでうちのおかんは喋ったんやろ。沙羅の家に迷惑になるから、あれほど漏らさんようにに頼んどいたのに」

「ある球団のスカウトがお母さんに、誠一と北関ソニックスの密約が高校の頃から出来てて、ソニックスが早武大の学費を出してるんやないのかって聞いたらしいんや。それで

『誠一はそんなズルい事はしません。学費は息子のガールフレンドのお父様に借りてます』って、お母さん言うてしまったそうや」

母が興奮している姿まで想像できた。借りてる――その言葉にも母の思いが詰まっている気がした。お金ではなく、仕事で貢献して返していく、母も息子が沙羅の父親の会社に入って、安定した生活を送ることを望んでいる。

「あっ、そや。お父ちゃん、次の慶和大戦見に来るんやて。東京に泊まるから最終戦の夜はご飯食べよと言うてたわ」

「さよか」

沙羅の父は大学ではボクシングの学生チャンピオンで、「浪速《なにわ》のタイソン」と呼ばれていたそうだ。顔つきも、瞼《まぶた》が腫れた細い目と潰れた鼻が特徴的で、娘とはまったく似ていない。

「でも、あたしはええけどな、別に誠一がプロ野球に行っても」

唐突に沙羅が呟いた。小声で、表情もよく見えなかったので聞き間違えかと思った。

沙羅は顔を上げ、誠一を見て微笑んだ。いつもの憎たらしさが消え、朝ドラの『ひまわり』に出演していた松嶋菜々子のような、しおらしさが垣間見えた。

「でもプロに行くんやったら、先、言うてや。お父ちゃん、わざわざ東京まで来させて、ガッカリさせたら気の毒やさかい。そん時はあたしから伝えるから」

沙羅からそう言われるとは、考えてもいなかった。つねに先のことまで計算して投げる頭脳派投手と評される誠一の頭がショートし、適当な言葉が返せない。

「お金のことなら心配いらんで。そりゃ、うちのお父ちゃんのことやから、嫌みの一つや二つは言うやろけど、全額返済せえて鬼みたいなことは絶対に言わへんから」

俺がプロに行くわけないだろ——咄嗟《とっさ》に浮かんだのはその言葉だったが、同時に聞いてみたいことが生じた。

「もし俺が、プロに行ったら沙羅とはどうなるんや」

案の定、沙羅の顔が曇《くも》った。

「そん時は、お父ちゃんは結婚を許さへんやろな」

彼女ははっきりと答えた。

「せやけど誠一かて、あたしとは結婚したないと思てるんやろ。こんなやかましいワガママ女は懲《こ》り懲《ご》りやて。まぁ、これまで誠一を困らせてきたし、そう思われてもしゃあないけどな。毎回、誠一が面倒くさそうな顔してうちのマンションに来るの、もうええっちゅうくらい見たし」

「そりゃ、台風や雷のたびに、『今すぐ来て』『早よ来て言うてるやろ』と呼び出されたら、そういう顔もするわ」

気が強いくせに、沙羅は苦手なものがたくさんあって、震度三くらいの地震でも「マンションが倒壊する」と寮に電話してくる。自然災害は誠一も心配するが、呼び出しはそれだけではない。

「誰もおらんのにおかしな物音がする。このマンションは事故物件で、自殺した幽霊かもしれん、って言うから行ったら、冷蔵庫の『かってに氷』が落ちる音だったこともあったしな」

「あんなやかましい音立てて氷を作るなんて、電機メーカーが悪いわ。翌日、文句の電話入れたったわ」

「大事なリーグ戦開幕の前の晩に、ゴキブリ探しをさせられたこともあったし」

「あれかて門限までには帰れたやろ。それに誠一は次の日はちゃんと勝ったやんか」

ああ言えばこう言うで、堂々巡りなのは付き合い始めた頃から変わらない。

俺は沙羅と結婚するって決めたんだから余計なことは言わんでくれ――そう言うべきなのか。だが沙羅が結婚を望んでいるというのは自分の思い過ごしで、実は他に好きな男が出来たのかという思いも頭を過ぎった。絶対にスクイズはないという場面で念のために一球外したら、相手にスクイズのサインが出ていて三塁走者をアウトにできた。そんなシーンが重なって、確認することにした。

「仮にやけど、俺がもしプロ野球にいったら、沙羅はどないすんねん」

沙羅はすぐに答えなかった。他に好きな人がいるからその人と結婚する、そう言われるような予感がした。

「そん時は、お父ちゃんが探してきたお見合い相手とでも結婚するわ。あたしは誠一以外やったら、別に誰でもええねん」

つっけんどんな言い方だったが、高校の同じクラスで告白した時が甦《よみがえ》り、胸にじわりと染みた。学校一の美人と話題になっていた沙羅だが、誠一が惚れたのは、先生に注意されても自分が正しいと思ったことは絶対に曲げない彼女の強い性格だった。告白した時の返事も「あたしも毎朝、あんたが河原を走ってんのを見て、早起きして応援してたんやで」だった。

誠一はお冷を一口飲んでから言った。

「分かった。おじさんには、僕の大学の最終戦、ぜひ見に来てくださいと伝えといてくれ」

「えっ」急に話が戻されたことに沙羅は当惑する。

「大丈夫やから」

「大丈夫って、お父さんの会社に入ってくれんの？」

誠一はその質問には答えなかった。

「婿養子になってくれんの？」

その問いにも答えず、間を置いてから「だから大丈夫やて」とだけ繰り返した。

曖昧な言い方に、沙羅から不安そうな表情が消えることはなかった。

満員御礼となった神宮のスタンド、早武大の選手たちは慶和大の大応援団だけでなく、自軍の応援にまで飲まれていた。誠一が打ち取った当たりでも失策で出塁を許し、失点を重ねる。攻撃では走者を出すが、あと一本が出ない。

「西川、もっと落ち着けよ。三塁ランナーがスタート切ってんの見えてただろ」

間に合わないホームに投げて、みすみす一点を献上した遊撃手の西川を叱る。

「山口と横森、二人ともなんで声を掛け合わないんだ」

お見合いしてフライを落球した一塁手の山口と二塁手の横森に怒った。

そこまではまだ冷静だった。だが無死から四球で出塁しながら、一球目で牽制死《けんせいし》した遠田には「なにぼけっとしてんねん」と関西弁で怒鳴った。けっして手を出すつもりはなかったが、殴られる危険を感じた遠田は体を丸めて怯えた。塙までが「尾藤さん、落ち着いてください」と止めに入った。

バッティングがあまり得意ではない誠一が、九回に大学に入って初ホームランを打ったがあとの祭りで、一回戦は三対六で負けた。明日の二回戦は二番手投手が先発予定だったが、誠一は高瀬監督に「連投させてください」と直訴した。

監督だって勝ちたいと思っているのだから認められるだろうと思った。しかし高瀬は険しい顔のまま「ダメだ」と首を左右に振った。

「僕以外では慶和大打線を抑えられないと思います」

仲間を信じなくてはいけない主将のセリフじゃないなと反省しながらも、勝ち点を取るにはこの方法しかないと、監督の目を見て訴える。

「明日投げて勝って、一勝一敗のタイになったら、明後日の三回戦も投げさせてくれと尾藤は言うんだろ？」

「もちろんです」二勝しないことには勝ち点は得られないし、優勝できない。

「監督として、未来のある尾藤にそんな無茶をさせたくないんだよ」

高瀬はそこで目許を緩めた。

「僕の野球人生はこの慶和戦が最後です。この二試合で肩肘が壊れてもしょうがないと思っています」

その笑みを跳ね返すつもりで、口調を強めた。だが高瀬の顔つきは変わらない。

「今の言葉、百パーセント本気ではないだろ？」

「どういうことですか」

「以前、尾藤から卒業後の話は聞いた。彼女のお父さんの援助で学生野球ができた。だから卒業後は、その会社に入って野球はやめることも」

「はい、その通りです」

「だけど人の気持ちなんて分からないじゃないか。会社に入ってからまた野球がやりたくなるかもしれない。尾藤は絶対にありませんと否定するだろうけど、私はきみが我慢してるだけで、本音はプロで自分の力を試したいんじゃないかと思ってるよ」

これまでの誠一なら即座に否定していた。だがここでなにを言っても、高瀬にすべて見抜かれてしまうような気がした。

それでも誠一は「お願いです。明日投げさせてください」と頭を下げた。いいと言われるまで頭を上げるつもりはなかった。

「分かったよ、尾藤を投げさせる」

しばらくの間を置いてようやく許可が出た。

「ありがとうございます」

「だが私の判断で、これ以上は翌日の負担になると感じたら、即刻交代させる。それは了解しろ」

「はい。監督の指示に従います」

胸を撫で下ろし、「では失礼します」ともう一度礼をして、部屋を出ようとした。「でもな、尾藤」背後からの高瀬の声に誠一は向き直る。

「尾藤が自分に厳しいのは分かっている。それと同じことを仲間に求めるのも分からなくはない。だけど尾藤の求めるプレーをみんなができるわけじゃないんだぞ」

「それは承知しています。ですから僕はプレーは無理でも、気持ちだけでも集中してほしいと注意しているんです」

「そこが尾藤の一番の欠点かもしれないな」高瀬はため息をついた。

「どういうことですか」

「もしかしたら尾藤の指導法の方が正しくて、私は甘いのかもしれないよ。だけど最後くらい、これまでとは違うやり方をしてみたらどうだ。その結果、勝てなかったら、次は元に戻せばいいんだよ」

負けたら次はないんですよ——だが高瀬が言っているのはそういう意味ではなさそうだ。

「違うやり方って、例えばどういうことですか」

高瀬が言った次は元に戻すという言葉に、急に素直になれた気がして、誠一は珍しく人に意見を求めた。

翌日、朝から選手は硬くなっていた。試合前のキャッチボールさえ、グラブから球を零し、投げ損なう。負けたら終わりだということより、誠一が連投すると聞いて、足を引っ張ってまた叱られることに怯えているのだろう。

試合前のミーティングが始まった。

「このリーグ戦のために、みんな夏の軽井沢できつい合宿をして、投手陣は離山《はなれやま》を走り込んだ。やるべきことは充分やったのだから、自信を持ってプレーしよう」

高瀬が言うと、全員が「はい」と声をあげた。

盛り上がったところで、高瀬が「じゃあ、最後にキャプテン」と誠一に代わると、盛り上がったムードが萎んでいった。誠一は一人ずつ、選手たちの顔を見た。みんな生簀《いけす》の中で、捕まる前の魚のような目をしていた。

——なぁ、尾藤は落語が好きでいつもラジオやCDを聴いてるんだろ？　試合前にみんなの前で、一席披露してみたらどうだ。四、五分くらいに短くまとめて。

昨日、意見を求めた誠一に、高瀬は突拍子もない提案をした。

——落語なんてできませんよ。だいたい短くすることじたい無理ですし。

——だったら枕だけでも。

——余計に無理ですよ、それこそ落語家だって枕で笑いを取るのに悩んでるんですから。

聴くのは好きでも、話したことはない。そう伝えると、高瀬からは「うまくないところがまたいいんじゃないか。あのキャプテンだってこんなに緊張するんだって、みんな気持ちが楽になる。私も聴きたいよ」と言われた。そこで高瀬に電話が入ったため、誠一は部屋を出た。

寮の部屋に戻って、なにかいい演目はないかと考え、落語のCDをいくつか聴いたが、うまく演じられそうなものは一つもなかったし、使えそうな枕もなかった。午後八時に後輩が「尾藤さん、彼女さんから電話です」と伝えに来た。またくだらない呼び出しかと思ったが、沙羅は『明日も投げるんやろ。お父ちゃんと一緒に応援してるから』とだけ言うと電話を切った。その声のおかげで、いい演目を思いついた。

「実は監督からみんなの前で落語を一席披露してくれと言われたんだ。では」

そこで咳払いして喉《のど》を整えた。

「あいも変わりませんバカバカしいお噂をば聴いていただきまして、すぐさま失礼さしていただきます」

ここだけは大好きな二代目、桂春団治《かつらはるだんじ》の決まり文句を真似して、羽織の替わりにウインドブレーカーを脱ぐ。みんなが狐につままれたような顔になった。だけど落語はここまでだ。

「みんな、俺の彼女のことは知ってるやろ。後輩のみんなはしょっちゅう、寮に電話かかってきて、『はよ、誠一を呼び出して』と偉そうに言われてるし、球場にも毎試合来てるから立派な有名人だ。去年のミス渋学で、俺は松嶋菜々子に似てると思ってるけど、みんながダイアナ妃と呼んでるのは知ってる。その彼女だけど性格は松嶋菜々子でもダイアナ妃でもなく、鉄の女サッチャー、いやサッチーだな」

ここでツカミを取るつもりだったが、選手たちは面食らうばかりでクスリともしない。「ここ笑うとこやで」誠一の注意に目が合った下級生が無理矢理笑ったが、場はホラー映画を上映している客席のように寒くなった。

「実はこの秋のリーグ戦の開幕前夜のことや。彼女から『誠一、えらいことや、大至急来て』と呼び出しの電話がかかったんや。なにがあったんかと聞いたら、部屋にゴキブリが出て、まだどこかに忍んでると言うんや。俺はドラッグストアに寄って彼女の家へ行った。ちなみにうちの彼女はゴキブリホイホイは絶対、認めない。『あんた、ゴキの身になって考えてみ、一度人間に目撃された後に、そんな罠にわざわざ飛び込むアホおるか』って。そんなことゴキブリでない俺に言われても知らんがな」

ここもドカンと笑いを取る予定だったが、ダダ滑りした。

「今はいろんな殺虫剤が売ってるから、それを買って、彼女の部屋に行った。女の一人暮らしには充分すぎる広さのある2LDKで、俺はゴキブリが隠れてそうな冷蔵庫や洗濯機、家具の裏まですべてにスプレーした。これだけまけば間違いなく、ゴキブリは死んだと確信した俺は、『明日は開幕戦なんで帰るわ』と玄関に歩きかけた。ところがそこで彼女の手が伸びて腕を掴まれた。おい遠田、うちの彼女、その時、なんて言ったと思う」

後方でぽかんとした顔で聞いていた後輩を指した。若い男女なのだから普通はヤラしい想像をするだろう。だが話しているのが誠一なのでそうは答えない。案の定「分かりません」と答える。他の選手を見ていくが、ドミノ倒しのように順々に視線を下げていく。

「うちの彼女はこう言ったんだ。『あたしはこの目で確認するまでは、死んだと信用せえへんよ。ぼけっとせんとさっさと死体を探しや』と。さすがの俺も『それってヤクザの親分が、ヒットマンを指名した時に言うセリフやないか』と呆れたよ。彼女が確認するまで帰さへんと言うから、必死に探した。運がいいことに、冷蔵庫の裏でゴキブリがひっくり返ってた。それでなんとか寮には門限の十時までに帰れたけどな」

爆笑を期待したが、どこからも笑いは漏れてこなかった。塙だけが「それで開幕戦の立英戦、尾藤さんは体が重そうだったんですね」と微笑んでいた。完投勝ちしたが、三失点した。

「ゴキブリ暗殺計画のせいで消耗してたんだ」

その時には他の選手も隣同士でひそひそ話をしだした。

「今の話って、もしかしてきょうの試合でミスしたら殺されるって意味かな」

「仲間を殺せと命じられて、死体を確認するまで許さないって言われてるのか」

これでは「笑わない男」どころか「笑えない男」だ。誠一の仲間をリラックスさせる作戦は、ものの見事に失敗に終わった。

負けられないつもりでマウンドに上がったが、前日の疲れが残っているのか体は重く、初回からピンチの連続だった。秋のリーグ戦の投球イニング数は、全校の投手の中で圧倒的に多い。けっして翌日に体力を残しておこうとしたわけではない。だが普段ならボールゾーンにも投げて打者の目線の幅を広げ、球数を使って打ち取るのが誠一のピッチングスタイルなのに、この日は早いカウントで打ち取ろうとし、ストライクゾーンが狭くなったところを狙い打たれた。二、五、七回に一失点ずつし、〇対三とリードを広げられる。

ミスが続いていた味方はこの日はしっかり守り、打撃でもバントや進塁打をサイン通りにこなした。だがバットの芯で捉えた打球が相手野手の正面を突くなど、運に見放され、八回に塙のツーランで一点差に迫ったが、二対三で敗れた。

ゲームセットの瞬間。誠一は清々しかった。やるべきことはすべてやったのだ。四年間で一度も優勝できなかったが、それは結果でしかない。

試合後は秋のシーズン恒例の、応援団から四年生へのエールが送られた。ロッカールームに戻ると後輩たちは泣きじゃくり、そのうち何人かは「キャプテンを優勝させられなくてすみません」と目を真っ赤にして謝ってきた。その中には遠田、横森、西川、山口ら、罰練習をさせた後輩たちもいた。

「厳しくしてもらって良かったです。この経験と悔しさを活かして、来年は絶対に優勝します」

「頼んだぞ、みんな」

誠一は一人一人の顔を見て、そう声をかけた。

球場外の通路には沙羅が来ていた。父親も一緒にスタンドから降りてきたかと思ったが、先に帰ったようだ。

いつもの腕組みで待っていた沙羅だが、「お疲れさま」とこれまでとは違う言葉をかけられた。

「四年間、応援ありがとう」誠一も返す。

「どういたしまして。それよりお父ちゃんが今晩の店……」

告げようとした沙羅を遮って、「食事は中止して、明日の午前中、東京支社に場所を替えて会ってもらえへんか。とても食事をしながらする話やないので」と機先を制した。

沙羅の顔が固まった。ただ、なにかを覚悟していたようで「分かった、伝えとく」と短く答えた。

月曜朝、東京支社の社長室で、誠一は沙羅の父親と向きあって座っている。学費の援助を受け、事実上婚約状態になってからは誠一の隣に座っていた沙羅も、この日は父親の隣に並んだ。父親もすでに察していた。部屋に登場した時から「浪速のタイソン」どころか、花道からリングへと入場してきたマイク・タイソンそのもので、いつ襲いかかって耳を囓《かじ》ってきても不思議はないほど、凶暴さを醸《かも》し出《だ》していた。

「つまりきみはこういうことだな。私との約束は守れません。うちの会社には入らず、プロ野球に行きますと」

誠一が言った言葉をゆっくりと繰り返すが、途中何度か奥歯がカチカチと鳴った。

「はい、これまで出していただいたお金は契約金で返済します。足りなかったら、プロに入ってからの年俸で返します」

「そんなん要らんわ。詐欺にでもおうたと思って忘れるわ」

沙羅が話した通り、嫌みは含まれていたが、返済の必要はないと言われた。それでも「いいえ、返させてください」と宣言した。「もし将来、会社が苦しくなった時は僕がプロで稼いだお金で援助させてください。おじさんには、一生足を向けて寝られないほど感謝していますので」

「まだプロにもなってない半人前が、でかい口を叩くな！　うちの会社はおまえに世話になるほど落ちぶれてへんわ。だいたいなにが、一生足を向けて寝られんや、口先ばかりの言葉を言いよってからに」

娘が近くにいなければカウンターパンチが右から左からと飛んできただろう。手を出したい気持ちを抑えるように、左手で右手の拳を押さえていた。だが目は完全にＫＯを狙うボクサーになっている。これ以上ここで言うのは危険か、だが殴られても構わない。それこそずっと前から自分が決めていたことだと、誠一はそこで椅子から立ち上がった。

「絶対に一生かけて恩返しをします。ですからお嬢さんと、沙羅さんと結婚させてくださ い」

「はぁ？」

いきなり立ち上がって頭を下げたことに、父親の狂気に満ちた顔は一変し、口がぽっかり開いていた。それより驚いていたのが沙羅だった。整った眉を寄せ「別にええねんで、誠一、無理せんでも」と言ってくる。

「違う。俺は沙羅と結婚したいんや。沙羅がいなかったら早武大にも合格できなかったし、四年間頑張れんかった。プロに行ってからも俺には沙羅の力が必要なんや」

彼女の表情に喜色が浮かんだ。だが浪速のタイソンは、誤解して受け取ったようだ。

「ああ、そういうことかいな。野球であかんようになったら、うちの会社に潜り込んで、第二の人生に保険を掛けとこちゅう魂胆やな」

「違います。ここで入社を断った以上、お世話になることは考えていません。でも沙羅さんの実家の会社ですから、僕にも責任があります。だからもしこれから苦しい時があったら、僕がお返ししたいと言ったんです」

誠一はそこでもう一度「結婚を許してください。お願いします」と膝につくまで頭を下げた。

そう簡単に認められないと思ったが、存外早く「分かったわ」という苦々しい声が聞こえた。顔をあげた瞬間、その理由に納得した。沙羅が大きな瞳を潤ませ、まるでタイトルを防衛した後のように、浪速のタイソンに抱きついていたからだ。

「ではきょうから嶋尾《しまお》と名乗ってもいいでしょうか」

「はぁ」また父親は口をあんぐりと開ける。

「入社はできませんが、一人娘である沙羅さんと結婚して婿養子になるという約束は果たしたいと思います。結婚式は先になりますが、そうした方が、沙羅さんも安心だと思いますんで」

誠一一人で決めたことに父娘ともに完全に置いてきぼりにされている。それでも父親から離れた沙羅が「ありがとう、誠一。こんなに感動したんは人生で初めてや」と健気に話し、父親は「もう勝手にせいや」と口を歪めた。

「では改めて、浪人時代から五年間、ありがとうございました。そしてこれからもよろしくお願いします」

一礼して部屋を出た。誠一までが戦いを終えて、リングを去る気分だった。いや、戦いはこれから始まるのだ。プロで活躍できなかったら、それこそ笑えない人生になってしまう。

〈嶋尾製作所・東京支社〉

堂々としたプレートが掲げられた門を出ると、誠一は公衆電話を探し、寮にかけた。下級生が出たので、マネージャーに取り次いでもらう。マネージャーは忙しいらしく、代わりに塙が出た。

「塙、これから十二球団、それとマスコミに、頼んでおいたファックスを送っておいてくれ」

「えっ、もう送っちゃいましたよ」

「そうなのか。まぁ、いいや。で、なにか問い合わせはあったか」

「あったもなにも大変です。各球団から電話が殺到してます」

「嶋尾誠一って、尾藤誠一のことですかっていう確認だろ？」

「両方とも『尾』がつくからややこしいって。でもそれより本当に逆指名しないのか、十二球団OKなのかって聞かれましたが、言われた通り、指名してくれた球団に行きますと伝えておきました。でもいいんですか、大学、社会人の有望選手は逆指名できるんですよ。せっかく好きな球団に行けるのに」

北関ソニックスの夏木田GMからも誘われた。だがプロ野球を考えていなかった誠一は、どのユニホームを着ている自分もイメージできなかった。こればかりは7つの習慣に当て嵌まらない。だから指名してくれた球団に縁があったと考えることにした。

電話を切ってから、「嶋尾誠一」と口ずさんでみた。あまりピンと来ないが、苗字なんてすぐに慣れるだろう。尾藤だって、たった二十三年呼ばれていただけだ。人生はこれから先の方がずっと長い。

ただ尾藤から嶋尾に変わろうとも、中身は変わらない。笑顔を見せることなく、自分にも他人にも厳しく戦う。その習慣だけは変えるつもりはなかった。

人生退場劇場

低目の球を球審《アンパイア》の野上春雄《のがみはるお》がボールと判定する。押し出しとなった。

すかさず顔を真っ赤に染めたジャガーズの木崎《きざき》監督がベンチから飛び出してきた。

「どこがボールだ。どう見たって今のはストライクだろうが」

目を吊り上げた鬼のような形相が春雄の目前まで迫ってくる。春雄はマスクを額まで上げた。

体との距離は五十センチほど離れているが、顔と顔は十センチもない。審判に手を出せば即退場になるので、相手はいつもこうやって顔だけを近づけて威嚇する。おかげで審判の顔は毎回唾だらけだ。

「ボールです」春雄は毅然と言った。

「いったいどこ見てんだ、下手くそ」

「ちゃんと見てますよ」

「じゃあ、その目は節穴か！」

体を離した木崎は今度は指で春雄の目を突き刺す格好をした。春雄が少しでも動けば目に指が当たりそうだ。二塁塁審の鶴間《つるま》を見た。あいつ、また忘れてやがる――。

球審が抗議を受けている時は二塁塁審が時間を計る規則になっているのだが、鶴間は凄い剣幕で出てきた木崎に圧倒され、ストップウォッチを押すのを忘れたようだ。春雄と目が合って慌てて計測を始めた。

そんなこともあろうかと春雄は、木崎が出てきた時にこっそりと左手をポケットに突っ込み、スタートボタンを押していた。

「絶対にストライクだ。二塁の塁審にも聞いてみろ。間違いなくそう言うぞ」

「私がボールと判断したのですから、それで十分です」

「間違ってましたと訂正するなら今のうちだぞ」

「間違ってなんかいません」

しばらく押し問答が続く。ストップウォッチを取り出し時間を確認した。すでに三分が経過していた。

「ボールに見えたのはこの球場でおまえだけだ。あとで恥を掻くのはおまえだぞ」

ついにおまえ呼ばわりだが、これもいつものことなので気にしない。

「毎回うちのチームに不利な判定ばかりしやがって、恨みでもあるのか」

「ありませんよ」

「じゃあ俺に恨みがあるのか」しばらく睨み合いが続く。春雄は左手を覗いた。四分三十秒、あと三十秒だ。

「じゃあ、どうして今のがボールなんだ、説明しろ」

説明しろと言われてもストライクゾーンから外れていたからボールと判定したまでだ。

「おい、聞いてんのか」

「聞いてますよ」

その後二度ストップウォッチを確認した。あと二十秒。

「おまえ、なに時計ばっかり見てんだ。俺の話を聞け」

木崎に気づかれた。だが春雄は気にせず時計を見る。あと十秒。

もう一度見た。五、四、三、二、一、ゼロ。春雄はバックネット方向に体の向きを変え、右手を突き上げた。

「退場！」

「なんだと、貴様」

木崎が春雄の体を突いた。さらに木崎の後ろに控えていた三塁コーチが「この野郎、監督の退場を取り消せ」と割り込むようにして突っかかってきた。一塁塁審の津田《つだ》と二塁塁審の鶴間が割って入って彼らを引き離そうとする。春雄はそこから離れ、場内マイクを握った。

「球審の野上です。ただいま遅延行為がありましたので木崎監督を退場にします」

アナウンスすると、スタンドに一斉にブーイングが湧き起こった。

四時間二十分にも及ぶ長い試合が終わると、春雄はトイレに寄ってから審判控え室に戻った。トイレくらいならグラウンド整備中にいけなくもないが、それでも平均三時間半、長い時は六時間近くもグラウンドで立っていなくてはならない過酷な仕事だ。雨のゲームでは風邪を引くし、真夏のデーゲームでは熱中症になりそうになったこともある。

それにしても疲れる試合だった。木崎を退場にしたことで、ジャガーズベンチだけでなく、ファンからもヤジられた。

「野上、おまえが退場じゃ、ボケ」

「目医者で視力検査してこい」

「プロ野球選手になれんかったから監督に嫉妬してるんやろ」

そんな程度の低いヤジまで聞こえてきた。大学で肩を痛めるまでプロを目指していたのは事実だが、卒業と同時に審判になって十八年、私的な感情をジャッジに影響させたことは一度もない。

控え室に入ると、中で鶴間と三塁塁審の中井《なかい》が、「すげえ、もう更新されてるぞ」と笑い声を上げていた。二人ともまだ三十代前半の後輩である。

二人は春雄に気づくと、見ていた携帯サイトの画面を替えようとした。だが慌てたせいか切り替わらない。春雄はその画面に自分の名前があるのに気づいた。

「なんだ、鶴、なんだ、そのページは？」

「い、いいえ、なんでもありません」

その時になってようやくページが切り替わったが、春雄は「いいから、見せろ」と二人から携帯電話を奪って、画面を戻した。

そこには各審判員の名前と、数字が書かれてある。だいたい三か四か、春雄より年上の審判でも七〜十くらいだが、春雄だけ十六とダントツに多い。

これがなにを示すものかすぐ分かった。審判になってから一軍の試合で退場させた人数だ。

「……たまたま見つけたんです」

鶴間が済まなそうな顔で言う。一緒に笑っていた中井も「でも審判の権威を傷つけたのですから、退場させるのは当然ですすけどね」と言い繕った。

携帯を黙って返した春雄は、自分のロッカーに移動し審判服を着替えた。

「おはよう。もう目が覚めたの」

翌朝、春雄がリビングに出ていくと、妻の葉月《はづき》がトーストを食べていた。

「きょうはずいぶんゆっくりなんだな。もう九時だぞ」

「きょうはスタジオに直行なの。十一時までに行けばいいからまだ余裕よ」

葉月は出版業界ではそれなりに知られている編集者で、この春からはファッション誌の編集長に就任した。普段は朝早く出勤し、夜もナイター終わりの春雄より遅いことも珍しくない。

「昨日も大変だったみたいね。朝からスポーツニュースでずっとやってるわよ」

「ああ、そうか」

テレビというのは審判のナイスジャッジは放送せず、ミスや微妙なシーンだけを繰り返し流す。しかも現場復帰に未練を持っている解説者たちが「監督が怒りたい気持ちも分かります」と大概《たいがい》監督側につくため、ますます審判のイメージは悪くなる。

「でもボールだったんでしょ？」

葉月が訊いてきた。

「実は俺も迷った」

春雄を見ていた葉月の目が丸くなった。

「低目のストライクゾーンからギリギリ外れていたように見えたんだ。他の審判ならストライクにしていたかもしれない。だけど俺はあのコースは、これまでもボールにしてきた」

審判がこんなあやふやなことを言ったら、ファンはひどく落胆するだろう。だが実際、ベース上に設定された空間を、時には一五〇キロを超えるボールが通過したかどうかを判断するのだから、人の目では限界がある。

「じゃあ、あなたは木崎監督のストライクだという主張に、ストライクかもしれないなと思いながらも抗議を撥《は》ね除《の》けたわけ？」

「ストライクかもしれないとは思っていない。ボールだと思っていた」

「でも確信はなかったんでしょ」

「仕方がない。裁判官が一度下した判決に疑問を持てないのと同じだ」

「他の審判に訊けば良かったじゃない」

「コースの判定は球審の権限だ」

「春雄さんらしいわね」

葉月は笑った。

「頑固だと言いたいんだろ」

昔から融通が利かない堅物だと言われてきた。抗議のしがいがなく、時間がきたら即座に退場させるので、監督や選手からの人気のなさもダントツの一番だ。

「違うわよ。迷ったとハッキリ言うところが春雄さんらしいって思ったの」

「それはキミが家族だからだよ。マスコミなら言わないさ」

途中で誤審だと気づいてもけっして認めるな——審判になった頃にそう指導されたのだ。今はそうでもないが、昔の審判は明らかな誤審でも絶対に認めなかった。

「だけど普通の人は自分の下したジャッジが正しいと思い込もうとするものよ。頑固なのに、正直者のところが春雄さんらしいと思ったの」

葉月とは七年前、審判員とファッション誌の女性編集者という奇妙な組み合わせの合コンで知り合った。審判という風変わりな仕事をしている男たちを面白半分で見に来た女性陣の中でも、葉月は興味がなさそうに見えた。ところが葉月は男性陣でもっともファッションや流行に無頓着な春雄に興味を示し、猛アプローチをかけてきたのだ。

プロポーズも葉月の方から「春雄さん、結婚しちゃおうよ」と軽く言われた。少し酔っぱらっていた彼女に「俺と一緒にいてもキミの仕事に活きるような刺激を受けることもないし退屈するだけだ」と春雄は真面目に断った。それでも葉月は「私はプライベートな時間まで浮ついた男の話を聞きたいとは思っていないの」と、次のデートでは本当に婚姻届を貰ってきた。

「ねえねえ、春雄さん、またこの人、春雄さんのこと書いているわよ」

葉月が新聞を広げて渡してきた。それは購読しているスポーツジャパンというスポーツ紙の野球コラムだった。

〈最後の一球　渋川承三〉

優秀なアンパイアというのは、時にはオーケストラの指揮者のように間延びしたリズムを元に戻してくれる。そして時には映画監督のように、知らず知らずのうちに観戦者をストーリーの中に引きずり込んでくれるのだ。でなければおよそ三時間半にも及ぶ、忙しい現代人にはけっして向いているとは言えないプロ野球に、これほどの観客が集まるわけがない。

　最大の見せ場は闘将木崎の抗議シーンだった。さあ、アンパイア、ここをどう裁く——小生は双眼鏡のピントを合わせ、二人を見つめた。だがどうも様子がおかしい。木崎は本気で抗議しているのにアンパイアはしょっちゅう目を逸らすのだ。おいアンパイア、どこ見てるんだ！　木崎を見ろ、木崎を……小生は何度叫んだことか。

あろうことか抗議時間中、アンパイアの野上春雄氏は五回も時計を見た。挙げ句、五分ジャストで抗議をやめさせ、遅延行為というもっともつまらない野球規則で千両役者の木崎を退場にしてしまった。

　もし『ショーシャンクの空に』で名優モーガン・フリーマンを獄中死させていたら、あの映画は安っぽい作品に仕上がっていただろう。そしてあの感動的なラストシーンは生まれなかったはずである。

　野球の監督もまた、ゲームを盛り上げるために残しておかねばならない名優である。途中で退場させるなら、それなりの演出が必要だ。

　そもそも小生が頭に来ているのは野上氏が五回も時計を見たことである。いらちな小生はカップ麵に湯を入れると麵が伸びないか気になって仕方ないのだが、野上氏の仕草はまさにそんな感じだった。そこではたと気づいた。野上氏はどこかにカップ麵を置きっぱな

しにしてきたのではなかろうかと（〆）

読み終えた瞬間、春雄はこの渋川承三《しぶかわしょうぞう》という記者は頭がおかしくなったのかと思った。審判は映画監督だと。監督はゲームを盛り上げるのが大事だから退場させるなだと……こんな記事の掲載を許す新聞社にも問題がある。

〈最後の一球〉は春雄が中学の頃からだから、もう四半世紀は続くスポーツジャパンの名物コラムである。野球についての造詣が深く、ウイットに富んだ渋川のコラムを読みたくて、春雄もスポーツジャパンを購読してきた。だがここ数年はゲームを逸脱した内容ばかりで、明らかにコラムの質は落ちた。微妙な判定で監督や選手の味方をすると読者ウケがいいと思っているのか、何かあるとすぐに審判を叩く。

春雄がムッとしているのに、葉月はクスクスと笑っていた。「なにがおかしいんだよ」と訊くと、「だってこの人、木崎監督が抗議している間、双眼鏡で春雄さんが時計を見るのをずっと数えていたんでしょ」と言った。

「そういうことになるな」

「本当に五回時計見たの」

「たぶん」

「で、五分ちょうどで退場にしたの」

「ルールで決められている通り、ピッタリ五分で退場にした」

「だったら次からは相手の目の前にストップウォッチを翳《かざ》してやればいいのよ」

「そんなことしたら余計怒るだろ」

「いいじゃん。審判の方が偉いんだから」

葉月は味方になってくれたが、同時に融通が利かない男だと言われているようにも聞こえなくはなかった。

葉月が出勤すると、春雄は自分の朝食を作り、それを片付けてから掃除機をかけた。葉月が家事でできることと言ったら、コーヒーを淹《い》れるのとトーストを焼くぐらいで、炊事どころか、掃除もしない。「週末に掃除洗濯をしてくれる家政婦さんを雇おうよ。それって国全体で見ればワークシェアリングになるし」と提案されるのだが、できるものは自分でやるべきだと東京にいる時は春雄がやっている。

風呂掃除や床磨きもやるが、それでも下着だけは自分で洗ってくれと葉月には頼んでいる。「いいじゃない、ついでに洗ってよ」と言われるが、女性の下着を男が白日の下《もと》で目にするのは、マナー違反のような気がしてしまうのだ。

球場に行くと、審判部長である津田に「野上、ちょっと来てくれ」と呼ばれた。

「昨日の判定、ストライクでしたか」

小部屋に入るなり、春雄から切り出した。明らかな誤審の場合は上に呼ばれて注意されるし、ひどい時は二軍に落とされることもある。

「いや、ビデオで何度も繰り返し見たが、ストライクゾーンから外れていた」

「そうですか」

「なんだ、たいして喜ばないんだな。自信があったのか？」

さすがに上司に、実は迷った、とは言えない。

「まぁ、野上のジャッジだから俺も安心していたけどな」

津田は目尻を下げた。毎試合のように抗議を受けることで、審判員の多くはバリアを張ったような険しい顔をしている。退場させる権限は持っているものの、試合中はヤジや暴言で一方的に痛めつけられるのだ。性格が歪《ゆが》んでいくのも当然である。

そんな中で審判部長の津田だけはいつも穏やかだ。抗議に対応する口調も丁寧とあって、監督や選手からも人気がある。その津田が買ってくれているお陰で、春雄は去年、オールスターと日本シリーズの第一戦という大事な試合の球審を任された。

「だけど野上、なにも五分を待つ必要はないんだぞ」

「どういうことですか」

「木崎監督が最初に、下手くそと言った段階で退場にすればいいんだ。十分、侮辱行為なんだから」

あの瞬間はそう思った。だが言葉による侮辱というのは曖昧《あいまい》で、それだけで退場を宣告するのは結構な勇気がいる。

「そうなのですが、まだ木崎さんもそれほど熱くはなっていなかったですし」

一応、そう言っておく。

「木崎さんもすぐに退場させられたら余計に怒りがエスカレートしたかもしれんしな。ジャガーズも調子が今イチだから、ストレスが相当溜まっているんだろう」

津田は木崎の立場にも理解を示すが春雄には無理だった。監督の中には、選手がふがいないと審判に八つ当たりする不届き者もいる。自分が退場にされることでチームに一体感が生まれたら儲け物――そんな理由で抗議を受けるのだから、審判はたまったものではない。

「だけど、野上。もっと自由にやってもいいんだぞ。難しく考えるな」

「どういう意味ですか」

「審判には権限が与えられているのだから、野上自身で決めればいいんだ」

そこまで言われて、津田がなぜ春雄を呼んだか合点がいった。今朝の〈最後の一球〉を読んだのだ。審判が抗議の最中、五回も時計を見たことを、まずいと感じたのかもしれない。

津田から解放され、審判室に戻ると、鶴間たちが神妙な顔で話していた。

ここでもコラムの話をしているのかと思ったが、すぐに鶴間が寄ってきて「聞きましたか、春さん、やっぱり出なかったそうですよ」と言った。

「出なかったってなんだよ」

「例のリストラですよ、リストラ」

鶴間が眉を寄せた。

「早期退職の希望者、十人の定員に満たなかったみたいです」

一ヵ月前に出された通知の話だ。大規模なリストラが行われるのは、シーズン前から噂になっていたことだが、その時は自分は大丈夫だろうと軽く受け流した。オープン戦や二軍の試合が減ったことも影響しているが、なによりも野球人気が下がったことで球界全体が経費削減に必死になっている。

「いいですよね、春さんは」

鶴間が口を曲げた。

「いいって、なにがだよ」

「だって絶対にクビにならないじゃないですか。審判部のエースですもの」

「エース、俺がか？」

エースだと思ったことなど一度もない。去年はいい試合を担当させてもらったが、給与は上がっていないし、ミスが続けば降格されるのは他の審判員と同じだ。

「それに稼ぎのいい奥さんもいるし」

人気雑誌の編集長としてマスコミに顔を出している葉月のことは、皆知っている。

「春さんよりいいんでしょ」

「俺の方が上だよ」

「そうなんですか」

「まあ、三人も子供がいるおまえの家と違って、うちはDINKSだから恵まれているけどな」

鶴間は噴き出し、「DINKSなんて死語ですよ」と笑った。鶴間も今回のリストラに自分は関係ないと決め込んでいるので口は軽い。切られるのは一軍に上がってこられない中堅、または管理職になれないベテランが対象だと言われている。

とはいえ、自分からやめると言い出す者はいないと春雄は思っている。審判はまるで潰しが利かない職業だ。法律家が六法全書を覚えるように、野球規則は熟知しているが、知っているのはそれくらい。学歴も必要なければ、野球が巧い下手もまったく関係ない。むしろ子供の頃に審判をやらされたのは、大抵《たいてい》野球が下手な子だった。

「おーい、野上」片手に受話器を持った津田部長から呼ばれた。「悪いんだけど、きょう一塁塁審に入ってくれるか」

「中井がどうかしたんですか」

「あいつ、駅に向かう途中、自転車でコケて病院に担ぎ込まれたらしいんだ。腕の骨を折ったんだと」

るからだよ」

「日頃からケガをするようなことはするなと煩《うるさ》く言ってきたのに……自転車通勤なんてす

「骨折ですか」

津田は渋い顔で言ったが、春雄は、「埼玉に一戸建てを建てたんです」と中井が嬉しそうに話していたのを思い出した。「審判なんて一生続けられるか分からないですから、ローンを考えて駅からちょっと遠い場所になったんですけど……」まさか自転車通勤くらいで骨折するとは思いもしなかったのだろう。有休はあるが、それでも給料の半分近くを占める試合手当がもらえないから相当な減額だ。ローンの支払いは大丈夫だろうか。

しかし同情したのは春雄だけだったようだ。隣の鶴間は「これで肩たたきが一人決まりましたね」とほくそ笑んでいた。

一塁塁審に入ったその試合、大阪ジャガーズが前日の雪辱とばかりに、東都ジェッツに大勝した。どの審判も問題になる判定はなかったように思えた。

ところが翌日、スポーツジャパンを目にして、春雄は愕然とした。

〈最後の一球　渋川承三〉

ジェッツの的場が、足をもつれさせながら一塁に走るシーンは、まるで初めての子供の運動会を見ているようだった。いや、五輪の陸上で周回遅れの選手を頑張れと応援している……それほどの感動があった。的場は必死だった。なにせこの第四打席、彼にとっては一生に一度あるかないかの大記録がかかっていたのだ。内野安打でいい。セーフになれば、鈍足と言われている彼がサイクル安打を達成することができたのだ。

ボールがファーストミットに収まったのと、的場の足がベースに着くのはほぼ同時に見えた。ところが一塁塁審の野上春雄氏は一瞬の間も置くことなく、アウトとコールした。おい、それはないだろう。まぁ、本当に間に合っていなかったのならアウトでいい。それでもせめて観客が息を呑んで審判を見つめるくらいの時間はほしかった。

野上氏の間が悪いのは今に始まったことではない。小生ががっかりさせられた時は大抵、彼が審判の時である。彼は審判としては優秀かもしれないが、ゲームの機微を感じ取る才知には欠ける、ひと言で言うなら味覚音痴なのだ。

小生は一度、野上氏の自宅を訪れようと思っている。おそらく彼の家庭の料理は、年寄りの小生でも物足りなさを感じるほどの薄味なのであろう（〆）

「なんだ、これは！」

読み終えるなり春雄は新聞を投げつけた。

「いつものおじいさんの記事ね。でも春雄さんのこと、審判としては優秀って書いてくれたんだからいいんじゃない」

「だけどうちの料理がまずいと書かれたんだぞ。キミだって……」

侮辱されたようなものだと言おうとしたが「別に薄味だと書かれただけで、まずいと書かれたわけじゃないし、健康志向でいいじゃない」と葉月に言われてしまう。

「だけどこの記事を読んだ人は、キミは料理が下手だと思うぞ」

「別にいいわよ。私が料理しないのは友達もみんな知ってるし」

葉月が良くとも春雄は渋川承三が許せなかった。なにが同時に見えただ。そう見えたのはあんたの目が衰えているからだ。その証拠にアウトとコールしても誰からも抗議はなかった。

「春雄さんは的場選手にそんな記録がかかっていたのは知っていたの」

「知らなかったよ」素直に答えた。「大差で負けているのにずいぶん盛り上がっているなとは思ったけど」

「気づかないところが春雄さんらしいけどね」

審判がそんなことに気づく必要はないのだ。余計な情報が入れば、ジャッジにも影響を及ぼす。

「じゃあ、アウトと言った後にファンがガッカリしていたのは？」

「少しは感じた。でもこれもジェッツの四番だからかと、なんとも思わなかった。なんだ、もしかしてキミも記録達成に手を貸すべきだったと言いたいのか」

「そんなこと思ってないわよ。的場選手も次は頑張ろうと思ってるんじゃない」

そう言うと葉月は自分が食べ終えたものを片付け始めた。

葉月が出かけても、怒りが収まらなかった春雄は、早めに家を出て、コミッショナー事務局に寄った。事務局長にスポーツジャパンに抗議するように要請したのだ。

最初は「渋川さんのは、記事ではなくコラムですから、あまり目くじらを立てないでくださいよ」と宥《なだ》めてきた事務局長だったが、春雄が「こんな掲載を許していたら、ますます審判バッシングが起きますよ」と言い張ると、「それでは抗議文を送付しておきます」と受け入れてくれた。「これで少しは渋川さんも応えておとなしくするでしょう」と。

だが応えるどころか、渋川は翌日の紙面で、さらに攻撃を仕掛けてきたのだ。


〈最後の一球　渋川承三〉

ファンレターを貰うのは幾つになっても嬉しいものだ。小生の六十五歳の誕生日に小学生から手作りのバースデーカードを送られ、「ボクが将来プロ野球選手になるまで元気にコラムを続けてください」と激励されたこともある。だから小生は会社に上がると真っ先に机に積まれた郵便物を開く。

ところがこの日、送られてきたA４サイズの茶封筒は、小生の澄んだ心に泥水を掛けるようなものだった。コミッショナー事務局からのもので、中にはこのコラムが審判の権威を汚し、野上春雄氏及び、家族のプライバシーを侵害していると書かれた抗議文が入っていた。

馬鹿も休み休みに言いたまえ。コラムのどこが審判の権威を汚しているのだ。それにプライバシーに関する云々《うんぬん》もお門違いである。審判は選手同様、公人である。彼らは平均年収一千万円という庶民からかけ離れた厚遇を得ているのだ（部長クラスは二千万円だ）。野球好きのおっちゃんがボランティア同然の報酬でやっている学生野球の審判とは違い、選ばれし職業なのである。

そもそも野上氏の妻はファッション誌『エレン』の編集長としてメディアに頻繁に顔出ししている著名人である。この程度で家族のプライバシー侵害だと文句を言うくらいなら、顔など出さなければいい。

審判員は現在、リストラの真っ最中である。このご時世、審判にリストラがあってもまったく不思議はないが、まさかそれで小生に八つ当たりしているのではあるまい。

前回のコラムで野上氏を優秀と評したが、ここで取り消させてもらう。自分の下手くそさを棚に上げて他人を非難する者に試合を裁く資格などない！　この際、野上氏が先陣を切り、高過ぎる給料を返上してはいかがか。そうすれば毎年値上げされる入場料も少しは下がるかもしれない（〆）

ついに葉月の仕事先まで特定された。

早めに出勤した葉月には「すまない」と電話を入れたが、「うちの雑誌もいい宣伝になったから気にしないで」と言われた。

球場に行くと、同僚の審判たちの春雄への目が冷たかった。皆、年収まで書かれたことに困惑しているようだった。これではリストラへの同情を得るどころか、もっと削るべきだと言われかねない。

その嫌な予感通り、試合中、少しでも微妙なジャッジがあると「おまえら高い金もらって、いい加減な判定してんじゃねえぞ！」とヤジが飛んできた。

「おまえらの給料、半分にしろ！」

「誤審したら罰金を寄越せ！」

「こんなつまらん試合になるのは、おまえらがぬくぬくと生活しているからじゃ！」

春雄には観客たちが渋川のコラムに洗脳された信者のように見えた。

とくに集中攻撃を受けたのが球審を務めた津田部長だった。なにせ二千万円の高給であることを暴露されてしまったのだ。「津田、二千万も貰いやがって、金返せ」「おまえにわしら庶民の気持ちがわかるか」徹底的にやじられた津田はすっかり消耗し、試合後は一言も発さずに帰宅した。

「しかし春さん、どうして抗議なんかしたんですか。向こうの思う壺じゃないですか」着替えている途中、鶴間が寄ってきた。

「そりゃするだろ。黙っていたら書かれ放題じゃないか」

春雄は当然のことだと言い返した。みんなに迷惑をかけたことは悪いと思っているが、非があるのは渋川である。

「春さんは頭が固すぎるんですよ。『俺がルールブック』なんて、そんなのは古いですよ」

昔、審判の大先輩がいった名セリフを使って遠回しに非難する。

「古いとか新しいとかは関係ないだろ。審判の姿勢は昔から同じだ」

それでも「審判だって時代とともに変わってきてるんですよ」と言い張る。「春さんて、試合中は選手に話しかけられても絶対に応えないじゃないですか」

「当たり前だ。審判と選手が仲良く喋ってるところを見られたら誤解を招く」

「でもボールとコールした後に、『少し外れていたが、今のはいい球だった』と一言言ってあげるだけでキャッチャーから不満は消えるんですよ。それに一塁塁審ならいいヒットを打った選手には『ナイスバッティング』と声をかけてあげるとか。津田部長はそういった心配りができるから選手に人気があるんですよ」

選手が嬉しそうな顔で津田に頭を下げているのを見た記憶がある。

「まぁ、春さんが基本に忠実なのは素晴らしいことではあるんですけどね」

投手が投げるまでの構えから、コールの姿勢。さらにコールを終えた後、自然に元の姿勢に戻すところまで……春雄の姿勢は新人研修に使われるほど教則本通りだと言われている。

「でも審判だって個性があった方がいいと思いますよ。アメリカにはコールするだけでスタンドが沸く人気審判がいっぱいいるって言いますし」

鶴間の言いたいことは分からなくはないが、だからといってファンや選手に靡《なび》くようなやり方をすれば、それこそ渋川に屈服したことになる。

「そういうのは俺はいい。審判が目立ってどうすんだ」

「でも何事もマンネリは飽きられますし」

「うるさい。俺は俺のやり方でやるから余計な口出しはするな」

春雄は鶴間を突っぱねた。

審判室の外に出ると、記者が春雄に駆け寄ってきた。スポーツジャパン宛てに抗議文を出したことについてコメントを求めてくる。中には「野上さんの給料はいくらですか」と失礼な質問をしてくる記者もいた。

一切を無視して歩いていると、少し離れた場所に白い口髭を生やした男が立っているのが見えた。渋川承三だ。滅多にグラウンドに降りてこないが、さすがに取材しないとまずいと思ったのかもしれない。それならなんでも答えてやるから聞いてこい。

ところが彼は、マスコミに囲まれて歩く春雄を遠くから眺めているだけで、ニヒルな笑い顔のまま、近寄っても来なかった。

「ただいま」

ドアを開けただけで、葉月が帰っているのが分かった。玄関と廊下、それに洗面所の電気がつけっぱなしになっている。

灯りと散らかり方で、葉月がどういう経路で歩き、そこでなにをしたのか察しがつく。カウンターにオープナーが置いてあり、クローゼットが開けっ放しになっているということは、今は風呂なのだろう。彼女はシャンパンを飲みながら入浴するのが好きだ。予想通り、風呂場から彼女の鼻歌が聞こえてきた。

つけっぱなしの灯りを一つずつ消しながら春雄はダイニングテーブルに腰を下ろした。行動力はあるが、すべてにおいてガサツな彼女に対し、春雄はなにをするにも慎重で細かく、決めた通りにしなくては我慢ならないというまるで正反対の性格だ。

葉月は典型的なB型で、春雄は典型的なA型。葉月は「B型のミスを解消してくれるのがA型であって、だからB型にはA型が必要なのよ」と相性の良さを強調するのだが、春雄はけっして言葉通りには受け取れなかった。なぜなら以前、彼女の雑誌に「A型は紋切り型で、真面目だけど面白みはない」と書かれてあったからだ。野球界でも天才のB型、大物のO型、チャンスに弱いのはA型と言われている。

「あら、帰ってきてたの。お帰りなさい」

葉月がバスローブをまとって出てきた。

「キミのほうも早かったんだな」

「うん、きょうは早く仕事が終わったんで、家で飲みたい気分だったの」

「シャンパンか」

「シャンパンはもういいかな。ワインにする」

　フランス取材に行った編集者からもらったという赤ワインを出してきた。

「春雄さんも飲むわよね」葉月はソムリエなみの見事な手さばきで、コルクを抜き、グラスに注《つ》いだ。春雄はグラスを大きく回し、ワインに十分な空気を含ませてから、口に含んだ。付き合ったばかりの頃、葉月からワインはこうして飲むものだと教えられたのをずっと守っている。

　苦くて味は分からなかったが編集長に土産に買ってきたということは高級品だろう。そう予想し「旨いな。どこのワイナリーだ」と訊く。すると葉月が噴き出した。

「これ免税店で売っている安物よ。たぶん向こうじゃ千円くらいじゃない？」

「千円？」恥ずかしさで顔が赤くなる。

「買ってきたの新人君なの。帰る時になって、編集長に土産を買うのを思い出したんだろうけど、もう手元にユーロが残ってなかったんだろうね」

　葉月のこの手の分析は大抵当たる。

「でも律儀でいいじゃないか。ちゃんと思い出したんだから」

「そうそう。そういう律儀なところを私は買ってるんだけどね」

グラスを持ち上げた葉月に合わせて春雄は乾杯した。彼女は口をつけてからゆっくりグラスを傾けた。安物を見破られてもこれだけ旨そうに飲んでもらえれば、部下も喜ぶことだろう。

「そう言えばあのコラム、凄い反響ね。週刊誌から電話がかかってきて、奥様として反論はないかって訊かれたわよ」

「本当かよ。それは申し訳なかった」

「私はとくにありませんって答えたけど、でもあのコラム、二十六年も続いているっていうじゃない。ということはあの渋川って人、もう定年退職してるんでしょ?」

「五年前に定年になったけど、今も自分はコラムニストだから関係ないと言って、居座っているらしい」

「ふーん、自信家なんだね。そうだ、今度うちの雑誌で『人生のアップデート』という特集をするの」

「なにデート?」

「アップデート。ほら、パソコンのソフトを新しいものに更新する時に使うでしょ。簡単に言うと普段の生活をより充実させるには、自分のなにを新しくすればいいかというテーマなんだけど、このおじいさんに原稿を頼んでみようかしら」

葉月から冗談とも本気ともつかないことを言われて、春雄は慌てて「やめた方がいい」と止めた。

「どうしてよ」

「自分にはアップデートなんて必要ないと書いてくるに決まっている。スポーツジャパンの社内でも、最近は面白くないと評判が悪いのに、本人はいまだに自分は人気があると思い込んでいるらしいから」

鶴間の話では社内のお偉方はみんな渋川より年下で、扱いに苦労しているそうだ。

二杯目だけは春雄が注いだが、その後の葉月は手酌して、ボトルを空けてしまった。男勝りに仕事をしている普段とは一変し、目がとろんとしてきた。

葉月が家で飲む時は、たいがい、夜の営みに誘う合図である。彼女が帰ってきていたのを知った時点から、春雄は薄々感じ取っていた。

自分には不釣り合いな魅力的な女性と結婚できたのだ。新婚当初は、毎日まっすぐ帰宅し、毎晩のようにしていた。それが三年目くらいから週二、週一、そのうち月に一度と間隔が空くようになった。

けっして彼女が嫌いになったわけでも、セックスに飽きたわけでもなかった。口下手な春雄は、話の流れで誘うことができず、そうするには会話を一度断ち、スイッチを切り替えなくてはならない。そのタイミングだけはいつまで経ってもつかめなかった。

ある時、「どうも誘い辛《づら》くなった」と素直に明かした。すると彼女はあっけらかんと「なら最初から、する日を決めちゃえばいいんじゃないの」と言った。

ちょうどゴミの収集日がそれまでの月水金から、月木土に変わった時期だったことから、葉月は「そうだ、ゴミの日の前日にするってことにすれば、一石二鳥じゃない」と言い出した。

その時は春雄も妙案だと賛成した。ところが、セックスとゴミの日を一緒にするのはあまり芳しくはなかった。確かに誘う必要はなくなったが、している最中に頭の中にゴミ収集車がやって来て、嫌らしい気分になれなくなるのだ。おかげでますます疎遠になり、彼女が酔って迫ってこない限り、なくなってしまった。

「ねえ、春雄さん」

ベッドの中で葉月が甘えた声で肩に寄りかかってきた。春雄はこっそりと自分の下半身に手を伸ばし、状態を確認する。

大丈夫だ。飲み過ぎないように気をつけたせいである程度の硬さは保っている。

体の向きを変えキスをした。少し間を空けてから舌を入れた。

初めてキスをした時、彼女から舌を入れてきたことに春雄は驚き、そして興奮した。とはいえ喜んだのは最初のうちだけだった。どれだけの時間をかけてすればいいのか答えの出ない行為は春雄は苦手だ。なにせ意識してないのに、頭の中にレフリーのような男が出てきて、「ワン、ツー……」とカウントを数え始めるのだ。

この日もキスを始めた時点で、頭の中でカウントは始まっていた。テンまで数え終えると、春雄は唇を離した。彼女のパジャマのボタンを外し、左の乳首を口に咥《くわ》えた。すでにペニスはズボンから飛び出しそうなほど猛々しくなっていた。こんなに体は興奮しているのに、ここでも頭の中でカウントは止まらない。だいたい左十秒、右十秒……もう少し長い時もあるが、いずれにしても左右同じにしないと気が済まない。

これではセックスをしているのか組体操をさせられているのか自分でも分からなくなる。

セブン、エイト、ナイン……頭の中で「テン！」と叫ぶと、春雄は左の胸から右へ移行しようとした。同時に彼女は体の向きをずらし、右の胸を前に出した。

あっ、葉月にまで読まれていた——。そう思った途端、潮が引いていくように体が萎《な》えた。

「どうしたの？」

目を開けた彼女が普段の声に戻った。

「ごめん、なんか疲れているみたいだ」

春雄は体をどけた。

〈最後の一球　渋川承三〉

「馬鹿野郎！」

それは昔、退場記録を持つ大監督が審判に向かって言った暴言である。監督は後日、自分を退場にした審判に近寄り、「大学出のおまえさんに馬鹿野郎はなかったな。下手くそと言うべきだった」と訂正した。

二十六年前、コラムを担当するようになってから、小生は直接取材することを控えてきた。理由はいちいち取材対象者の言い分を聞いていては、コラムの客観性が失われてしまうからである。それでも小生は自ら課した禁を破り、審判室に向かった。小生に抗議文を送ってきた野上春雄審判員に反論の機会を与えなくては、この戦いはフェアではないと思ったからである。だが野上氏は小生に気づいたにもかかわらず、目を逸らして立ち去ってしまった。

いわゆる敵前逃亡というヤツである。爪先に力を入れて踏ん張ったから良かったものの、足腰にガタが来ていれば、小生は新喜劇のようにズッコケてしまっていただろう。

小生は野上氏に詫びたい。前回のコラムで「下手くそ」と言ったのは悪かった。逃げ足の速い貴殿には「この臆病者」と言うべきだった（〆）

臆病者──その言葉がまるで昨日の夫婦間の行為を覗き見されたようで春雄の胸に突き刺さった。

それでも抗議する気はなかった。すれば余計に図に乗るだけ、今後は一切、無視だ。

二塁の塁審だった東京セネターズ対大阪ジャガーズ戦は、五回途中から雨が降り出してくるあいにくの悪天候となった。打者はバットを拭くため、しょっちゅうタイムをかけ打席を外す。投手も投げにくそうだし、球審の津田もやりにくそうだった。霧雨なので中断するほどではないが、それでも靄《もや》がかかってきて注意しておかないとボールを見失いそうになる。

両軍無得点のまま迎えた七回表。ジャガーズの三番・橋爪《はしづめ》が流し打った打球は左翼フェンスに向かって飛んでいく。春雄は打球方向に走り出していた。左中間、右中間は二塁塁審の範囲だ。

セネターズの左翼・ミルトンがドタバタした動きでボールを追いかけていく。ただでさえ靄なのに、大きな体を蛇行させて走るので余計にボールが見えにくい。背中に隠れたところで打球はフェンスの最上部に当たって跳ね返ってきた。

春雄にはフェンスの向こうに入って返ってきたホームランなのか、それともフェンスに当たったのか判断がつかなかった。左翼スタンドに陣取るジャガーズファンはホームランだと喜んでいたが、それでも春雄は右手を水平に伸ばし、フェアだとジャッジした。ミルトンが跳ね返ったボールを追いかけるのをやめなかったからだ。ボールが見えなかった時は野手の動きで判断しろ——指導されてきた通りにしたつもりだった。

二塁まで達した打者走者の橋爪がタイムをかけ、「入ったじゃないですか」と言ってきた。三塁ベンチから「おい、どこ見てんだ」と怒鳴り声がし、監督の木崎がものすごい勢いで春雄に向かって走ってくる。さらに三塁コーチも来た。

「ふざけんな、入ってるだろうが」いつものように木崎が顔を近づけてくる。

「入ってません」春雄は毅然と返す。

「なにが入ってませんじゃ、ボケ」

勢い余った木崎の両手が、春雄に軽く触れた。

「暴力行為で退場にしますよ」

春雄は警告してから、ポケットの中のストップウォッチを押した。

「おまえ、今、時計のボタンを押したろ」木崎が言った。「おまえはどこまで卑怯な男なんだ」

「卑怯とはどういうことですか」

鶴間が「春さん」と木崎との間に入った。津田も来て「野上、ビデオ判定するから、早まるな」と諭してくる。だがそこで木崎が再び顔を割り込ませてきた。

「卑怯が嫌なら、おまえは腰抜けだ」

「今、なんて言いましたか」

「腰抜けと言ったんじゃ。退場にしたきゃしろ、この腰抜けが」

腰抜けだと……体中の血が頭に昇っていく。もう時間などどうでもよくなった。

「退場！」

すぐさま人差し指を伸ばした右手を突き上げた。

「どうして監督を退場にするんだ」

三塁コーチに体当たりされた。

「あなたも退場です」宣告してからもう一度、「退場！」とコールした。

「このくそったれ。よくも」

木崎と三塁コーチが二人して春雄の胸を摑もうとしたが、津田と鶴間は「これからビデオ判定しますから、一度お引き取りください」と引き離した。木崎は「おい野上、ホームランの時は覚えてろよ」とドスを利かしてベンチへ戻った。

それでも自信があった。春雄には確認できなくとも、ボールを追いかけたミルトンには見えていたはずだ。

ところがビデオ判定のため、津田が審判室に入っていくと、ミルトンが近寄って声をかけてきた。

「アリガトネ、シンパンさん」

笑いが止まらないといったその顔に、春雄は頭が真っ白になった。

ビデオ判定の結果、打球はフェンスを越えて、外野席最前部の手すりに当たって跳ね返ったホームランだと訂正された。

当然、ジャガーズ側は誤審だったのだから、監督と三塁コーチの退場は取り消せと抗議したが、責任審判員の津田は暴言、及び暴力行為があったのは事実なので退場に変わりないと覆さなかった。ジャガーズ側は収まらなかったが、最後は連盟に提訴すると言った後試合は再開した。

津田は試合中、ずっと渋い顔のままだった。七回のグラウンド整備中に鶴間が「春さん、気にしない方がいいですよ」と声をかけにきた。

「鶴、おまえの位置からはどう見えた」

「い、いえ、よく見えませんでした」

鶴間が言い淀んだことに、三塁塁審の角度からはスタンドに入ったのが見えたのだろうと悟った。とりあえずフェアとジャッジしたのは当然だとしても、すぐに鶴間を見て訂正していれば誤審にならずに済んだかもしれない。

当然、試合後も騒ぎが収まらず、記者たちが審判室に押し寄せてきた。津田から「すべて俺がコメントするから余計なことを言うな」と注意されていたのに春雄はその言いつけを守れなかった。記者の群れから少し離れた場所に、渋川承三が立っていたのを見つけたからだ。

「ちょっと申し訳ない」

記者を押しのけ、渋川の元に近づいた。一瞬目を見張った渋川だが、すぐに親指と人差し指で白い口髭を擦《さす》り、口元を緩めた。

「なんだ。文句でもあるのか」

渋川が先に口を開いた。

「あなたは私のことを敵前逃亡と書いた。だからこうして話しに来たんです」

「そうか、それはいいことだ」

「どうせ今日のことも書くのでしょ」

「こんな面白いネタを見逃したらコラムニストとして失格だ」

「でしたら客観性を失うなんて言い訳しないで、ちゃんと取材してください」

語気を強めて言い返した。いつの間にか周りを記者とカメラマンに囲まれている。

「じゃあ訊いてやるよ。あんた、あの打球見えてたのか」

「見えてなかった」

春雄があっさり認めたことに、記者たちがざわつきだした。方々からフラッシュが焚かれる。

「見えてないのにホームランではないとジャッジしたのか」

「左翼手のミルトンがボールを追いかけていたからです。本来、野手というのはボールがスタンドに入ったら止まります。入ってなければ本能的に捕りにいきます」

「つまり外国人に騙されたんだな」

渋川はわざとらしく声を出して笑った。周りの記者からも嘲笑が漏れた。

悔しいが渋川の指摘の通りだ。審判に見えにくいのが分かっていたミルトンは、わざとボールを追いかけている振りをした。フェアプレー精神を美とする日本人に対し、外国人選手は審判を騙すのも技術の一つと教えられて育っているから気をつけろ――若い頃に先輩から教わったことが今頃になって頭に浮かんだ。

「ですがホームランと判断するより、微妙な時はまずフェアだとジャッジするのも私たちが教わったことです。判断を誤ったとは私は思っていません」

本塁打とコールしてしまえば試合は止まるが、フェアならプレーは続く。

「ジャッジを待てば良かったじゃないか。せめて他の審判に聞くべきだった」

「あなた、いつか審判はオーケストラの指揮者と書いてましたよね。オーケストラの指揮者が演奏を止めますか？」

「ああ、書いたよ。だけども映画監督とも書いたはずだ。納得できないカットなら、映画監督は躊躇なく演技を止める」

「審判は指揮者でも映画監督でもありませんよ。頓珍漢《とんちんかん》なこと書かないでください」

「頓珍漢だと。貴様、わしのコラムを冒瀆《ぼうとく》する気か」

渋川の白髪まじりの眉が吊り上がった。

「だいたいあなたのはただ読者のウケを狙っているだけじゃないですか。誰もそんな記事読みたくないですよ」

「失礼なことを言うな。読者はわしのコラムが読みたくて新聞を買ってるんだ」

「私もあなたの記事を愛読していましたが、最近はつまらなくなりました。とくに審判への記事は誹謗中傷でしかなく、読む価値もありません」

「わしはおまえみたいな審判が野球をつまらなくしていると言っておるんだ」

「審判が野球を面白くすると論ずる点であなたの記事は失格です。野球は審判がするものではなく選手がするものです」

「さっきから記事、記事と言うが、わしが書いているのはコラムだぞ」

「コラムでも同じです。野球界のためにも、読者のためにも、即刻やめていただきたい」

「それなら得意の退場コールをしたらいいじゃないか。そうしたら出てってやるさ。残念ながら抗議を始めてまだ五分経っていないけどな」

薄笑いを浮かべた渋川は、右手に嵌《は》めた、見るからに高そうな金時計を見せつけてきた。

「希望であればいつでも言ってあげます。だけどここでそんなことを言っても他のマスコミを喜ばせるだけです」

「口だけか。まったく臆病な男だ」

「なに？」

春雄はムッとして言い返した。

「臆病な上に、ボールがスタンドに入ったのも分からない下手くそな審判だからな」

もう頭に来た。ここまで侮辱されたら黙っていられない。

「じゃあ言ってあげます。あなたがいると野球界はダメになります。即刻、出ていってください。退場です！」

気がついた時には春雄は人差し指を突き上げ、この日、三度目となる退場を宣告していた。

すべてのスポーツ紙が一面で報じるほどの騒ぎになった渋川とのやり取りは、一週間ほどで収束した。

渋川承三のコラムは続いていたが、春雄以外は元より、審判がネタになることはなかった。噂によるとコミッショナーとスポーツジャパンの幹部が話し合い、これ以上泥仕合にならないようしばらく審判ネタは控えると、取り決めが交わされたらしい。

審判部のリストラは一旦中断し、間もなく開幕する日本シリーズが終わってから全員と面談して決めることになった。最近は鶴間までが「やめろと言われたらどうしましょう」と不安な様子を見せ始めた。絶対安泰から立場が微妙になったのは、あの試合で「厳重戒告、及び当該試合の出場手当の減額」という処分を下された春雄にしても同様だ。今年は日本シリーズの審判からも外され、仕事はこの日のクライマックスシリーズで終わりとなった。

自宅に戻ると玄関と廊下の灯りがついていた。

「ただいま」

声を出すとリビングから「おかえりなさい」と聞こえた。葉月はソファーでワインを飲んでいた。今日が校了日だと話していたのを思い出し「お疲れさま」と労《ねぎら》った。彼女は「春雄さんこそ、一年間お疲れさま」と言い、「飲む？」と聞いてきた。

「もらおうかな」

注がれたワインを一口飲み、意外に思って顔を上げる。

「気づいた？　これぶどうジュースよ」

葉月が口角を上げた。

「編集長になって飲む機会が増えたので、家にいる時くらいお酒控えようと思って」

それは健康にもいいんじゃないか、と言おうとしたが、先に「ガッカリした？」と言われ言葉が出てこなくなった。彼女はフフッと漏らし、まるでロマネコンティを飲むように優雅にジュースを喉に流し込んだ。

「きょう、辞表を出してきた」

ジュースをすべて飲んでから春雄は言った。相談もせずに決めたことに驚かれるかと思ったが、葉月は「あら、そうなの」と他人事《ひとごと》のように言う。

「一応、津田部長が退職でなく休職扱いにしてくれた。勉強してこいと言われた」

「勉強ってどうするの？」

「一年間、アメリカに行こうと思う」

「アメリカ？」

「部長がMLBに話を付けてくれたんだ。最初はルーキーリーグからだけど、少しでも上のクラスにいけるように頑張ってみる。そのためにはまずこのオフに語学を勉強しないといけないんだけど」

そういって駅前の英語塾で貰ってきたパンフレットを出した。葉月は「いいじゃない。私も一緒に習おうかな」と興味深い目で眺める。

「どうしてアメリカと思ったの？」

そう言われると思っていた春雄は、鞄の中から『エレン』の最新号を出した。

「この『人生のアップデート』という特集記事を読んだんだよ。生まれついた性格までリセットするのは無理でも、アップデートならできるかもしれないと思ったんだ」

記事では今までのしがらみを取っ払って、何にでもチャレンジすることを勧めていた。ただ習い事や趣味を見つけるのではなく、できれば新しい環境に出る。それまでの自分の力が通用しない環境に出てこそ、新たな能力が発揮できると書いてあった。

「その企画は新人君のアイデアなの。参考になって良かったわ」そこで葉月は細く伸びた指先でワイングラスの脚を持った。「でも私は行けないよ。仕事があるし」

予測していた通りの答えだ。

「分かっている。相談もせずに決めたのだから愛想を尽かされても仕方がないと思っている」

「愛想を尽かすってどういうこと？」

「だから離婚されても、ってことだよ」

真剣に言ったのに葉月は「いやだ、どうして離婚しなきゃいけないの」と笑った。「私には春雄さんが必要よ」

「B型のミスを解消してくれるのがA型だからだろ」

「そう言えばそんな話、酔っぱらってした記憶があるね」と笑ったが、すぐ「でも私が春雄さんのことを好きなのはそれだけじゃないよ」と真剣な顔で言い添えてきた。

「正しいことは正しい、間違ったことは間違ってると言ってくれるからよ。そういう人が側《そば》にいてくれると安心できるの」

「それは審判だから当然だろ」

「審判だからって、普段から正しいことができるかは分からないでしょ」

「そうかな」

「だってあなたと知り合った飲み会だって、軽いノリの審判員はいっぱいいたわよ」

「俺だっていつも正しいことをするかどうか分からないぞ」

「たとえばどんなこと？」

彼女が首を傾《かし》げたので「アメリカに行って浮気するかもしれないし」と言った。

さすがの葉月も今度は固まった。

「冗談だよ。俺が浮気するわけがない」

そう言ったところで彼女はまだグラスに唇をつけたまま動かない。ずいぶん長い間、目が合っていた気がする。そこでインターホンが鳴った。

「なんだよ、こんな夜に」

壁の時計を見ると、十時を回っていた。

葉月は「残念。あなたが予想もしないこと言うから、ちょっとドキッとしたのに」と頬を緩めながら立ち上がった。

「春雄さ〜ん、お客さんよ〜」

玄関まで出ていった葉月に呼ばれた。誰だ、こんな常識知らずは……。廊下を出ていくと、玄関にグレーのジャケットを着た白髭の男が立っていた。

「渋川さん」

「あんた、やめるそうだな」

こんなに早くどこで聞きつけたのか。たいした地獄耳だ。

「やめるのではありません。休職です」

「ああ、そうらしいな」

っていない。

「戻ってくるかは分からないですがね」

居ない間に仲間の何人かはリストラされているのだ。自分だけ元の仕事に戻れるとは思っていない。

「せっかくいいネタを見つけたのに残念だ。これで書くことがなくなったな」

けっして残念がっているようには聞こえなかった。まさか自分がやめさせたと勘違いしているのではあるまい。

「そんなことを言いに来たのですか」

「これを渡しに来たんだ」

まだインクの匂いが残る新聞を手渡してきた。

「懲りずに私のことを書いたのですか」

「こんな面白いネタ書かずにいられるか」

渋川は憎々しく笑った。

「新聞なら取っているからいいです。読みたくもないですが」

「せっかく持ってきたんだ。いいから読め」

いつまでも手を伸ばしているので、春雄は仕方なく受け取った。だが見ることなく、後ろに立っていた葉月に渡した。

「それだけだ。じゃあな」

渋川は詫びることなく出ていった。

「なんなんだ、まったく失礼な男だ」

呆れながら鍵を閉める。葉月は玄関に立ったまま開いた新聞を読んでいた。

「どうせまた悪口だろ」

彼女は答えずに「はい」と新聞を渡した。


〈最後の一球　渋川承三〉

幼い頃、大人に野球で遊んでもらったことがある者なら、誰しもが経験があるのではないか。明らかに空振りしているのに、大人たちは「ファウルだった」「バットにチップした」と言ってもう一度打たせてくれるのだ。

小生が記者になった時、先輩記者から「記事を書くのは常に二死満塁フルカウントの場面でのピッチャーと同じだ」と教えられた。次の一球がストライクになれば勝ちだがボールになれば失点となる。だから気を引き締めてかかれ、という意味だと解釈した。ところが現実は、けっして最後の一球ではなく、ボールで押し出しになっても誰かしらが庇ってくれ、もう一度チャンスをくれるのだ。そこに思い上がりという勘違いが生じる――。

何年も前から、小生は自身のコラムにキレがなくなっているのを痛感してきた。いかんせん年のせいで早いゲームの流れに思考がついていけなくなってしまった。ところが同僚や部下に尋ねると皆「面白いですよ」「まだまだいけますよ」と励ましてくれる。そのうち自分の中から抱いていた違和感が消えた。

そんな小生のコラムを「つまらなくなった」と言い放った輩《やから》がいた。私が近年、天敵としてきた野上春雄という審判員である。彼は「あなたのはただ読者のウケを狙っているだけ」と断じ、大勢の記者がいる前で、大声で「退場！」とコールしたのだ。

その時はカッとなったが、しばしの間考え、思いを改めた。退場―なんと潔《いさぎよ》い響きのある言葉か。一度コールされればもうゲームに戻ることはできないのだ。そこで小生は気づいた。「やめろ」と宣告してくれる者こそ、思い上がって生きてきた人間が、人生の終盤で出会うべき真の友であるのだと。

このコラムを正真正銘の最後の一球とし、小生は記者人生から退場する。職を失った老人の行く末を心配してくれる読者もいるかもしれないが、心配は無用である。人は背中を押してもらって初めて次の人生を見つけることができるのだ。今はどんな景色が見えてくるのか愉しみでならない。もちろん、そこに新しき友が待っていることも小生が胸を躍らせる理由の一つである（〆）

本書は、二〇一六年八月に徳間文庫から刊行された『去り際のアーチ』に、書下ろし短編「笑えない男」を新たに加えて改題した、増補改訂版です。

|著者|本城雅人　1965年神奈川県生まれ。明治学院大学卒業。産経新聞社入社後、産経新聞浦和総局を経て、サンケイスポーツで記者として活躍。退職後、2009年に『ノーバディノウズ』が第16回松本清張賞候補となり、同作で第1回サムライジャパン野球文学賞大賞を、『ミッドナイト・ジャーナル』で第38回吉川英治文学新人賞をそれぞれ受賞。他の著書に『球界消滅』『境界　横浜中華街・潜伏捜査』『トリダシ』『マルセイユ・ルーレット』『英雄の条件』『嗤うエース』『贅沢のススメ』『誉れ高き勇敢なブルーよ』『シューメーカーの足音』『紙の城』『監督の問題』『傍流の記者』『友を待つ』『時代』『崩壊の森』『穴掘り』『流浪の大地』などがある。

去《さ》り際《ぎわ》のアーチ　もう一打席《いちだせき》！
本城雅人《ほんじょうまさと》

2020年4月15日第1刷発行

講談社文庫
定価はカバーに
表示してあります

発行者――渡瀬昌彦
発行所――株式会社　講談社
東京都文京区音羽2-12-21　〒112-8001
電話　出版（03）5395-3510
　　　販売（03）5395-5817
　　　業務（03）5395-3615

Printed in Japan

デザイン―菊地信義
本文データ制作―講談社デジタル製作
印刷―――豊国印刷株式会社
製本―――株式会社国宝社

ISBN978-4-06-518952-8

講談社文庫刊行の辞

　二十一世紀の到来を目睫に望みながら、われわれはいま、人類史上かつて例を見ない巨大な転換期をむかえようとしている。

　世界も、日本も、激動の予兆に対する期待とおののきを内に蔵して、未知の時代に歩み入ろうとしている。このときにあたり、創業の人野間清治の「ナショナル・エデュケイター」への志を現代に甦らせようと意図して、われわれはここに古今の文芸作品はいうまでもなく、ひろく人文・社会・自然の諸科学から東西の名著を網羅する、新しい綜合文庫の発刊を決意した。

　激動の転換期はまた断絶の時代である。われわれは戦後二十五年間の出版文化のありかたへの深い反省をこめて、この断絶の時代にあえて人間的な持続を求めようとする。いたずらに浮薄な商業主義のあだ花を追い求めることなく、長期にわたって良書に生命をあたえようとつとめるところにしか、今後の出版文化の真の繁栄はあり得ないと信じるからである。

　同時にわれわれはこの綜合文庫の刊行を通じて、人文・社会・自然の諸科学が、結局人間の学にほかならないことを立証しようと願っている。かつて知識とは、「汝自身を知る」ことにつきていた。現代社会の瑣末な情報の氾濫のなかから、力強い知識の源泉を掘り起し、技術文明のただなかに、生きた人間の姿を復活させること。それこそわれわれの切なる希求である。

　われわれは権威に盲従せず、俗流に媚びることなく、渾然一体となって日本の「草の根」をかたちづくる若く新しい世代の人々に、心をこめてこの新しい綜合文庫をおくり届けたい。それは知識の泉であるとともに感受性のふるさとであり、もっとも有機的に組織され、社会に開かれた万人のための大学をめざしている。大方の支援と協力を衷心より切望してやまない。

一九七一年七月

野間省一